人民共和國文化與文學叢書

二 編

李 怡 主編

第 9 冊

城市化時代的鄉土背影

黃 曙 光 著

花木蘭文化出版社

國家圖書館出版品預行編目資料

城市化時代的鄉土背影／黃曙光 著 -- 初版 -- 新北市：花木蘭
文化出版社，2015〔民 104〕
目 2+182 面；19×26 公分
（人民共和國文化與文學叢書 二編；第 9 冊）
ISBN 978-986-404-221-0（精裝）
1. 中國當代文學 2. 文學評論
820.8   104011324

特邀編委（以姓氏筆畫為序）：

吳義勤 孟繁華 張 檸
張志忠 張清華 陳思和
陳曉明 程光煒 劉福春
（臺灣）宋如珊
（日本）岩佐昌暲
（新西蘭）王一燕
（澳大利亞）鄭 怡

ISBN- 978-986-404-221-0

9 789864 042210

人民共和國文化與文學叢書
二 編 第 九 冊   ISBN：978-986-404-221-0

城市化時代的鄉土背影

作　　者　黃曙光
主　　編　李　怡
企　　劃　北京師範大學民國歷史文化與文學研究中心
　　　　　四川大學現代中國文化與文學研究中心
總 編 輯　杜潔祥
副總編輯　楊嘉樂
編　　輯　許郁翎
印　　刷　普羅文化出版廣告事業
出　　版　花木蘭文化出版社
社　　長　高小娟
聯絡地址　235 新北市中和區中安街七二號十三樓
　　　　　電話：02-2923-1455／傳真：02-2923-1452
網　　址　http://www.huamulan.tw 信箱 hml 810518@gmail.com
初　　版　2015 年9月
全書字數　151854 字
定　　價　二編16冊（精裝）台幣28,000 元

城市化時代的鄉土背影

黃曙光　著

作者簡介

黃曙光，男，四川渠縣人。西南大學文學碩士，四川大學文學博士。近年來的學術興趣主要在鄉土小說和文化轉型等領域。出版有學術專著《當代小說中的鄉村敘事》，以及長篇小說《漂浮》等。現任教於西南交通大學藝術與傳播學院中文系。

提　　要

　　新世紀以來農民工題材的小說創作引起了學界的廣泛關注，這些作品反映出激烈城市化背景下農民與城市既相互依存又矛盾衝突的特殊關係。本課題主要從農民與城市的矛盾這一小說中大量存在的文學現象出發，考察鄉土與城市、傳統與現代在中國城市化進程中的碰撞與交流、錯位與融合，清理創作界比較混亂的鄉土與現代觀念，探討農耕文明在現代轉型過程中遭遇的文化與價值等方面的問題。農民與城市的關係既是社會問題，也是文化問題；既關涉新中國長期實行的城鄉分治的特殊政策，也關涉傳統農耕文化向現代城市文明的轉型。特殊的歷史文化背景和城鄉分治的社會制度造成了中國城鄉文化的深度隔膜，使得農民進城普遍抱有畸形的補償心理。大量農民逃離鄉土之後只能進入空間意義上的城市，而無法融入文化意義上的城市，更無法成為現代市民。城市不僅無法成為他們真正意義上的家園，而且還將進一步導致他們的理想與存在的分裂。

　　現代化、城市化進程絕非消滅傳統和鄉土的過程。現代城市與傳統鄉土的對立僅僅是表像，互補與融合才是二者更深層更本質的關係。離開現代與城市的生存背景，我們很難更好地認知和體驗傳統與鄉土；拋開傳統與鄉土的歷史淵源，我們不可能詩意地棲居於現代城市。在農耕傳統孕育的審美精神與現代城市的經濟效率之間，我們或許可以找到平衡的支點。

世界知識、地方知識 與人民共和國文學研究

李　怡

　　無論我們如何估價近 30 年來的中國文學研究成果，都不得不承認這樣一個事實，即當代中國文學研究的發展演變與我們整個知識系統的轉化演進有著密切的聯繫，這種聯繫不僅勾畫了迄今爲止我們文學研究的學術走向，而且也將爲未來的學術前行提供新的思路。

　　回顧近 30 年來的中國文學研究的知識背景，我們注意到存在一個由「世界知識」與「地方知識」前後流動又交互作用過程。考察分析「知識」系統的這些變動，特別是我們對「知識系統」的認識和依賴方式，將能折射出我們學術發展過程中的值得注意的重要問題，促使我們作出新的自我反省。

一

　　在對人民共和國文學的研究之中，「世界」的知識框架是在新時期的改革開放中搭建起來的。「世界」被假定爲一個合理的知識系統的表徵，而「我們」中國固有的闡釋方式是充滿謬誤的，不合理的。新時期當代中國文學的研究是以對「世界」知識的不斷充實和完善爲自己的基本依託的，這樣的一個學術過程，在總體上可以說是「走向世界」的過程。「走向世界」代表的是剛剛結束十年內亂的中國急欲融入世界，追趕西方「先進」潮流的渴望。在中國現當代文學研究界乃至中國學術界「走向世界」呼籲的背後，是整個中國社會對衝出自我封閉、邁進當代世界文明的訴求。在全中國「走向世界」的合奏聲中，走向「世界文學」成了新時期中國現代文學研究的「第一推動力」。

　　在那時，當代中國文學研究是努力以中國之外「世界」的理論視野與方法為基礎的。以國外引進的自然科學的研究方法——「三論」（系統論、信息論、控制論）為起點，經過 1984 年的反思、1985 年的「方法論年」，西方文學理論與批評得到了到最廣泛的介紹和運用，最終從根本上引導了當代中國文學批評的主潮。

　　人民共和國文學的研究也是以中國之外的「世界」文學的情形為參照對象的，比較文學成為理所當然的最主要的研究方式，比較文學的領域彙集了當代中國文學研究實力強大的學者，中國學術界在此貢獻出了自己最重要的成果。新時期中國學人重提「比較文學」首先是在外國文學研究界，然而卻是在一大批中國現代文學研究者介入，或者說是在中國現代文學研究界將它作為一種「方法」加以引入之後，才得到長足的發展。正如王富仁先生所說：「我們稱之為『新時期』的文學研究，熱熱鬧鬧地搞了 10 多年，各種新理論、新觀念、新方法都『紅』過一陣子。『熱』過一陣子，但『年終結帳』，細細一核算，我認為在這十幾年中紮根紮得最深，基礎奠定得最牢固，發展得最堅實，取得的成就最大的，還是最初『紅』過一陣而後來已被多數人習焉不察的比較文學。」〔註 1〕

　　這些文學研究設立了以「世界」文學現有發展狀態為自己未來目標的潛在意向，並由此建立著文學批評的價值取向。曾小逸主編《走向世界文學》一書不僅囊括了當時新近湧現、後來成為本學科主力的大多數學者，集中展示了那個時期的主力學者面對「走向世界」這一時代主題的精彩發言，而且還以整整 4 萬 5 千餘字的「導論」充分提煉和發揮了「走向世界文學」的歷史與現實根據，更年輕一代的學人對於馬克思、歌德「世界文學」著名預言的接受，對於「走向世界」這一訴求的認同都與曾小逸的這篇「導論」大有關係。一時間，僅僅局限於中國本身討論問題已經變成了保守封閉的象徵，而只有跨出中國，融入「世界」、追逐「世界」前進的步伐，我們才可能有新的未來。

　　進入 1990 年來之後，我們重新質疑了這樣將「中國」自絕於「世界」之外的思想方式，更質疑了以「西方」為「世界」，並且迷信「世界」永遠「進化」的觀念。然而，無論我們後來的質疑具有多少的合理性，都不得不承認，

〔註 1〕 王富仁：《關於中國的比較文學》，見王富仁《說說我自己》125 頁，福建人民
　　　　出版社 2000 年。

一個或許充滿認知謬誤的「世界」概念與知識，恰恰最大限度地打破了我們思維閉鎖，讓我們在一個全新的架構中來理解我們的生存環境與生命遭遇。這就如同 100 多年前，中國近代知識分子重啓「世界」的概念，第一次獲得新的「世界」的知識那樣。「世界」一詞，本源自佛經。《楞嚴經》云：「世爲遷流，界爲方位。」也就是說，「世」爲時間，「界」爲空間，在中國文化的漫長歲月裏，除了參禪論道，「世界」一詞並沒有成爲中國知識分子描述他們現實感受的普遍用語。不過，在近代日本，「世界」卻已經成爲了知識分子描述其地理空間感受的新語句，當時中國的知識分子在談及其日本見聞的時候，也就便將「世界」引入文中，例如王韜的《扶桑遊記》，黃遵憲的《日本國志》，20 世紀初，留日中國知識分子掀起了日書中譯的高潮，其中，地理學方面的著作占了相當的數量，「大部分地理學譯著的原本也是來自日本」。〔註2〕隨著中國留學生陸續譯出的《世界地理》、《世界地理誌》等著作的廣泛傳播，「世界」也才成爲了整個中國知識界的基本語彙。世界，這是一個沒有中心的空間概念。

「世界」一詞回傳中國、成爲近現代中國基本語彙的過程，也是中國知識分子認知現實的基本框架——地理空間觀念發生巨大改變的過程：我們所生存的這個世界並非如我們想像的那樣以中國爲中心。是的，在 100 年前，正是中國中心的破滅，才誕生了一個更完整的「世界」空間的概念，才有了引進「非中國」的「世界」知識的必要，儘管「中國」與「世界」在概念與知識上被作了如此不盡合理「分裂」，但「分裂」的結果卻是對盲目的自大的終結，是對我們認識能力的極大的擴展。這，大概不能被我們輕易否定。

二

1990 年代以後人們憂慮的在於：這些以西方化的「世界」知識爲基礎的思想方式會在多大的程度上壓抑和遮蔽了我們的「民族」文化與「本土」特色？我們是否就會在不斷的「世界化」追逐中淪落爲西方「文化殖民」的對象？

其實，100 餘年前，「世界」知識進入中國知識界的過程已經告訴我們了一個重要事實：所謂外來的（西方的）「世界」知識的豐富過程同時伴隨著自我意識的發展壯大過程，而就是在這樣的時候，本土的、地方的知識恰恰也

〔註 2〕鄒振環：《晚清西方地理學在中國》244 頁，上海古籍出版社 2000 年版。

獲得了生長的可能。

　　100餘年前的留日中國學生在獲得「世界」知識的同時，也升起了強烈「鄉土關懷」。本土經驗的挖掘、「地方知識」的建構與「世界」知識的引入一樣的令人矚目。他們紛紛創辦了反映其新思想的雜誌，絕大多數均以各自的家鄉命名，《湖北學生界》、《直說》、《浙江潮》、《江蘇》、《洞庭波》、《鵑聲》、《豫報》、《雲南》、《晉乘》、《關隴》、《江西》、《四川》、《滇話》、《河南》……這些本土的所在，似乎更能承載他們各自思想的運動。在這些以「地方性」命名的思想表達中，在這些收錄了各種地域時政報告與故土憂思的雜誌上，已經沒有了傳統士人的纏綿鄉愁，倒是充滿了重審鄉土空間的冷峻、重估鄉土價值的理性以及突破既有空間束縛的激情，當留日中國知識分子紛紛選擇這些地域性的名目作為自己的文字空間之時，我們所看到的分明是一次次的精神的「還鄉」。他們在精神上重返自己原初的生存世界，以新的目光審視它，以新的理性剖析它，又以新的熱情激活它。

　　出於對普遍主義與本質主義的批判立場，美國著名的文化人類學家克利福德・格爾茲教授（Clifford Geertz）提出了「地方性知識」這一概念，在他的《地方性知識》一書中有過深刻的表述。「所謂的地方性知識，不是指任何特定的、具有地方特徵的知識，而是一種新型的知識觀念。而且地方性或者說局域性也不僅是在特定的地域意義上說的，它還涉及到在知識的生成與辯護中所形成的特定的情境，包括由特定的歷史條件所形成的文化與亞文化群體的價值觀，由特定的利益關係所決定的立場、視域等。」它要求「我們對知識的考察與其關注普遍的準則，不如著眼於如何形成知識的具體的情境條件。」〔註3〕作為後現代主義時代的思想家，克利福德・格爾茲強調的是那種有別於統一性、客觀性和真理的絕對性的知識創造與知識批判。雖然我們沒有必要用這樣的論述來比附百年前中國知識分子的「地方意識」的萌發，但是，在對西方現代化的物質主義保持批判性立場中討論中國「問題」，這卻是像魯迅這樣知識分子的基本選擇，當近現代中國知識分子提出諸多的地方「問題」之時，他們當然不是僅僅為了展示自己的地方「獨特性」，而是表達自己所領悟和思考著的一種由特定區域與「特定的歷史條件」所決定的價值追求。而任何一個不帶偏見地閱讀了中國現代文學作品的人都可以發現，這些價值追求既不是西方文化的簡單翻版，也不是地方歷史的簡單堆積，它們屬於一

〔註3〕盛曉明：《地方性知識的構造》，《哲學研究》2000年12期。

種建構中的「新型的知識觀念」。

所以我認爲，近代中國知識分子這種依託地方生存感受與鄉土時政經驗的思想表達分明不能被我們簡單視作是「外來」知識的移植和模仿，更不屬於所謂「文化殖民」的內容。

同樣，在新時期的當代中國文學批評中，在重點展示西方文學批評方法的「方法熱」之同時，也出現了「文化尋根」，雖然後來的我們對這樣的「尋根」還有諸多的不滿；1990 年代以降，文學與區域文化的關係更成爲了文學研究的重要走向。竭力倡導「走向世界」的現代學人同樣沒有忽視中國文學研究的地方資源問題，在「後現代主義」質疑「現代性」、後殖民主義批判理論質疑西方文化霸權的中國影響之前，他們就理所當然地發掘著「地方性」的獨特價值，1989 年的中國現代文學研究會蘇州年會就以「中國現代作家與吳越文化」議題之一，在學者看來：「20 世紀中國新文學是在西方近代文學的啓迪下興起的。但就具體作家而言，往往同時也接受著包括區域文化在內的中國傳統文化的影響——有時是潛移默化的濡染，有時則是相當自覺的追求。」〔註 4〕爲 20 在中國當代批評家的眼中，引入「地方性」視野既是一種「豐富」，也是一種「尊嚴」，正如學者樊星所概括的那樣：「在談論『中國文化』、『中國民族性』、『中國文學的民族特色』這些話題時，我們便不會再迷失在空論的雲霧中——因爲絢麗多彩的地域文化給了我們無比豐富的啓迪。」「當現代化大潮正在沖刷著傳統文化的記憶時，文學卻捍衛著記憶的尊嚴。」〔註 5〕在這裏，「地方性」背景已經成爲中國學者自覺反思「現代化大潮」的參照。

三

重要的在於，「世界知識」與「地方知識」完全可以擺脫「二元對立」的狀態，而呈現出彼此激發、相互支撐的關係，中國文學從晚清到人民共和國的演化就說明了這一點。

在「世界知識」與「地方知識」相互支持的關係構架中，起關鍵性作用的是中國知識分子的自我意識的成長。對於文學批評而言，自我意識的飽滿

〔註 4〕嚴家炎：《二十世紀中國文學與區域文化叢書·總序》，《二十世紀中國文學與區域文化叢書》，湖南教育出版社 1995 年版。
〔註 5〕樊星：《當代文學與地域文化》21 頁，華中師範大學出版社 1997 年版。

和發展是我們發現和提煉全新的藝術感受的基礎，只有善於發現和提煉新的藝術感受的文學批評才能推動人類精神的總體成長，才能促進人生價值新的挖掘和發揚。在我們辨別種種「知識」的姓「西」姓「中」或者「外來」與「本土」之前，更重要是考察這些中國知識分子是否將獨立人格、自由意志與人的主體性作為了自覺的追求，換句話說，在「知識」上將「世界」與「本土」暫時「割裂」並不要緊，引進某些「外來」的偏激「觀念」也不要緊，重要的在於在這樣的一個過程當中，作為知識創造者的我們是否獲得了自我精神的豐富與成長，或者說自我精神的成長是否成為了一種更自覺的追求，如果這一切得以完成，那麼未來的新的「知識」的創造便是盡可期待的，從「世界知識」的引入到「地方知識」的重新創造，也自然屬於題中之義，而且這樣的「地方知識」理所當然也就不是封閉的而是開放的。

從「世界知識」的看似偏頗的輸入到「地方知識」的開放式生長，這樣的過程原本沒有矛盾，因為知識主體的自我意識被開發了，自我創造的活性被激發了。

在晚清以來中國的思想演變中，浸潤於日本「世界知識」的魯迅提出的是「入於自識，趣於我執，剛愎主己」，即返回到人的自我意識。〔註6〕

在1980年代，不無偏頗的「方法熱」催生了文學「主體性」的命題：「我們強調主體性，就是強調人的能動性，強調人的意志、能力、創造性，強調人的力量，強調主體結構在歷史運動中的地位和價值。」〔註7〕雖然那場討論尚不及深入展開。

過於重視「知識」本身的辨別和分析，極大地忽略了「知識」流變背後人的精神形態的更重要的改變，這樣我們常常陷入中/外、東/西、西方/本土的無休止的糾纏爭論當中，恰恰包括中國文學批評家在內的現代知識分子的精神創造過程並沒有得到更仔細更具有耐性的觀察和有說服力量的闡釋，其精神創造的成果沒有得到足夠的總結，其所遭遇的困難和問題也沒有得到深入細緻的分析。

在這個意義上，我們也可以認為，現當代中國文學研究與「世界知識」、「地方知識」的關係又屬於一種獨特的「依託——超越」的關係，也就是說，

〔註6〕魯迅：《文化偏至論》，《魯迅全集》1卷50頁，人民文學出版社1981年版。
〔註7〕劉再復：《論文學的主體性》，《文學主體性論爭集》3頁，紅旗出版社1986年版。

我們的一切精神創造活動都不能不是以「知識」為背景的，是新知識的輸入激活了我們創造的可能，但文學作為一種更複雜更細微的精神現象，特別是它充滿變幻的生長「過程」，卻又不是理性的穩定的「知識」系統所能夠完全解釋的，對於文學創作與文學研究的考察描述，既要能夠「知識考古」，又要善於「感性超越」，既要有「知識學」的理性，又要有「生命體驗」激情，作為文學的學術研究，則更需要有對這些不規則、不穩定、充滿偏頗的「感性」與「激情」的理解力與闡釋力。

人類不僅是邏輯的知性的存在物，也是信仰的存在物，是充滿感性衝動與生命體驗的複雜存在。

自晚清、民國到人民共和國，中國文學現象的發生發展，不僅是與新「知識」的輸入與傳播有關，更與「知識」的流轉，與中國知識分子對「知識」的「理解」有關。我們今天考察這樣一段歷史，不僅僅需要清理這些客觀的知識本身，更要分析和追蹤這些「知識」的演化過程，挖掘作為「主體」的中國知識分子對這些「知識」的特殊感受、領悟與修改，換句話說，我們今天更需要的不是對影響中國文學這些的「中外知識」的知識論式的理解，而是釐清種種的「知識」與現代中國人特殊生存的複雜關係，以及中國知識分子作為創造主體的種種心態、體驗與審美活動，所謂的「知識」也不單是客觀不變的，它本身也必須重新加以複述，加以「考古」的觀察。這就是我們著力強調「民國歷史文化」、「人民共和國文化」之於文學獨特意義的緣由。

所有這些歷史與文學的相互對話，當然都不斷提醒我們特別注意中國知識分子的自由感受、自我生成著精神世界，正如康德對文藝活動中自由「精神」意義的描述那樣：「精神(靈魂)在審美的意義裏就是那心意付予對象以生存的原理。而這原理所憑藉來使心靈生動的，即它為此目的所運用的素材，把心意諸和合目的地推入躍動之中，這就是推入那樣一種自由活動，這活動由自身持續著並加強著心意諸力」〔註8〕

〔註8〕康德：《判斷力批判》上卷第159～160頁，宗白華譯，商務印書館1964年版。

目

次

緒　論

一、中國現代史：源自農耕文明的現代性追求

一

　　我清楚地知道自己正在著筆的是一部學術著作，然而卻忍不住從一點極富感性色彩的個人經歷談起，因爲，這裡面包含了本課題的部分緣起和初衷。這個激越昂揚的轉型時代不斷給我以新的刺激、困惑和激情，逼迫我不斷地思考和追問，並從中找到無限的樂趣。恰恰是這些，構成了我學術研究的源頭活水，以及甘於寂寞的價值選擇和執著前行的持續動力。

　　2009年春節，我回了一趟老家。老家在川東農村，偏僻且貧困。當年上學時，最大的願望就是跳出農門，遠離這窮鄉僻壤，不再像父輩那樣面朝黃土背朝天，一年到頭背太陽翻山。這幾乎是所有農村學生及家長的共同願望，而且也是最大的理想。或許正是由於目標過於單純、迫切，學習才變得功利而枯燥。整個中學時代，我幾乎從未體會到過學習本身的樂趣，卻爲了改變自己的命運而堅持自虐式地學習。雖然最終考上了大學，但多年之後回憶起那段時光，特別是高三階段，依然心有餘悸，不寒而慄。當父親領著我，在鄉親們讚歎和羨慕的目光中，把戶口從老家遷出，我不由得長長地舒了一口氣。那一刻，彷彿一生下來就壓在身上的千斤重擔終於得以卸了下來。

　　就這樣，我毫不留戀地告別了故鄉，告別了那片土地，來到了陌生的城市。整個大學時代，城市對我而言都是那樣的新鮮，深不可測、魅力無窮。雖然那時城市的街道很窄，高樓很少，但比起彌漫著土腥氣的故鄉來，卻無

處不流露出無限的優越感。我常常幻想著，要是有朝一日故鄉的土地上也有了高樓大廈，有了街道和路燈，那該多好？每逢寒暑假回到老家，我最多興奮三五天，然後就盼望著開學的日子，盼望重新回到學校，回到城裏。我的戶口不是已經落在城市了嗎？我已經不再屬於這裡，短暫停留之後很快又將離開。故鄉的人也待我如賓，雖然我從這裡走出去，但他們卻更視我爲城裏來客，彷彿我從來就不曾屬於這裡。有意無意地，我也樂於享受這樣的優待，「反認故鄉是他鄉」。

對城市的進一步認識是在參加工作之後。當第一次擔負起自己的生計，第一次自己解決吃穿住行等實實在在的形而下問題時，我逐漸看到了城市的另一面。原來，城市的生活方式與生存法則，決不是一個剛剛進城的大學生所能體會和理解的。爲了生存，我不得不被城市的漩渦裏挾著，身不由己地撞向一個又一個暗流或者險灘。以前關於城市的粗淺認識和浪漫想像，很快就被殘酷的現實衝擊得蕩然無存。在城市奔波和折騰，雖然不像幹農活那樣勞筋累骨，卻更加耗費心神。忙忙碌碌，轉瞬間，就已人到中年。回首二十多年的城市生活，竟有「夢裏不知身是客」的感歎。的確，這些年在城市裏忙亂無章的歲月，似乎並未在生命裏留下多少美好的記憶，反而是那些曾遭自己鄙棄的鄉村時光，卻在一次又一次夢裏變得越來越親切，構成了生命中的另一種慰藉。在對故鄉的思念中，兒時的天眞與純潔彷彿塵封多年的種子，重新萌芽、開花，讓人情不自禁頻頻回首。在越來越密集的高樓大廈的威壓之下，當年避之唯恐不及的故鄉的山山水水，竟然逐漸變成了冷酷的現實生活中一道溫馨的生命背景，令人時時反顧。

於是，2009年春節，我回了一趟老家。

回鄉的路變得順暢多了，當年坑窪泥濘的土路變成了平坦光滑的柏油路，原先十幾個小時的旅程，如今只需幾個小時。路邊依然是冬日的水田和山坡，略微有些荒涼、蕭瑟，卻不改舊時的模樣。雖然是春節期間，路上卻少有行人，路旁的院落也冷冷清清，全然沒有兒時過年的熱鬧景象。回到老家的院落，竟然不聞一聲犬吠，更不見一個人影。映入眼簾的是一堵孤零零的殘牆和地上青瓦的碎片。前幾年，由於父母年邁體衰，已經進城與我們同住。雖是土坯房，沒想到幾年的時間，老屋便殘破得如此不堪。幾家鄰居的房屋尚好，都是青磚青瓦的樓房，但門卻緊鎖著。在院落轉了一會兒，我們便去半山腰的墳地給爺爺奶奶燒香，路上終於碰見了幾位熟人。他們正在一

個深坑裏挖土，坑已經兩三米深了，但還要繼續挖。他們說下面埋的是天然氣管道，漏氣了，要檢修。天然氣管道？我滿臉疑惑地問。他們說你不知道？去年天然氣公司的輸氣管道從我們村經過，來了好多推土機、挖掘機，好不熱鬧！他們說現在的技術好先進，管子雖然埋在地下，但隔不多遠就安了一個電腦，哪裏漏氣電腦就會自動報警。他們說本村的人誰都沒有發現異樣，結果天然氣公司的人就來了，說下面漏氣了，讓他們挖。我問，鋪輸氣管道要毀掉不少莊稼地吧？他們說那不要緊，天然氣公司賠兩季的莊稼，埋好管道後還要恢復原來的模樣。他們說你看那些磚石砌的堡坎，就是他們修的。我這才發現田間地頭到處可見一片片水泥砂漿的灰白，彷彿散落在莊稼地裏的癩瘡疤。

原本以為故鄉是窮鄉僻壤，沒想到現代化的設施已經深埋到了故鄉的泥土之下。

我又和他們聊了一會兒，得知如今村裏的大部分人都外出打工了，掙到錢後就在城裏買房，連春節也不願回農村過了。前些年那些外出打工的，最大的夢想還是掙錢回家蓋房。沒想到幾年之後，觀念又變了：鄉下的房子修得再好也在鄉下，只有在城裏買了房才算體面。如今鄉下樓房很多，但大部分空著，它們的主人卻擠在城裏的出租房甚至亂糟糟的工棚裏。那些留守老家的長者也人心惶惶，他們期待著後輩在城裏發財、買房，他們才有機會把自己的晚年和城市聯繫在一起。在他們看來，如今在鄉下終老似乎是一件很失顏面的事情……

我不禁感到一股徹骨的寒涼。顯然，故鄉已經不再是我想念中的故鄉了，就像城市不再是當年夢寐以求的城市。

我們是否還需要故鄉？如果需要，我們應該上哪兒去找？

我們該如何面對城市？為什麼我們嚮往城市，卻又無法把它當作家園？

這不僅僅是困惑我的問題，也是這個時代許多人共同面臨的問題。

城市像一塊巨大的磁鐵，然而也像一口無邊的陷阱。雖然絕大部分進城的人並未找到他們想要的成功和幸福，但大家還是爭先恐後地往裏跳，一旦陷入，永遠不能自拔。

特殊的城鄉關係構成了這個時代最醒目的亂象和矛盾，然而其折射的問題卻遠遠不止於城鄉關係。它就像一面多棱鏡，從中我們可以看到一個時代多方面的迷惘、焦慮、貧乏和陣痛──當城市的生活節奏越來越快，效率越

來越高，而人們的生存壓力卻越來越大；當城裏人越來越不堪城市的擁擠、喧囂和高樓的威壓，渴望鄉村的閒淡與寧靜，一撥撥農民卻越來越決絕地棄土離鄉，湧向城市；當城市以節約土地為由，樓房越蓋越密，越蓋越高，而農村的良田卻被大量撂荒；當城市化進程變得越來越急切，成為不可逆轉的歷史潮流，而潮流中的人們卻越來越身不由己、無所適從……

身處這樣的時代與環境，難道我們不應該追問一下：我們到底想要什麼？我們從哪兒來？又將向何處去？

二

在一個急劇轉型、時刻充滿變數和未知的時代，人很容易喪失穩定感、安全感。當身外的世界變得越來越不可捉摸、無從把握，人自然會無所適從、惶惑不安，焦慮、迷惘、狂躁等遂成為一個時代的主流情緒。越是在這種時刻，人越是需要得到自我確認。我們從哪裏來？將向何處去？這樣的問題可以是現實層面的指涉，也可以是文化和哲學層面的追問。

從表面看，在當前急劇的城市化進程中，中國的鄉村和城市都充滿了變數，無論城裏人還是鄉下人，都生活在不停的遷徙和變動之中。城市化進程以空前的力度影響和改變著每個人的生存空間，迫使日常生活變得空前的不穩定，每個人都不得不時時提防和應對意料之外的社會環境和生存局面。社會的發展變化在讓人感到緊張、惶惑的同時，對相對穩定的歸宿的渴望也變得空前急切。傳統農耕社會的生存環境是相對穩定的，給人以熟悉、親切、安全的生存體驗；而在城市化進程中，生存空間的劇烈改變甚至變幻莫測，導致了一個時代精神層面普遍的迷惘和焦慮。

然而，城市化進程不只是一個城鄉轉換的空間問題，更是一個關於歷史傳統和未來發展的時間層面的問題。尤其是對一個有著深厚農耕文化背景的國度而言，「城鄉」一詞在表達空間的二元結構的同時，還呈現出特別的時間概念：「鄉」是古老的、落後的、前現代的，代表著傳統與歷史，承載著一個民族關於過去的記憶；而「城」則是先進的、時尚的、現代的，代表著新的文明與進步，承載著理想和未來。所以，城市化帶來不只是從鄉村到城市的大規模遷徙，同時也是從傳統到現代的時間層面的過渡和跨越。

如果僅僅是空間層面的遷徙，問題也許會單純許多。而一旦涉及時間層面的跨越，生存空間的轉換就不再僅僅屬於現實層面的問題，而變成了歷史

問題、文化問題、價值問題。可以說，中國當前城市化進程中的許多問題，更多的是因為時間層面的過渡與跨越而引起的。

首先，與西方的城市化、工業化有一個漫長的、漸進的過程不同，中國的城市化、工業化進程是突進的、疾風暴雨式的，這就使得傳統與現代、鄉村與城市之間的對立和衝突尤為突出。當「鄉土中國」的子民突然遭遇現代城市，他們身上背負的卻主要是傳統農耕文明。城市文明的「現代」與農耕文明的「傳統」之間缺乏足夠的時間緩衝，而是直接發生正面碰撞，使得相當一部分人在城鄉雙重生存空間和兩種文明形態之間無所適從。特別是對輾轉在城鄉之間的農民工而言，急劇的城市化進程導致了他們被動的、畸形的生存方式。他們遭遇的生存困境與困惑是傳統與現代的衝突最集中最激烈的表現形式。

其次，由於新中國成立之後，特別是 1958 年《中華人民共和國戶口登記條例》頒佈以來，在中華大地上逐漸建立起了城鄉分割的戶籍制度，嚴格區分「農業戶口」和「非農業戶口」，最大限度地剝奪了農民自由遷徙和進入城市的權利。這種戶籍制度最終導致了城市與鄉村彼此封閉的二元對立的社會結構，所有中國人都被分隔為兩大階層：農業人口和非農業人口。而且戶籍變成一種身份，以世襲方式承傳。再加上「剪刀差」導致的越來越嚴重城鄉差別，使得「農業」與「非農業」的懸殊越來越明顯，並且不斷用制度的方式加以強化。「農」與「非農」的差別不僅是一種普遍的社會共識，甚至變成一種貴賤標準。「非農」就是對農業的否定和超越，意味著城鎮、現代，意味著歷史進步的方向，意味著身份的高貴和優越；而「農」則意味著原始、愚昧、貧窮、落後，意味著與城市和現代無緣，甚至意味著世襲的卑賤……城鄉二元對立的戶籍制度換來的是等級的森嚴，尊卑的分明！正如學者指出的那樣，「一道戶口的鴻溝橫亙在城鄉之間，城外的人想進來，城裏的人不願出去。這種戶籍制度距現代文明太遠了。戶口之牆與其說建在世上，不如說建在人的心上」。〔註1〕就這樣，農民被嚴格限制在鄉村，固定在鄉村，像釘子一樣被釘在土地上，失去了選擇職業、自由流動的權利。農民不僅不能從鄉村流向城市，甚至連鄉村之間的流動也一度被嚴令禁止。從此，世世代代以農為生的中國人，開始以農為恥，並把「非農」作為他們一

〔註1〕 鍾姜岩：《轉型時期的中國農民問題》，見《從減負到發展——中國三農問題剖析》第3頁，中央編譯出版社，2006年版。

生追求的最高目標。幾十年嚴厲的城鄉分割的戶籍制度，導致了更深的城鄉隔閡，進一步強化並人爲地製造了更多的城鄉差別。然而，就在這種戶籍制度仍在延續的時候，轟轟烈烈的城市化運動卻隨著改革開放拉開了序幕。大量農民工湧進城裏，先是以非法或暫住的方式棲身城市的角落，接下來便是拼命地掙錢買房，以換取城市戶口。對這一類進城農民而言，他們的人生可以明顯分爲兩個部分：一是前半生的「鄉」，二是後半生的「城」。在他們身上，城鄉文明的轉化、傳統與現代之間的跨越與他們的人生經歷奇妙地結合在一起：他們的前半生屬於農耕文明，背負傳統，帶著古老的鄉土氣息；而他們的後半生則屬於現代工商文明，面對時尙的城市，努力適應著另一種生存方式。特殊的戶籍制度不僅強化了城鄉之間的空間隔閡，也人爲地擴大了時間層面的跨越，導致農民在面對現代城市時普遍的不適應。他們大多只能出於謀生的目的進入空間意義上的城市，而無法在文化層面眞正融入現代城市，成爲具有相應行爲素質和思想觀念的現代市民。當漫長的歷史文化轉型與個體命運的變化緊密重疊時，中國農民在這一過程中所經歷的額外的滄桑與陣痛就更加難以言表了。

　　第三，中國城市化進程的加速期恰逢新舊世紀的跨越。以公元爲標準的所謂新世紀本來僅僅是對時間的一種命名，從「1999」年到「2000」年的時間變化與其他任何年份的時間流逝方式並無不同，對新世紀的強調不過是對一種命名的強調。但是，當新世紀的到來和舊世紀的離去，與一個社會以及眾多社會成員的命運所發生的巨大改變相重疊時，那麼時間的正常改變便被賦予了特殊的歷史含義，甚至會給人以這樣的錯覺：正是千年一遇的世紀跨越，導致了我們生存現實的劇烈改變！儘管時間的流逝方式是一以貫之的，並未發生任何實質性的突變，但新世紀的命名的確也會給人們帶來諸多的心理暗示，並反過來進一步強化人們面對變動不居的現實時的心理恐慌。正是在這一個意義上，「新世紀」這一詞語在各種場合被反覆提及、強調。特別是在中國急劇的城市化進程中，「城」與「鄉」的空間轉換和「新」「舊」世紀的時間跨越大致重疊，由此一來，「新」、「舊」世紀的命名似乎便有了更加確切的內涵，甚至與個體生命的生存體驗發生了密切聯繫：一個世紀的終結伴隨著一種曾經熟悉的生活方式的終結，似乎也帶走了生命中那些不可再現的美好記憶；而新世紀則與生活的劇烈改變相伴而來，它帶來新鮮與陌生的同時，也帶來無盡的迷惘和焦慮……本課題之所以把研究對象限制「新世紀」

這一時間範疇之內，也正是出於這一歷史巧合的考慮。

所以，中國在城市化進程中遭遇的問題，既有空間層面的問題，也有時間層面的問題。城鄉生存空間的轉換屬於歷史發展變化過程中一個明顯的社會現象，而時間層面的問題則指向這一現象背後的歷史、文化、價值等領域。

三

毋庸置疑，在目前尚在加速推進的這場城市化運動中，受衝擊最嚴重的是中國的鄉村和農民。多方面的歷史原因以及城市化運動推進的現實方式，決定了中國農民必然要經歷空前的陣痛，承擔中國社會的多重危機，再一次為中國社會經濟的轉型和發展做出巨大的犧牲。

上世紀 90 年代，當改革開放的重點逐漸由農業轉向工業，由農村轉移到城市之後，包產到戶的農業生產模式已基本耗盡農業生產的潛力，農村經濟開始原地踏步，甚至出現了負增長。與此同時，中國工業化、城市化的速度明顯加快，農民越來越多地湧向城市。在這一特殊的歷史階段，中國農民的負擔不僅沒有減輕，反而越來越重，從而導致了一系列嚴重的社會問題。政府竭澤而漁，農民幾乎就要揭竿而起。1996 年，著名學者溫鐵軍針對日益嚴峻的農民、農村、農業形勢，提出了「三農問題」。2000 年 3 月，湖北省監利縣棋盤鄉黨委書記李昌平在給朱鎔基總理的信中寫道：農民真苦，農村真窮，農業真危險。〔註 2〕由此，中國的「三農」問題很快成為全社會共同關注的焦點問題，李昌平也一下子成為「中國最著名的鄉黨委書記」，並當選《南方周末》評選的 2000 年年度人物。「其實三農問題是一個問題：農民問題」，〔註 3〕而「農民問題」的一個關鍵是農民的地位問題。新中國成立幾十年了，占中國人口絕大多數的農民卻一直未能獲得「國民待遇」。「從理論和法律地位上講，農民是全體社會成員中最具平等地位的構成部分，與工、兵、學、商、幹享有同樣的權利，並不低人一等。但是，農民的名義社會地位和實際社會地位相差甚遠。農民在社會結構中的實際地位處於最底層。農民的職業本來是神聖的，沒有農民的辛勤勞作和耕耘，就沒有人類生存所必需的生存資料，也就沒有人類社會的存在和發展。然而，鄙視農民、看不起

〔註 2〕　李昌平：《我向總理說實話》第 20 頁，光明日報出版社，2002 年版。
〔註 3〕　鍾姜岩：《轉型時期的中國農民問題（代序）》，見《從減負到發展——中國三農問題剖析》，中央編譯出版社，2006 年版。

農民職業的社會心理卻根深蒂固」〔註4〕。幾十年來,「農民是中國最大的納稅群體,卻享受不到納稅人的待遇:沒有公費醫療,沒有養老保險,更沒有城裏人那麼多名目繁多的社會福利待遇」〔註5〕。在中國最近二十多年來的現代化浪潮中,城鄉差距不僅未見縮小,反而進一步擴大了。爲了改善自己的生存條件,相當一部分農民不得不選擇進城務工。於是,中國出現了歷史上最大的一次人口遷徙,遷徙目的地就是城市。遷徙城市的農民有了另一種身份——農民工,簡稱民工。大量農民就這樣走向了土地之外的另一謀生空間。城鄉二元對立的社會結構以農民湧入城市的方式得以表面上的瓦解。而在他們棄土離鄉之後,他們卻依然要盡一個老家農民的義務,名目繁多的各種賦稅並不因爲他們已經離鄉進城而有所減少。城市在大量廉價民工的建設下日新月異,而鄉村則進一步頹廢、凋敝。「負擔的日益增加,價格的逐年回落,被農民視爲生命的土地已成爲農民的沉重包袱,聯產承包責任制被農民視爲套在他們脖子上的枷鎖」〔註6〕。到上個世紀末期,出現了大量土地被撂荒的情形,而土地承載的賦稅卻不曾減輕。常年流徙於城市角落和鐵路線上的如蟻的民工開始成爲中國大地上最壯觀也最令人心酸的一道風景。

然而,由於中國嚴苛而又絕對不平等的戶籍制度,使得被標注了「農業人口」的農民很難眞正融入城市,享受到城市居民的待遇。即使他們長期在城市辛勤勞作,也只能以「民工」或「盲流」的身份被城裏人另眼相看。他們只被允許「暫住」城市,無異於寄人籬下,戰戰兢兢地看著城裏人侮蔑的臉色。城市不屬於他們,「現代」也不屬於他們。但是,追求美好生活的本能又使得農民無法心甘情願地回到貧瘠的農村。他們寧願棄田撂荒,也要住在簡陋骯髒的工棚裏,幹著城市人嗤之以鼻的最髒最累最危險的活,忍辱負重卻義無反顧。他們在城市裏掙扎,在現代化的誘惑面前徘徊。他們是與現代城市不相和諧的一群,是來自另一時空——「鄉土中國」的古老子民。他們在城市面前如臨深淵,一臉惶惑,更其艱難的是,他們還必須面對冷酷森嚴的制度障礙,曾經一不留神就會被當做盲流遣返。

〔註4〕 宮希魁:《中國「三農問題」的觀察與思考》,見《從減負到發展——中國三農問題剖析》第8頁,中央編譯出版社,2006年版。
〔註5〕 鍾姜岩:《轉型時期的中國農民問題(代序)》,見《從減負到發展——中國三農問題剖析》,中央編譯出版社,2006年版。
〔註6〕 李昌平:《我向總理說實話》第22頁。

　　毫無疑問，在這次城市化浪潮的早期階段，農民首先遭遇的主要不是城鄉文化差別的問題，也不是傳統與現代的問題，而是社會制度的問題。特殊的制度設計進一步強化了城鄉差別，突出了城鄉矛盾，導致農民在由「鄉」而「城」的轉換過程中要忍受更多的屈辱與磨難，付出更大的代價。所以，不難理解，在農民工進城的早期階段，在東南沿海城市曾風靡一時的打工文學中，隨處可見的是打工仔對城市的滿腔仇恨和血淚控訴。

　　世紀之交的「三農問題」是新中國長期實行的城鄉分治政策積累下來的多重問題的集中爆發。而當「三農問題」集中爆發時，停滯多年的城市化進程重新啓動，農民終於有了土地之外的另一謀生空間。毫不誇張地說，相當一部分中國農民是在走投無路的情況之下才迫不得已地選擇進城謀生。然而進城之後，他們是外來者，享受不到市民待遇；而在農村，他們山窮水盡，不堪重負，土地成了他們甩都甩不掉的包袱。特殊的歷史情形造成了他們進退維艱的生存困境，也造就了他們對鄉村和城市的雙重仇恨。這種極端的仇恨式的進城方式最大限度地斬斷了農耕社會傳承了數千年的人與土地的情感，扼殺了農民對鄉土世界的最後一絲留戀，造成了情感上與傳統鄉土的脫節。

　　在一個以農耕爲傳統的國度，農民對土地的珍愛與眷戀延續了幾千年，傳統文化與這種土地情懷有著千絲萬縷的聯繫，華夏子孫可以說都是大地母親孕育的「地之子」。然而到了千年一遇的世紀之交，農民與土地的情感聯繫卻突然被生生撕裂。誰也不會想到，「地之子」與土地的告別方式竟然是如此決絕而殘酷！不難想像，告別鄉土之後，傷心絕望的「地之子」還會像當年的梁三老漢那樣，久久徜徉在剛剛分得的土地上不忍回家嗎？

　　新中國成立之後，中國農民獲得解放的同時，也不再有把握自己命運的主動權。必須承認，黨和國家在特定歷史階段的特殊政策不僅決定了中國農民的命運，而且極大地影響了現代化進程中傳統文化的傳承方式。

四

　　繼續回溯歷史，我們不難發現，世紀之交的這場城市化運動，是中國在整個二十世紀從來不曾間斷過的由傳統向現代轉型過程中的一環，也是傳統與現代對話的高潮部分，既有世紀之交的時代特色，也有其背後一以貫之的價值選擇和理想追求。無論從文學還是社會歷史的角度進行研究，我們都必

須把問題置於更宏大的歷史背景之下，才可能有更全面更深入的探討。

中國是個傳統的農業國度，歷來以農爲本，無農不穩。費孝通先生所說的「鄉土中國」是傳統文化生長的土壤，也是每一個中國人基本的生存背景。如果不是數典忘祖的話，只要是中國人，大概都可以坦然地承認自己是農民的兒子。農業是中國傳統文化裏最強大的基因，它構成中國人鮮明的文化身份，支配著中國人的思維方式、文化視野、價值觀念、美學趣味和人生範式等多個方面。儘管在傳統社會裏，士大夫階層可能疏遠或者不屑於具體的農事耕作，但是他們最基本的精神淵源和人生經驗都離不開「鄉土」。儘管他們屬於農耕社會的上層，但從骨子裏講，他們首先是農民，然後才是知識分子。而且，「知識分子因其教養和精神生活，也因其與土地的非基本生存關係，更利於保存古舊夢境、傳統詩趣，知識分子往往是比農民更嚴整的傳統人格」〔註7〕。正是在這個意義上，趙園先生說，「廣義的農民文化，即使不等同於傳統文化，也是其重要部分；且因形態的穩定單一而具體，易於標本化」。〔註8〕因此，在源遠流長的古典文學傳統裏，「鄉土中國」以及由此生發的具有鮮明農耕社會特色的生命體驗和哲學感悟，成爲一代代文人墨客筆下的主要內容。雖然在歷史長河中，我們不難發現歷朝歷代繁華都市的影迹，但是城市僅僅是作爲農業文明的延伸而存在，是農業子民在田間地頭之外的另一生存空間。城市即使成爲詩人的書寫對象，承載的依然是濃鬱的鄉土趣味。哪怕到了二十世紀，鄉土依然是中國作家最基本的生命背景。所以「城市從來沒有爲中國現代作家提供像陀思妥耶夫斯基在彼得堡或喬伊斯在都柏林所找到的哲學體系，從來沒有像支配西方現代派文學那樣支配中國文學的想像力。」〔註9〕從這個意義上講，城市和鄉村的區別主要不在空間形態層面，而在於其背後的歷史淵源和文明形態。

意識到自己文明的「農業」特點並非易事。不識廬山眞面目，只緣身在此山中，在相當長的時間裏，中華民族心目中只有自己的一種文明。也就是說我們曾以爲我們的農業文明是天下唯一的文明，眞正的文明。即使還有其他的文明，那也只是化外的蠻夷之流。這種封閉自大的心態一直到鴉片戰爭

〔註7〕 趙園：《地之子‧自序》，《地之子》，北京十月文藝出版社，1993年版。
〔註8〕 趙園：《地之子》第73頁，北京十月文藝出版社，1993年版。
〔註9〕 李歐梵、鄧卓：《論中國現代小說（摘要）》，載《中國現代文學研究叢刊》，1985年第3期。

慘敗之後，才開始受到衝擊。西方文明的堅船利炮輕而易舉轟開了中國古老的大門，以摧枯拉朽之勢橫掃中華大地。再也無法迴避，我們被迫面對另一種陌生而強大的文明。從此，認識、研究、比較、學習另一種文明，就成了中國學人的基本功課。正是在與西方文明的並置與比較中，中國傳統文明的「農業」特點才凸現出來。我們遭遇的西方文明是經歷了幾百年發展的資本主義文明，工業化城市化是其顯著的特點。正是以工業化城市化為標準，我們才獲得了從另一角度打量自己文明的機會，才發現以「農業」為特點的中國傳統文化的局限性，以及自己作為農業子民在世界上的真實處境。

東西文明的並置一開始就是不平等的，從表面上看可謂強弱懸殊，高下分明。西方文明在中國學人的眼中從夷學、西學到新學，很快確立起在東方文明面前的優勢地位。五四新文化運動更是把西方文明的諸多標準確立為「現代」的，是中華民族的發展目標和前進方向。而以「農業」為基本特點的傳統文化則被視為「前現代」的，成為中華民族向前發展必須要超越的對象。這樣一來，東西文明並置的空間概念便轉化為不同發展程度和不同歷史階段的時間概念。西方不再僅僅是我們空間意義上的鄰居，更是我們的未來和理想。再加上達爾文進化論的廣泛傳播，使得中華子民逐漸拋棄了根深蒂固的今不如古的時間觀念，接受了與之截然相反的另一種時間觀。於是乎，以西方現代資本主義文明作參照，一個嶄新的時空呈現在古老的中華民族面前，誘發古老子民關於未來的無盡想像，歷史的車輪終於在泥濘和混亂中緩緩駛上了「現代」的軌道。「二十世紀上半葉的幾十年間，中國人跨入了一個廣闊的文化和知識空間，這個空間是由歐洲兩個世紀的現代化所開拓的；同時又把中國的文化局面拋入了動蕩的漩渦中，當時中國人正試圖尋找一種與他們選擇的現代性範式相應的文化。」〔註10〕二十世紀下半葉中華民族依然繼續著這種尋找和探索，世紀之交的城市化運動可以說正是我們所選擇的現代性範式在實踐層面的最激烈體現。

現代化追求使中國人跨入了一個「由歐洲兩個世紀的現代化所開拓的」空間，這種說法對一位西方學者而言，似乎難掩幾絲洋洋自得。而對於中國人而言，則意味著忍辱含羞和痛苦的自我反省與自我否定。西方文明引著我

〔註10〕阿瑞夫·德里克：《現代主義和反現代主義——毛澤東的馬克思主義》，鄧正來譯，見蕭廷中主編《在歷史的天平上》，第219頁，北京：中國工人出版社，1997年版。

們走出深陷其中的「廬山」之後，我們從此就再也不能心安理得地回到自己的鄉土家園。在強弱懸殊的文化環境下，五四新文化運動的先驅者們痛定思痛，大多選擇了比較激烈的自我否定和自我批判。在內憂外患的具體歷史情境中，愛國心切的知識分子往往來不及細數傳統文化的好處，而更多的看到其包膿裹血的一面，吃人的一面。矯枉或許得過正，正是借助對傳統文化極端否定的反向推動力，中國的現代化進程才得以緩緩啟動。痛快淋漓的自我否定也許更能起到警醒人心的作用，主張批判地繼承和吸收，古為今用，洋為中用，取其精華，棄其糟粕的毛澤東，在年輕時也曾有過這樣激烈的言論：

> 原來我國人只知道各營最不合算最沒有出息的私利，做商的不知道設立公司，做工的不知道設立工黨，作學問的只知道閉門造車的老辦法，不知道同共（共同）的研究。大規模有組織的事業，我國人簡直不能過問。政治的辦不好，不消說。郵政和鹽務有點成績，就是依靠了洋人。海禁開了這麼久，還沒有一頭走歐州（洲）的小船。全國唯一的招商局和「漢冶萍」，還是每年虧本，虧本不了，就招入外股。凡是被外人管理的鐵路，清潔、設備、用人，都要好些。鐵路一被交通部管理，便要糟糕，坐京漢，京浦，武長，過身的人，沒有不嗤著鼻子咬著牙齒的！其餘像學校辦不好，自治辦不好，乃至一個家庭也辦不好，一個身子也辦不好，「一丘之貉」「千篇一律」的是如此。〔註11〕

從這段文字中，我們不難看到毛澤東在風華正茂、年輕氣盛時所呈現出來的另一面。雖然這一面在後來逐漸被偉大的無產階級革命導師的形象所取代，但我們不難從整個毛澤東時代乃至整個二十世紀動盪不安的歷史進程中，發現其表象背後一以貫之的價值選擇。

既然中國社會的現代化進程主要啟動於橫的移植，而非縱的生長，那麼基本可以斷定，以「農業」為基本特點的傳統文化，其自身是不具備發展現代社會的基因的。著名學者費孝通先生曾這樣分析，「中國傳統文化中不發生科學，決不是中國人心思不靈，手腳不巧，而是中國的匱乏經濟和儒家的知足教條配上了，使我們不去注重人和自然間的問題，而去注重人和人間的位

〔註11〕《毛澤東早期文稿（1912 年 6 月～1920 年 11 月）》第 294 頁，湖南出版社，1990 年版。

育問題了。」〔註12〕正是由於「現代」的移植特徵，相當長的一段歷史時期
裏，在中國人的「現代」觀念裏，農業與現代文明基本標誌之一的工業不被
認爲是互補關係，而是對立關係。傳統文化的主要載體農業不被視爲發展現
代社會的基礎，而被視爲中國社會現代化進程中的絆腳石。當「現代」成爲
一種價值觀，那麼在五四知識分子那裡，鄉村、農業、農民便被視爲是逆歷
史發展潮流的、反價值的。「新文化對於鄉土社會的表現基本上就固定在一個
陰暗悲慘的基調上，鄉土成了一個令人窒息的、盲目僵死的社會象徵。最有
代表性的是魯迅的短篇《祝福》和《故鄉》，當然還有《阿 Q 正傳》。三十年
代也有不少寫農村生活的小說把鄉土呈現爲一個社會災難的縮影，只有不多
的幾個作家（如沈從文）力圖以寫作復原鄉土本身的美和價值，但是多罩以
一種抒情懷舊的情調。新文學主流在表現鄉土社會上落入這種套子，一個重
要的原因在於新文化先驅們的『現代觀』。在現代民族國家間的霸權爭奪的緊
迫情境中，極要『現代化』的新文化倡導者們往往把前現代的鄉土社會形態
視爲一種反價值。鄉土的社會結構，鄉土人的精神心態因爲不現代而被表現
爲病態乃至罪大惡極。在這個意義上，『鄉土』在新文學中是一個被『現代』
話語所壓抑的表現領域，鄉土生活的合法性，其可能尙還『健康』的生命力
被排斥在新文學的話語之外，成了表現領域裏的一個空白。」〔註13〕

這樣一來，鄉土中國、農業、農民，就成了中國不現代的替罪羊。在知
識分子現代眼光的審視之下，中國農民呈現出愚昧麻木迷信保守自私吝嗇的
「新」形象。就二十世紀農民的文學形象而言，中國新文學首先樹立起來的
不是具有現代品質的正面形象，而是在批判中樹立起來的與現代性相對立的
反面形象。

五

正如前文所述，由於中國的現代化追求主要源於橫的移植，而非縱的生
長，所以，與西方現代化追求過程相比較，一個顯著不同之處是，中國的現
代化追求是被動的，身不由己的，一開始就伴隨西方列強的巧取豪奪和肆意

〔註12〕費孝通：《中國社會變遷中的文化結症》，見於《鄉土中國》第 250 頁，上海：
　　　　上海人民出版社，2007。
〔註13〕孟悅：《〈白毛女〉演變的啓示》，收入唐小兵編：《再解讀——大眾文藝與意
　　　　識形態》，牛津大學出版社，1993 年版，第 87 頁。

欺凌。如此情形之下，在追求民主進步的現代社會的同時，也伴隨著爭取民族解放的抗爭，現代化追求與民族解放被統一在同一歷史進程中，「落後就要挨打」是中華民族用切膚之痛換來的至理名言。「落後」是現代性層面的問題，也是價值標準選擇的問題，即用西方資本主義現代文明的標準來衡量，我們是大大的落後了，西方是我們的老師，我們必須向西方學習；「挨打」則是民族解放層面的問題，面對西方列強的欺凌，我們要爭取民族的獨立解放和尊嚴，要爭取和西方平等的國際地位。於是乎，在中國社會現代化進程中，「西方」成為中國人心中永遠的痛：它一方面是我們的榜樣，是我們追求現代化必須要請教的「老師」；同時又是我們爭取民族國家獨立和解放的反抗對象，是我們要對付的「敵人」。「老師」的稱謂源於對西方代表的現代價值觀的認同，「敵人」的界定則源自民族國家的自我認同，二者合二為一，造成了中華民族在現代化追求中異常複雜、痛苦的心理沉屙。現代性價值觀的啟蒙與傳播總是伴隨著濃烈的愛國主義情緒，理性的價值選擇與感性的家國情懷總是相生相隨。

顯然，現代化追求和民族解放雖然被統一在同一歷史進程，但二者並不具備邏輯上的正比例關係，顧此失彼總是難免的。「1840 年以後，中國在總體上發生了農業文明形態急劇解體，現代文明形態快速增長，並最終發展為現代國家的進程。這是中國近代歷史的演歷主調和基本格局。承認這個歷史進程具有客觀實在性，並不否定西方列強把中國逐步變為半殖民地、半封建國家和中國人民不斷進行反帝反封建革命鬥爭的過程。二者都能，也都應得到確認。民族的尊嚴、獨立與社會發展進步有聯繫，但並不具有邏輯上的正比例關係，更不是任何時候都具有正比例關係。前者主要是道義問題，評判主要建立在正義邏輯之上；後者主要是歷史問題，評判主要建立在不斷向前發展的歷史邏輯之上。」〔註14〕筆者以為，正是由於現代化追求和民族解放在具體的歷史進程中的不同步性，導致了中國現代歷史發展不同階段的不同形態。五四新文化運動顯然是側重於理性的價值層面，以科學和民主為代表的現代基本價值觀念的傳播成了那一時代的主要任務。而且，由於情勢的急迫，愛之愈深、恨之愈切的情緒在知識分子中普遍蔓延，使得不少五四先驅

〔註14〕陳廷湘主編：《中國現代史·再版前言》，見於《中國現代史》（第二版），四川大學出版社，2004 年版。

們採取矯枉過正的激烈態度，對本民族的傳統文化進行了幾乎是沒有節制的否定和批判。魯迅「翻開歷史一查」，「滿本都寫著兩個字是『吃人』」！所以他這樣奉勸當時的青年：我以為要少——或者竟不——看中國書，多看外國書。少看中國書，其結果不過不能作文而已。但現在的青年要緊的是「行」，不是「言」。只要是活人，不能作文算什麼大不了的事。〔註15〕「外國書」因為和現代價值觀聯繫在一起而獲得高人一籌的地位，「中國書」因為和腐朽的傳統文化聯繫在一起而代表著一種反價值。對「外國書」和「中國書」的一臧一否顯然不是從民族情懷的角度，而是從價值選擇的角度。在魯迅這裡，現代價值觀的確立顯然要比民族文化的認同重要得多，「人」的解放是第一位的，沒有「人」的解放，就不會有民族的解放。以魯迅為代表的五四新文化運動的先驅者們，把現代價值觀的傳播視為自己義不容辭的責任，書寫了中國現代歷史上厚重的啟蒙篇章。

　　毋庸置疑，以啟蒙為主要任務的五四新文化運動是由具有超前意識和世界眼光的知識分子發起的。啟蒙可以看作是中國的現代性追求與知識階層結合的結果。也只有知識分子才會痛切地感受到精神和靈魂的獨立對一個「現代人」而言有多麼的重要。「凡愚弱的國民，即使體格如何健全，如何茁壯，也只能做毫無意義的示眾的材料和看客，病死多少是不必以為不幸的。所以我們的第一要著，是在改變他們的精神」。〔註16〕這裡的「愚弱的國民」就是作家筆下的阿Q、祥林嫂、閏土、華老栓等人，是以農民為主體的中華民族愚昧麻木的古老子民。他們是啟蒙的對象，是現代文化要拯救的對象，是與先知先覺的民族精英們相對應的另一極。

　　然而，由知識分子主宰話語空間的時間畢竟是短暫的。中國的歷史長河裡很快掀起了國內戰爭和民族解放戰爭的巨瀾，情形變得複雜起來。多年來，以李澤厚為代表的一個頗為流行的論點將歷史進程的這一變化描述為「救亡壓倒啟蒙」。這種說法自有其無可懷疑的正確性，但將救亡和啟蒙如此並置，很容易給人一種二者不可得兼的印象，從而忽略二者背後可能存在的一致性。一九四七年，在人民解放軍由戰略防禦轉入戰略進攻之後，毛澤東向全

〔註15〕魯迅：《青年必讀書——應〈京報副刊的徵求〉》，《魯迅全集》第三卷，第12頁，人民文學出版社，1981年版。

〔註16〕魯迅：《吶喊·自序》，《魯迅全集》第一卷，第417頁，人民文學出版社，1981年版。

黨全軍發出號召：中國人民的任務，是要在第二次世界大戰結束、日本帝國主義被打倒以後，在政治上、經濟上、文化上完成新民主主義的改革，實現國家的統一和獨立，由農業國變成工業國。〔註 17〕在毛澤東那裡，革命的根本任務依然是實現中國社會的現代化。在這一點上，救亡和啓蒙絕不是相互排斥的，而是一致的。毛澤東雖然是一個傳統文化的集大成者，但是他畢竟經歷過五四新文化運動的洗禮，骨子裏瀰漫著對現代性的浪漫訴求。李陀曾在一篇文章中指出：我以爲毛文體較之其他話語有一個特別重要的優勢是研究者絕不能忽視的，這一優勢是：毛文體或毛話語從根本上該是一種現代性話語——一種和西方現代性話語有著密切關聯，卻被深刻地中國化了的中國現代性話語。〔註 18〕因此可以說，無論是啓蒙、救亡，還是毛澤東領導的新民主主義革命，都可以納入現代化追求這一歷史進程。

和由知識分子主導的啓蒙階段不同，當現代化追求與政治鬥爭緊密結合之後，知識分子話語便讓位於政治話語。出於革命鬥爭的現實策略性，啓蒙階段的一些基本立場不得不做出調整，其中最重要的一點便是對農民的看法。啓蒙階段，知識分子眼中最需要改造的是農民，他們是國民劣根性的主要載體，是中國現代化進程需要跨越的障礙；而在毛澤東那裡，農民成了最具革命性的群體，是革命最主要的依靠對象。與五四運動從中國最具影響的大城市開始不同，在毛澤東那裡，農村成了中國革命的策源地，中國革命的進程也成了一個由農村包圍城市的過程。

儘管如此，我們還是不能把毛澤東領導的革命理解成代表傳統文化的鄉村包圍並攻克代表現代文明的城市的過程。毛澤東領導的革命和他的現代化追求有其一致的方面。他甚至把「五四」運動也納入了中國共產黨領導的新民主主義革命的範疇。在毛澤東那裡，革命幾乎成了中國人民追求現代化的唯一有效途徑。這樣一來，「革命」和「現代」具有了歷史價值的一致性，在一定程度上我們可以說，現代化也是革命追求的目標，革命也是通往現代化的一條途徑。

當二十世紀連綿不斷的戰爭和政治運動與中國歷史從傳統到現代的轉型

〔註 17〕 毛澤東：《目前形勢和我們的任務》，《毛澤東選集》第四卷，1245 頁，人民出版社，1991 年版。
〔註 18〕 李陀：《丁玲不簡單——毛體制下知識分子在話語生產中的複雜角色》，載《今天》，1993 年第 3 期。

過程合二爲一之後，傳統與現代、農村與城市的關係就變得更爲複雜，不僅與歷史淵源和文明形態相關，也與政治層面的現實策略性密切相關。

六

對於知識分子而言，農民是啓蒙的對象；而對於政治家革命家而言，農民因爲數量的龐大，自然而然成了依靠的對象。毛澤東曾這樣描述中國農民：

> 農民——這是中國工人的前身。將來還要有幾千萬農民進入城市，進入工廠。如果中國需要建設強大的民族工業，建設很多的近代的大城市，就要有一個變農村人口爲城市人口的長過程。
>
> 農民——這是中國工業市場的主體。只有他們能夠供給最豐富的糧食和原料，並吸收最大量的工業品。
>
> 農民——這是中國軍隊的來源。士兵就是穿起軍服的農民，他們是日本侵略者的死敵。
>
> 農民——這是現階段中國民主政治的主要力量。中國的民主主義者如不依靠三億六千萬農民群眾的援助，他們就將一事無成。
>
> 農民——這是現階段中國文化運動的主要對象。所謂掃除文盲，所謂普及教育，所謂大眾文藝，所謂國民衛生，離開了三億六千萬農民，豈非大半成了空話？〔註19〕

同樣是中國農民，爲什麼革命話語和啓蒙話語卻給出了迥然不同的描述？考察這種差別時，筆者以爲要注意到兩個不同的角度。第一是歷史的角度。從歷史發展的表象看，中國現代歷史在不同的階段有不同的任務，前階段是啓蒙，後階段是救亡和解放。正是這種歷史任務的不同，決定了農民在歷史進程中所扮演的不同角色；第二是農民描述者的角度。農民雖然占著中國人口的絕大多數，但卻是一個沒有話語權的群體，所以農民在現代歷史進程中的作用不是由農民自身來描述的，而是由「他者」來描述的。正是由於「他者」身份和角度的不同，對農民所作的描述也不一樣。

當革命家意識到農民是一股不可忽視的強大力量時，知識分子的啓蒙對

〔註19〕毛澤東：《論聯合政府》，《毛澤東選集》第三卷，1077～1078頁，人民出版社，1991年版。

象就變成了革命的主要依靠對象。歷史話語的主導權從知識分子那裡轉移到革命家手中，並鮮明地向農民傾斜。農民在現代歷史進程中的作用變了，但農民作爲被描述者的地位卻並未發生根本改變。

　　顯然，如果採用李陀的觀點，承認「毛文體或毛話語從根本上該是一種現代性話語」，那麼這種現代性和五四啓蒙階段的現代性是有著諸多差異的。五四時期的現代性標準主要是西方的，是橫的移植。而毛澤東的現代性則是高度中國化了的。在毛的著作裏，我們經常可以看到他對未來獨立統一的工業化中國的想像，卻極少具體論及五四啓蒙階段所倡導的一些現代性的基本原則。可以這樣說，五四新文化運動大大地激發起了毛澤東關於現代化中國的想像，卻並未使他深入理解西方現代性在價值觀層面的基本原則。「解放」是毛話語裏最具包容性和誘惑力的一個詞，也是毛思想里中國現代化最重要的標準。在《中國人民解放軍宣言》裏，毛澤東這樣寫道：本軍作戰目的，疊經宣告中外，是爲了中國人民和中華民族的解放。而在今天，則是實現全國人民的迫切要求，打倒內戰禍首蔣介石，組織民主聯合政府，藉以達到解放人民和民族的總目標……到了今天，全國絕大多數人民，地無分南北，年無分老幼，都認識了蔣介石的滔天罪惡，盼望本軍從速反攻，打倒蔣介石，解放全中國。〔註20〕在《全世界革命力量團結起來，反對帝國主義的侵略》一文裏有這樣幾句：十月革命的光芒照耀著我們。苦難的中國人民必須求得解放，並且他們堅信是能夠求得解放的……中國人民是勇敢的，中国共產黨也是勇敢的，他們一定要解放全中國。〔註21〕毛話語裏隨處可見的「解放」一詞，幾乎可以囊括所有關於現代中國的美好想像，「解放」成了一個無所不包的龐雜而又模糊的價值標準。作爲革命家的毛澤東，他無意對人口眾多的中國農民來一次徹徹底底的任重道遠的靈魂改造，而是用簡潔的、最能爲中國廣大農民輕易理解和接受的關於現代化中國的樸素想像，召喚起了中國貧困農民空前的革命激情。

　　這樣，毛澤東事實上在一定程度上改變了五·四所確立的現代性目標，同時爲中國現代歷史的發展注入了另一種現代性訴求，那就是民族的解放，

〔註20〕毛澤東：《中國人民解放軍宣言》，《毛澤東選集》第四卷，1235、1237頁，人民出版社，1991年版。

〔註21〕毛澤東：《全世界革命力量團結起來，反對帝國主義的侵略》《毛澤東選集》第四卷，1359頁，人民出版社，1991年版。

被壓迫階級的解放。「中國人與現代性的鬥爭體現在其歷史人物的現代主義眼光中，體現在這種眼光所暴露出來的矛盾之中，這種眼光顯示出中國人無法使自己從過去的沉重包袱中解脫出來；這場鬥爭被陷入在兩種不同的現代性之間的夾縫中，其中，一種現代性是霸權主義的現實，另一種現代性則是一項解放事業。」〔註22〕「解放」一詞的廣泛使用和被接受，主要源於不平等的現實。它既包括國家民族間的不平等，也包括民族內部人與人之間的不平等。而在毛澤東看來，解決不平等的唯一辦法便是鬥爭。於是共產黨毛主席領導的反帝反封建的革命戰爭，其目的不僅僅是獲得政權，更重要的是解放祖國和人民，實現中國的現代化，如毛澤東所說，「在政治上、經濟上、文化上完成新民主主義的改革，實現國家的統一和獨立，由農業國變成工業國」。〔註23〕

　　毛澤東領導的新民主主義革命改變了農民在中國社會現代化進程中的角色。農民作為最需要獲得解放的群體，首要的是改變他們的處境和命運，改變他們的物質生存條件，而不是改變他們的精神。馬克思認為：「物資生活的生產方式制約著整個社會生活、政治生活和精神生活的過程。不是人們的意識決定人們的存在，相反，是人們的社會存在決定人們的意識。社會的物資生產力發展到一定階段，便同它們一直在其活動的現存生產關係或財產關係（這只是生產關係的法律用語）發生矛盾。於是這些關係便由生產力的發展形式變成生產力的桎梏。那時社會革命的時代就到來了。隨著經濟基礎的變更，全部龐大的上層建築也或快或慢地發生變革。」〔註24〕如果按馬克思這一著名觀點來分析，五四時期知識分子主導的啓蒙運動試圖以批判國民劣根性的精神改造來推動中國的現代化進程，這種做法是有違唯物主義物質決定精神、存在決定意識的基本規律的。當無產階級革命的重心由城市轉移到農村之後，中国共產黨從物質層面入手，從中國農民最關心的土地問題入手，開始了改造舊中國的轟轟烈烈的革命實踐。從 1928 年開始，共產黨領導的井岡山、湘鄂贛、閩浙贛、鄂豫皖、湘鄂西等革命根據地先後開展了廢除封建土地所有制的土地革命。「這一鬥爭調動了農民的生產積極性，推動

〔註22〕阿瑞夫・德里克：《現代主義和反現代主義——毛澤東的馬克思主義》，鄧正來譯，見蕭廷中主編《在歷史的天平上》，第 220 頁，中國工人出版社，1997 年版。
〔註23〕毛澤東：《目前形勢和我們的任務》，《毛澤東選集》第四卷，1245 頁，人民出版社，1991 年。
〔註24〕《馬克思恩格斯選集》第 2 卷，第 82 頁，人民出版社，1972 年。

了根據地農業生產的發展，對支持紅軍戰爭和鞏固根據地起了巨大的作用」。〔註25〕紅軍第五次反「圍剿」失利後，被迫長征，北上抗日。「經過八年抗戰，中国共產黨及其領導的人民武裝力量有了巨大的發展」，〔註26〕為以後的革命打下了堅實的基礎。抗戰勝利後，爲了應對內戰，充分發動廣大農民起來推翻國民黨的反動統治，中共中央於 1946 年 5 月初就土地問題召開專門會議，並通過了《中共中央關於土地問題的指示》，隨後在解放區掀起了轟轟烈烈的土地改革運動。「土地改革的開展，調動了廣大農民的革命積極性，翻身農民參軍參戰、支持前線形成熱潮。到 1946 年 10 月，新參軍的農民已達 30 餘萬，並有 300〜400 萬農民參加了民兵和游擊隊。……土地改革運動在人力、物力、財力方面爲即將到來的人民解放戰爭勝利提供了最重要而又堅實的政治和物質基礎。」〔註27〕

很明顯，無論是土地革命，還是土地改革運動，其根本的目的都在於激發農民的革命積極性，保障革命的推進，捍衛革命的成果。但是，當初無論是打土豪還是鬥地主，都是爲了給農民分田地。革命理論告訴農民，土地私有制是萬惡之源。而剝奪地主的土地然後分給農民，卻並未絲毫改變土地私有的性質。革命關於土地的理論呈現出自相矛盾的一面，這一「解放」農民的革命行爲，只是在傳統農耕社會最在乎的土地所有權這一問題上轉圈子，在推動中國社會由傳統向現代的轉型方面並無明顯的作用。在這裡，革命進程與中國社會的現代化追求在一定程度上脫節。歷史被蒙上一層面紗，增加了闡釋的難度。

土地改革這一革命行爲與革命理論的自相矛盾很快在現實層面暴露無遺。新中國成立後，在土地改革在全國範圍內基本完成之後的幾年時間之內，農村的土地又出現了集中現象。不少游手好閒或者體弱多病無勞動能力的農民再次失去了土地，而那些吃苦耐勞、身強力壯的農民私下購買土地，成了新中國的新「地主」。於是，農村又掀起了連綿不斷的社會主義革命運動，先是互助合作，接著又是長達二十多年的人民公社運動。然而，這些否定土地私有制的做法不僅未能解放農民，反而把農民帶入了萬劫不復的深淵。人民公社的神話破滅之後，農村進行了以包產到戶爲主要內容的改革，重新回到

〔註25〕陳廷湘主編：《中國現代史》，第 258 頁，四川大學出版社，2004 年。
〔註26〕羅平漢：《土地改革運動史》，第 2 頁，福建人民出版社，2005 年。
〔註27〕陳廷湘主編：《中國現代史》，第 473 頁，四川大學出版社，2004 年。

以家庭爲單位的小農生產模式，在一定程度上又回到了土地私有制。包產到戶之後，農村生產效率大大提升，中國經濟幾近崩潰之後在農村率先復蘇。而到了上世紀九十年代，市場經濟的概念提出後，中國城市化、工業化速度驟然加快，與此同時，農村經濟已耗盡增長潛力，基本陷於停頓，甚至出現負增長，土地被撂荒，大量農民湧入城市謀生。

現代性和革命構成了 20 世紀中國歷史的主旋律，而中國農民被革命和現代性的浪潮裏挾著，驅使著，身不由己地隨波浮沉。他們首先是現代性啓蒙的對象，繼而又是無產階級革命的主力。到了世紀之交，當城市化運動轟轟烈烈地展開，中國農民的前途命運再次變得捉摸不定，農民又一次成爲歷史的焦點。作爲傳統農耕社會的主要構成部分，中國農民注定要成爲中國現代化追求過程中的重要角色。

二、中國現代文學：新舊糾纏與城鄉困惑

一

中國現代文學自誕生之日起，就與中國的現代化歷史進程息息相關，並構成了這一歷史進程不可或缺的一部分。考察近百年的現代文學史可以發現，不管時代的主題是啓蒙、救亡、革命還是改革，在每一歷史階段，關於鄉土與農民的書寫都是現代文學最重要的組成部分。傳統與現代的碰撞與交流、鄉土中國與工商都市的對峙與互滲構成了中國現代文學一以貫之的主題，「鄉村和農民一直是其最重要的文學場景和文學形象，鄉土題材成了新文學中最興盛、影響最大、成就最高的創作」。〔註28〕可以說，文學正是以其形象性、生動性，以及對人的個體命運和內心世界的深度觀照，展現了中華民族在由古老的農耕文明向現代工業文明和城市文明轉型過程中鮮活的歷史細節和異常複雜的心路歷程。

三十年代被魯迅稱作「鄉土文學」作家的蹇先艾、許欽文、王魯彥等人身在城市卻心繫故土，帶著縷縷鄉愁書寫故鄉的苦難，作品呈現出具有濃鬱地域特色的風土人情。「蹇先艾敘述過貴州，裴文中關心著榆關，凡在北京用筆寫出他的胸臆的人們，無論他自稱爲主觀或客觀，其實往往是鄉土文學……許欽文自名他的第一本短篇小說爲《故鄉》，也就是在不知不覺中自招爲鄉土

〔註28〕賀仲明：《一種文學與一個階層》第一頁，北京，人民出版社，2008 年 12 月。

文學的作者，不過在還未動手來寫鄉土文學之前，他卻已被故鄉所放逐，生活驅逐他到異地去了。」〔註 29〕魯迅所指的鄉土文學往往帶有濃鬱的鄉愁和鄉土氣息，雖然作者大多站在啓蒙立場上以批判的眼光對故鄉進行打量，卻不乏眷戀故土的詩意情懷，而且這種眷戀往往和童年記憶聯繫在一起，使得「鄉土中國」與作家的早期生命感受融爲一體，構成與啓蒙理性相對的深層生命體驗。對這一代鄉土作家而言，他們雖然渴望「現代」，但畢竟在鄉土長大，對「現代」多少有些隔膜。雖然對鄉土持批判的眼光，但那畢竟是自己有著切身生命體驗的最熟悉的領域，在創作過程中，能夠調動的感性經驗大多源自傳統的鄉土。對他們而言，鄉土既是批判對象，又是文學創作不得不依賴的經驗來源。所以，這一代作家在書寫自己熟悉的鄉土世界時往往胸有成竹，遊刃有餘；而當筆觸伸向都市時，他們便不再那麼自信，多少顯得有些猶疑不定，甚至力不從心。從一定程度上說，這一代作家在精神氣質上距離傳統的鄉土世界更近，所以對農耕文明的認識也更獨到、深刻。

二十年代末三十年代初，隨著無產階級革命文學運動的崛起和中國左翼作家聯盟的成立，越來越多的左翼作家旗幟鮮明地登上文壇，現代文學中的鄉土書寫開始與無產階級革命緊密結合。茅盾、丁玲、沙汀、蕭紅、蕭軍等左翼作家都在嘗試以革命的眼光來審視和把握中國鄉村。這一時期左翼作家的鄉村書寫既有革命意識形態的影響，也有比較鮮明的個體色彩。但是到了四十年中後期，革命文學創作越來越受制於革命意識形態，毛澤東《在延安文藝座談會上的講話》逐漸成爲革命作家創作的規範，文學作品開始自覺地演繹革命理論，作家個體的理性批判精神和生命經驗的表達不得不弱化乃至消失。這一時期出現的描寫土地改革的革命經典《暴風驟雨》和《太陽照在桑乾河上》便是這類創作的典型代表。兩部小說雖然都取材於農村，但與傳統的「鄉土」卻相去甚遠，失去了地域風情與故土情懷的農村變成了純粹政治意義上的革命戰場。革命的普遍性取代了傳統鄉土的地域性、特殊性，正像茅盾曾經期待的那樣，「關於鄉土文學，我們以爲單有了特殊的風土人情的描寫，只不過像看一幅異域的圖畫，雖然引起我們的驚異，然而給我們的，只是好奇心的饜足。因此，在特殊的風土人情而外，應當還有普遍性的與我們共同的對於命運的掙扎。」〔註 30〕當革命所要求的普遍性成爲一種基本的

〔註29〕 魯迅：《中國新文學大系・小說二集序》，魯迅全集第 6 卷，第 255 頁，人民文學出版社，2005 年。
〔註30〕 茅盾：《關於鄉土文學》，《茅盾全集》第 21 卷，第 89 頁，人民文學出版社，

敘述方式和流行風格後，鄉土文學也就變成農村題材的文學了。從四十年代的解放區文學到十七年文學再到文革文學，農村題材的小說都沒有擺脫革命普遍性的制約。直到新時期開始，農村才被重新理解和闡釋，對農村的書寫終於突破革命敘述模式，「鄉土」重新回到文學。

　　和鄉土文學相比，農村題材的革命文學喪失了與作家自身生命經驗密切相關的個人性，而與現實和政治有著更爲緊密的聯繫，從而對當代中國的歷史變遷有著更爲直接同時也更爲表象的書寫。五四以來的鄉土文學主要是在啓蒙語境下獲得繁榮的，鄉土文學作家作爲知識分子的身份具有極強的獨立性，對鄉土的審視與思考始終沒有脫離獨立知識分子的視角，使得鄉土文學裏「彙集了知識分子探索和改造國民性的啓蒙主義和崇尚原始、民間和自然的田園浪漫主義這兩大創作流派」。〔註31〕到了一九四二年，毛澤東《在延安座談會上的講話》發表，強調工農兵的生活「是一切文學藝術取之不盡、用之不竭的唯一的源泉」，而且「是唯一的源泉，因爲只能有這樣的源泉，此外不能有第二個源泉」。〔註32〕這樣一來，在五四啓蒙語境下的鄉土文學中處於被審視地位的鄉村世界一下由被動變主動，知識分子則由主動變被動，農村生活成了高於知識分子的存在。「中國的革命的文學家藝術家，必須到群眾中去，必須長期地無條件地全心全意地到工農兵群眾中去，到火熱的鬥爭中去，到唯一的最廣大的最豐富的源泉中去，觀察、體驗、研究、分析一切人，一切階級，一切群眾，一切生動的生活形式和鬥爭形式，一切文學和藝術的原始材料，然後才有可能進入創作過程。」〔註33〕這其實是對知識分子與民眾關係的重新定位，知識分子對民眾啓蒙的關係被完全否定，並且顛倒過來，知識分子成了改造對象，民眾成了知識分子的導師，如此一來，知識分子的獨立性和批判精神被掃蕩一空。大批革命作家按照《講話》的要求，深入到火熱的革命鬥爭生活中去，目睹和經歷了新中國誕生和建設過程中的歷史變遷。文學與現實生活的關係變得空前的緊密，作家反映「現實」的強烈願望，使得他們的創作變成了一種革命史的建構。正如溫儒敏所描述

1991 年版。

〔註31〕陳思和：《中國當代文學史教程》第 35 頁，復旦大學出版社，1999 年版。

〔註32〕毛澤東：《在延安座談會上的講話》，《毛澤東選集》第三卷，第 860 頁，人民出版社，1991 年。

〔註33〕毛澤東：《在延安座談會上的講話》，《毛澤東選集》第三卷，第 860 頁，人民出版社，1991 年。

的那樣,「根據地和解放區的創作在題材上集中反映了黨領導下工農民眾翻身解放的偉大變革,表現了新社會新生活新風尚;作品所描寫與歌頌的中心人物是過去文學史上未曾有過的、具有革命覺悟與英勇鬥爭精神的一代新人;創作形式手法也力求為工農民眾所喜聞樂見。從總的趨向看,創作是與現實生活更加貼近了,與人民的聯繫空前密切」。〔註34〕雖然二十世紀中國社會從傳統農耕文明邁向現代城市工商文明的腳步從未間斷,但由於革命對農民的推崇和對知識分子的貶抑,在一定程度上放緩了這一進程,並將歷史前進的方向重新命名為「新社會」,與之相對的則是「舊社會」,於是傳統與現代的轉型在革命年代就變成了新舊之間的置換。在革命文學中,我們幾乎看不到文化轉型的複雜性,只看到簡單粗暴的新舊政治勢力之間的鬥爭。

二

　　鄉土文學無論是對中國鄉村社會的批判還是崇尚,主要都是指向農耕文明根深蒂固的文化傳統,尤其是傳統中較為穩定的「不變」的那一部分;而農村題材的革命文學則主要「表現了新社會新生活新風尚」,這所謂的「新」就是不同於傳統的部分,是鄉村社會「變」的部分。正是因為對革命所引發的「變」的關注,使得《講話》之後革命文學的現實主義風格充滿了冒險精神──革命文學對現實的近距離觀照和亦步亦趨的被動反映,是否會影響作家與文學的獨立品格?對現實特別是處於劇變中的現實的反映,是否需要遠距離審視的理性精神?急遽變化的現實是否會走向革命所預期的目標?對於這些問題,四十年代以來的革命文學顯然只能選擇有意或無意的忽略。

　　這種忽略必然導致革命文學對歷史的把握是武斷而片面的,充滿了一廂情願的浪漫主義色彩。就像毛澤東在《講話》中所說的那樣,「文藝作品中反映出來的生活卻可以而且應該比普通的實際生活更高,更強烈,更有集中性,更典型,更理想,因此就更帶普遍性」。〔註35〕這著名的「六更」實質上是革命對文學提出的要求,是革命話語對現實和文學之關係的一種建構和闡釋。對革命現實主義的創作方法而言,這六「更」實際上就是要求文學作品所反映的生活要比真實「更真實」,也就是不能停留於生活現象的真實,而要關注本質的真實。毛澤東說,「我們看事情必須要看它的實質,而把它

〔註34〕溫儒敏:《新文學現實主義的流變》第 188～189 頁,北京大學出版社,1988年版。

〔註35〕毛澤東:《在延安座談會上的講話》,《毛澤東選集》第三卷,第861頁。

的現象只看作入門的嚮導，一進了門就要抓住它的實質，這才是可靠的科學的分析方法。」〔註36〕而所謂的「本質」又是和作家的「立場」密切相關的，只有立場正確了，才會把握住歷史與生活的本質。於是革命現實主義不得不對現實作一種符合革命預期的理想化的觀照，溫儒敏指出，「特別是《在延安文藝座談會上的講話》強調了文藝高於生活的六個『更』，著重從理想性、普遍性方面去解釋典型化，雖然加強了現實主義的傾向性，但也容易導致『規範化』的傾向。解放區現實主義總的來說，理想性有餘，眞實性不足」。〔註37〕難怪哈佛大學教授哈利・利文說社會主義現實主義「按其實際，應該稱爲缺乏批判性的理想主義，或者按蘇聯批評家所直率地指出的那樣，稱爲革命的浪漫主義。」〔註38〕

打著革命現實主義旗幟的作品最終變得「理想性有餘，眞實性不足」。這種現象其實是文學在革命的理想、完美與現實的殘缺、遺憾之間猶豫徘徊的必然結果。現實主義自然要求眞實性，但革命的現實主義要求政治標準第一，也就是眞實首先必須是有利於革命政治鬥爭的眞實，只有這種眞實才是符合歷史發展方向的眞實，才是「本質的眞實」，否則就是不眞實的。因此作家必須首先確立起革命的立場和覺悟，然後才會有革命的態度和方法。換句話說，革命作家首先必須是一個政治家，至少也得是半個政治家，然後才能是作家。一個純粹的作家永遠不可能成爲眞正的革命作家。〔註39〕然而無法迴避的還有問題的另一面，那就是既爲作家，他（她）就不可能成爲完完全全的政治家，即使在理性層面已經完全接納革命的思想和理論，但在情感氣質上總還會保留一些作家的特點，一些和政治家身份多少有些衝突的特點。革命作家這樣一種復合身份可謂是一個「矛盾統一體」，雖然大多數時候能夠和諧地統一起來，但矛盾終歸是存在的，這使得作家在努力接納並實踐革命話語的過程中，總會時不時流露出自己獨特的視角和感受。這種獨特性會將其從統一

〔註36〕毛澤東：《星星之火，可以燎原》，《毛澤東選集》第一卷，第 99 頁，人民出版社，1991 年。

〔註37〕溫儒敏：《新文學現實主義的流變》第 262 頁，北京大學出版社，1988 年版。

〔註38〕哈利・利文（Harry Levein）: *Apogee and Aftermath of the Novel*, Daedalus（Spring, 1963），第 216 頁，轉引自夏志清《中國現代小說史》第 329 頁，上海，復旦大學出版社，2005 年版。

〔註39〕當然在毛澤東看來，所謂純粹的作家根本就不存在，因爲「任何階級社會中的任何階級，總是以政治標準放在第一位，以藝術標準放在第二位的」。參見《毛澤東選集》第三卷，第 869 頁，人民出版社，1991 年。

規整的革命普遍性中分離出來，使得革命普遍性無法淹沒的作家個性或隱或顯地暴露出來。這種個性的暴露有時是被革命所容許的，甚至會成爲統一規整的革命話語必要的修飾和補充，但更大的可能性卻是給作家帶來不可預見的風險。比如農村題材的革命經典《太陽照在桑乾河上》、《暴風驟雨》和《創業史》等，在一個時期被奉爲典範，在另一個時期卻也可以給作者帶來滅頂之災。

革命現實主義之所以會造成溫儒敏所說的「眞實性不足」的結果，其原因主要在於作家在思考現實和進行創作的時候受到了革命話語的干擾。這恰恰是革命作家矛盾處境的體現。身爲作家，就永遠不可能像政治家那樣放逐自我感性的一面，何況文學創作總是高度個人化的，縱然是革命作家，在寫作過程中也會一定程度地回到自我。作家在現實生活中一些個人化的感受，甚至與革命話語多少有些齟齬的思想觀念，總會在寫作過程中或多或少地流露出來，成爲作家自身立場隱晦而曲折的表達。這樣一來，革命文學就成爲多重矛盾的糾結體：在文學與革命的關係上，文學家無論怎樣努力地用革命理念來武裝自己，他們表達出的革命始終和革命家的期待有一定距離，從而導致革命文學與革命本身之間的錯位；在文學與現實的關係方面，革命文學呈現出來的內容並不一定完全是作家想要表達的意思，有所顧忌或言不由衷成爲作家的基本處境或一種策略；在文學創作與作家主體的關係上，作家總是在自我與革命之間尋求平衡的支點，其主體性必然被一定程度地扭曲。

多重矛盾必然留下多道縫隙，在文學與革命意識形態、社會現實、作家主體之間，都會留下矛盾和縫隙的痕迹。從這些意味深長的痕迹入手，往往可以看見一部表面圓融一體的作品在深層卻充滿了矛盾。清理和追問這些矛盾既是對文學的深入，也是對歷史的深入。沿著這樣的思路對文學作品進行解讀，就必須對文本自身可能包含的複雜信息進行細緻的分析。這些信息可能並不是作品直接表達出來的意思，或者說可能並不是作者想要表達的意思，當然也可能是作者不曾意識到的不經意間流露出來的意思，但無論如何，這些意思或隱或顯地就存在於文本之中。立足文本，反覆玩味推敲文本，就可以發掘出這些意思，雖然這些意思甚至有可能完全背離作者的初衷。從反映四十年代中後期解放區土地改革的革命經典《暴風驟雨》、《太陽照在桑乾河上》，到反映五十年代初農村互助合作化運動的《創業史》、《山鄉巨變》、《三里灣》，再到人民公社時期的《艷陽天》、《金光大道》、《風雷》、《驚雷》

等，這些農村題材的革命經典內部充滿了革命文學特有的矛盾和悖謬，同時也以其特有的方式記錄了農耕文明在革命年代所走過的特殊歷程。考察世紀之交的城市化進程以及與之相關的文學創作，必須充分考慮到革命文化對傳統農耕文明的特殊改造，政治環境對革命作家的引導和牽制，以及革命年代遺留的特殊精神烙印和文學傳統在新世紀文學創作中的承傳。

需要特別指出的是，由於中國無產階級革命走了一條由農村包圍城市的特殊道路，革命文學中鄉村題材佔了很大的比例，再加上政治鬥爭的現實功利性，城市和鄉村背後的文化差異在革命年代被充分忽略，導致革命經典中城市只是一種空間意義上的存在，而缺乏現代性意義上的城市靈魂。正如學者李歐梵先生在其學術著作《現代性的追求》一書中表述的那樣，「……革命的成功，剔除了中國現代文學的城市因素。而隨著城市『精神狀態』的消失，中國現代文學也喪失了它的主觀活力、獨特的洞察力、創造性的焦慮和批判精神，儘管它以農村題材作品為主流而獲得了更廣泛的活動場地和更大的『積極』性」〔註40〕。所以，無論是革命還是革命文學，對中國現代城鄉觀念的影響都是異常深遠的。

三

革命經典一統文壇的年代，正是理想主義蔓延中國農村的時期。革命用關於未來的美好藍圖激勵中國農民的同時，也大刀闊斧地改造中國農村的文化。強大的革命話語即使在中國農村餓殍遍野的艱難時期也讓廣袤的鄉村充滿了理想主義的浪漫激情。精神的力量是無窮的，貧窮和飢餓可以肆虐中華大地，卻無法掃盡這片土地上的理想和激情。災難年代製造出來的淺薄的歡欣，甚至可以讓從劫難中走出的人們回味無窮。即使到了二十一世紀，也還有人念念不忘文化大革命時期的「自由」與「浪漫」。特殊的革命文化注定了革命經典裏的農村是充滿希望的，即使眼前布滿艱難，但農村的未來是值得期待的，只要有了崇高的覺悟和勤勞的雙手，農民就可以在這片土地上開創美好未來，實現自己的人生理想，建設起現代化的新農村。

但是，當時間緩緩流淌至七十年代末、八十年代初，情形卻在不知不覺中發生了變化。新時期以來的反思使革命褪去了魅人的光環，人們逐漸從革命話語召喚起來的激情和幻想中回到赤裸裸的殘酷的生存現實。這一階段的

〔註40〕李歐梵《現代性的追求》，第330頁，北京，三聯書店，2000年12月。

中國農民先後從革命集體痛痛快快地回到自己的承包地裏，用勤勞的雙手解決了絕大多數中國人的溫飽問題。顯然，在一個有著深厚農耕文化傳統的社會裏，只要沒有大的天災人禍，溫飽其實不是一個問題。解決溫飽問題既無法構成國家和社會的長期目標，更無法成為社會個體實現自身價值的人生抱負。溫飽之後怎麼辦？當無數困惑的目光投向未來之際，鋪天蓋地的「現代化」口號適時地為迷茫中的人們指出了方向。

七、八十年代之交掀起的「現代化」高潮和五四及革命時期的現代性追求有所不同。五四時期的現代性追求側重於價值觀的確立，「德先生」和「賽先生」所代表的是不同於傳統文化的一套嶄新的價值體系，民族文化和民族精神的自省、自新乃至重塑，是五四新文化運動的鮮明主題。到新民主主義革命階段，奪取政權成為共產黨人的第一奮鬥目標，在革命話語主導之下，建立一個嶄新的獨立自主自由平等的現代民族國家，實現民族和人民的解放，成為革命時期現代性追求的理想。而七、八十年代之交的「現代化」目標是在人民的物質文化生活水平極度低下的條件下提出來的，官方審時度勢，重新把毛澤東和周恩來曾經論及的四個現代化作為一個具有時代標誌性的口號鮮明地提出來。這一口號淡化了民族文化和政權體制的現代性訴求，再次把理想回歸到「器物」層面。「四化」所涉及的工業、農業、國防和科學技術四個方面都指向物質領域。可以這樣說，「實現四個現代化」這一口號顯然為二十世紀七、八十年代以來的現代化追求確定了一個主旋律——那就是物質的現代化。於是，物質的焦慮或曰財富的焦慮就這樣逐漸成為中國人關切的首要問題。

物質的確是一個問題，但絕不是唯一的問題。特別是在自給自足的小農經濟模式所決定的傳統文化裏，學會在有限的物質條件下感到自足往往比獲取額外的財富更為重要。但七、八十年代之交，中國雖然依舊明顯處於「前現代」狀態，但距離傳統似乎也有了相當的距離。當追求現代化（主要是物質的現代化）成為那個時代最狂熱的主旋律時，物質財富便成為左右人們喜怒哀樂的關鍵因素。在農村，家庭聯產承包責任制調動起了農民所有的積極性，土地的產能被充分挖掘，每一分土地都在竭盡所能地產出糧食。溫飽問題解決的同時，現代化想像又召喚起人們無窮的物質欲望。溫飽帶來的滿足是非常短暫的，商品經濟的提出，極大地刺激了人們對商品的想像和消費欲望，奢侈品（就當時的標準而言）一時供不應求。然而，土地可以長出莊稼，

卻長不出鈔票，高於溫飽的所有奢求幾乎都不能通過土地獲得滿足。土地可以滿足衣食之需，卻無法承載更為高遠的人生理想。土地可以讓人活著，而今卻無法讓人活得幸福。離開土地，走出農村，才可能過上幸福的現代生活，這一點幾乎成為所有中國農民的共識。於是，在初步過上溫飽生活之後，中國農民開始了改變自身命運的又一次壯舉，這次他們採取的方式不再是革命，而是轟轟烈烈的「非農」運動：通過各種途徑在戶籍上實現「農轉非」，改變自己的農民身份。作為二十世紀中國革命的主力軍，中國農民怎麼也不會料到，幾十年革命的最終結果卻是建立了一套森嚴甚至有些殘酷的城鄉二元對立的社會結構。在這一結構之下，他們的身上被先天性地蓋上了「農業人口」這幾個血腥的大字，先天性地處於下等公民的地位。對他們而言，求得「非農」身份無疑是改變命運必不可少的第一步。自新時期以來的二十多年，無數中國農民竭盡所能，各顯神通，通過各種方式完成了對自己農民身份的否定，依靠自救實現了第二次翻身，擠進了代表著「現代」的城鎮，成為「非農業」人口。而更多的無力實現「農轉非」夢想的農民，也逐漸離開故土，進城打工，在土地之外艱難地尋找別的出路。

新時期之前農村題材的革命經典受制於革命話語，作家在配合政治任務的同時，對農民的表達不乏政治性的想像，對農村的苦難可以視而不見。新時期以來，文學逐漸掙脫政治的桎梏，農村文學在相當程度上回到作家自己的立場，對農民的命運進行了重新審視，並給予深切的同情。從七十年代末周克芹的《許茂和他的女兒們》，到八十年代路遙的《平凡的世界》，到九十年代趙德發的《繾綣與決絕》，再到新世紀賈平凹的《秦腔》、《高興》等，這些農村題材的長篇小說中再也見不到革命經典中的浪漫與理想，甚至連鄉土文學中的詩意與眷戀也蕩然無存，取而代之的只有苦難、絕望、掙扎和迷茫。無論對農民還是作家來說，無論從生存還是美學意義上來講，這些作品中的農村都處於被否定的地位，讓人感到無限的沉悶和壓抑。綿延數千年的土地情懷與鄉村詩意似乎終於走到了盡頭。

四

在中國追求現代化的歷史進程中，不同的歷史階段有不同的主題。五四新文化運動以降二十多年的時間裏，知識分子寄希望於思想文化的啓蒙，側重點在「人的現代化」；抗戰時期，民族的獨立和解放成為首要訴求，他國的

武力入侵在很大程度上改變了中國的現代化進程；而在革命戰爭年代，革命家實際上是想通過推翻舊政權的方式來實現跨越式的現代化追求，崇高的民族國家理想和嚴酷的政治鬥爭糾纏在一起；而新中國成立之後，無論是一次又一次政治運動，還是新時期以來的改革開放，背後都有一個現代化的強國夢想。與這一曲折的歷史進程相應，中國現代文學在不同歷史階段也有各自不同的主題或側重，並以文學藝術特有的方式呈現出近百年來中華民族所走過的坎坷的精神歷程。

回首二十世紀動蕩不安的歷史，從世紀初最後一個封建王朝的終結到世紀末市場經濟體制的初步確立，在八十多年的時間裏，現代化追求在思想文化和意識形態層面與傳統大大地拉開了距離，使現代與傳統形成了清晰的兩極，既相互矛盾，又相互依存，既有激烈的碰撞，也有持續的交流。然而，與現代思想文化和意識形態的廣泛傳播和接受形成鮮明對比的是，在中國廣袤的鄉村，由農耕文明所決定的生存方式，特別是在占人口絕大多數的廣大農民的日常生活層面，卻改變甚微。雖然城市也有相當程度的發展，但是中國的城市化水平總體上還很低。一直到新舊世紀之交，特別是實行商品房政策以來，中國的城市化進程才突然加速。隨著城市的迅速膨脹，鄉村開始萎縮、凋零，鄉土中國及其所決定的生存方式第一次受到真正意義上的劇烈衝擊。

在啟蒙階段，知識分子注重的是觀念層面的現代化；在革命年代，革命家追求的主要是制度層面的現代化，其中不乏理想主義式的冒險和嘗試。無論觀念還是制度，都屬於上層建築的範疇。而在現實生活的層面，雖然有過連綿不斷的戰爭和轟轟烈烈的革命運動，但在絕大多數人的生存方式上，卻未能拉開和傳統農耕文明的距離。直到上世紀末，城市化進程驟然提速，大量農民告別鄉土湧進城市，中國的現代化進程才終於撼動了占人口絕大多數的中國農民的傳統生存方式，農耕文明的生產方式才遭遇真正的挑戰。顯然，撇開絕大多數人口的現代化只能是局部的、片面的，只有當農耕文明的主要載體——中國農民彙入現代化的歷史潮流之後，中國的現代化進程才算真正意義上的全面展開。從這個角度講，二十世紀中國的啟蒙、革命等，都是在為全面的現代化做準備，當農耕文明的生存方式在相當一部分中國農民身上已經無以為繼的時候，中國社會全面現代化的高潮才真正來臨。

鴉片戰爭失敗之後，中華民族的有識之士放眼世界，開始重新認識自我，

由此開始了漫長的民族文化的反思歷程。從器物到制度再到思想文化，這是
貫穿近代史的中華民族反思的大致歷程。而在二十世紀的現代化實踐進程
中，卻選擇了與近代反思歷程剛好相反的向度：先是思想文化的啓蒙，主角
爲知識分子；然後是制度層面的探索，主角爲革命家和執政黨；最後才是現
實生存方式的根本轉變，主角爲人口最龐大的農民階層。這一歷史特點在文
學創作中也有所體現：在啓蒙階段，文學作品有著思想文化反思所特有的濃
厚的形而上趣味；而在城鄉劇烈轉型的世紀之交，作家似乎對急劇變動的生
存現實本身更感興趣。具體到鄉土文學創作這一領域，啓蒙階段的鄉土文學
更傾向於用鄉土題材來演繹觀念，即使面對現實倍感無奈，但在歷史發展的
大方向上卻很有自信，因而批判起來頗具力度和深度；而在世紀之交，面對
急劇變動的社會現實，不少鄉土作家往往在強烈的歷史使命感的支配之下，
急於呈現身邊的現實苦難，表達自己對底層的同情和焦慮，而來不及將感受
和思考上昇到明確的理性觀念這一層面，甚至作家自身就處於觀念迷失狀態。

　　經過整整一個世紀的演繹，傳統與現代、鄉土與都市的碰撞與交流終於
逐漸突破思想觀念和政治制度的範疇，而深入到了最根本的生存現實層面，
深入到了最廣大的農民中間。筆者認爲，始於世紀之交的這場轟轟烈烈的城
市化運動，第一次眞正動搖了鄉土中國的生存方式、價值觀念和土地情懷，
是一百年來中西碰撞、傳統與現代對話的高潮部分。鄉土還是都市，已經成
爲絕大部分人必須做出選擇的兩種不同的生存空間和生命背景，只有當傳統
與現代的轉型融入日常生存，與每一個個體生命休戚相關，我們才可能在更
深層次上把握各自的精髓，作出更合理的選擇。從這個意義上講，世紀之交
的「三農」問題決不僅僅是經濟問題和社會問題，而是傳統農耕文化再認識
的問題，是如何建構未來理想藍圖的問題，是中華民族自何處來向何處去的
問題。

　　在這樣一個事關重大的歷史十字路口，中國作家的緊張與憂慮是顯而易
見的。他們大多首先注意到了城市化進程中中國農民進退維艱這一社會現
象，不少作家力圖通過自己的創作喚起社會對農民命運的關注，並引發關於
中國現代性追求的反思。新世紀以來，僅頗具影響力的中長篇小說就有賈平
凹的《秦腔》、《高興》，畢飛宇的《玉米》，孫惠芬的《吉寬的馬車》、《上塘
書》、《民工》，羅偉章的《大嫂謠》，夏天敏的《接吻長安街》，李鐵的《城市
裏的一棵莊稼》，王手的《鄉下姑娘李美鳳》，巴橋的《阿瑤》，鬼子的《瓦城

上空的麥田》、吳玄的《髮廊》，陳應松的《太平狗》，荊永鳴的《北京候鳥》，尤鳳偉的《泥鰍》、張煒的《刺蝟歌》，阿來的《空山》（共六卷），關仁山的《麥河》，劉亮程的《鑿空》等等。這些作品反映了特定歷史條件下中國農民的生存狀況，體現出作家強烈的社會責任感，同時也暴露了創作界在如何理解城市化這一歷史進程方面存在著較大的分歧、矛盾和困惑。

　　新世紀以來，學術界對這一社會和文學現象也給予了充分的關注，並有一些相當深刻而精闢的見解。鄉土文學研究專家丁帆教授認為，失地農民進城不僅改變了城市文明的生產關係的總和，而且它帶來的兩種文明的衝突，已經改變著中國傳統的意識形態。孟繁華教授從近年來表現鄉村生活的作品中感受到了鄉村文化的深重危機，認為不少作家筆下的鄉下人都有著執拗的進城情結，城市被農民視為救贖之地，破碎的鄉村已難以整合成整體的「鄉土中國」形象。賀仲明教授認為，中國鄉土小說對現代性持有迎應和批判兩種態度，並具體表現為改變鄉村和守望鄉村兩種主題類型；農民是中國社會最基本的群體，其生存和精神深層次地聯繫著中華民族的本土文化，對新文學與農民問題思考的深化，將促進我們對新文學精神和發展問題的認識。徐德明教授認為，文學創作和批評都需要關注鄉下人如何擁有並分享健康的都市化的過程，需要寫出他們掙扎、奮鬥中的精神世界與血肉共成的生命。2007年 4 月中旬，中國現代文學研究會、中國現代文學館、揚州大學、《文學評論》、《文藝爭鳴》和《文藝報》在揚州聯合舉辦了「『鄉下人進城』：現代化背景下的城鄉遷移文學研討會」，就現當代文學範疇內農民與城市的關係作了深入的研討。總體上看，由於這一文學和社會現象尚處於發展變化過程之中，雖然學術界已有不少研究成果，但力度和深度都還有待加強，特別是對創作界存在的比較混亂的鄉土與現代觀念的清理還遠遠不夠。研究對象的發展變化不斷向學界提出挑戰，不斷期待著新的研究力量和研究成果。

　　文學是一個民族的心靈史。通過文學作品，我們往往可以更清晰地看見一個民族在文化轉型過程中所經歷的情感陣痛和精神變化，看見在過去與未來的合力之下艱難前行的足迹。

第一章　鄉土：逃離與守望

在農耕傳統的中國，鄉土一直被視為家園。因為那裡不僅有養育人們的土地，還有賦予其生命的先祖，所以對中國人而言，鄉土不僅僅是生長著莊稼的、與城市相對的一片自然空間，同時也意味著農耕文化子民的家園和歸宿。由於農耕文化與土地的緊密聯繫，導致了中華民族更加強烈家園意識。所謂故土難離，就是把自己的生命和土地緊緊地聯繫在一起。就像莊稼一樣，必須紮根土地，否則就難以生存。於是安土重遷自然而然成為農耕子民的普遍心態，即使迫不得已離鄉背井，但生命之根依然與故土相連。不管離家多遠，葉落歸根總是游子在生命最後階段的強烈心願，也是農耕文明背景下對生命歸宿的詩意嚮往與表達。

在農業社會，農事耕作是最主要的財富來源，所以歷朝歷代都以農為本，重農輕商。而在現代社會，農業雖然依然重要，但早已不是社會財富最主要的來源，農業變成了多級產業鏈中最底端的「第一產業」。農業地位的變化既是中國社會由傳統向現代轉型的必然結果，也是整個人類文明發展無法改變的趨勢。所謂物質決定意識，經濟基礎決定上層建築，物質財富生產方式的巨大改變必然導致思想文化的劇烈轉型。就當下中國社會而言，由於官方強調以經濟建設為中心，在政府強有力的主導之下，生產方式的轉變和升級顯得異常高效。然而，由於生產方式的轉變而導致的社會文化轉型，卻是一個遠遠超出政府掌控範圍的複雜問題。文化的轉型是多層面的、長時期的、漸進緩變的，而且在很多方面是超乎預期的，因此對文化轉型的研究必須有足夠的耐力和耐心，不能急功近利，一錘定音。從這個意義上來講，關於文化轉型的研究既需要一定的前瞻性，更需要不急不躁的滯後性。學者重要的使

命和研究的價值或許不在於對尚未發生的做出預見，而在於對已經發生的作出深入的分析和耐心的解釋。

　　新世紀以來，在越來越急劇的城市化進程這一背景之下，關於鄉土的文學表達呈現出明顯的矛盾現象：面向鄉土的寫作，鄉土往往成了愚昧、落後的代名詞而受到批判，如《受活》、《命案高懸》、《馬嘶嶺血案》等作品；而在關注農民疾苦的一系列作品裏，鄉土又成了純樸、善良和詩意的化身，與墮落的城市文明形成了鮮明的對比，如《拯救父親》、《城的燈》、《無土時代》等。顯然，在一個文化劇烈轉型的時代，不同作家在對傳統農耕文明的理解和把握方面出現了巨大的分歧。這些分歧不只存在於文學領域，也存在於整個社會文化領域，是文化轉型給時代和社會帶來的普遍性的迷茫與困惑。

第一節　家園與夢想

　　因為農事耕作是農業社會創造財富的主要方式，所以農耕子民的人生夢想大多與土地緊密相連。即使在科舉體制之下，讀書人離鄉背井追求功名，大多也不會忘記在故鄉置下一份田產。柳青在《創業史》中塑造的梁三老漢這一形象，是農耕文化造就的中國農民的典型。梁三老漢百折不撓的創業計劃無一不與土地相關。小說中這樣描寫梁三老漢的人生規劃：

　　　　他曾經日夜謀算過：種租地，破命勞動，半飽地節省，幾分幾
　　　分地置地，漸漸地、漸漸地創立起自己的家業來。〔註1〕

　　一個滿懷創業夢想的傳統農民，實現夢想的途徑就是拼命種地，最大的幸福就是靠自己的勤勞節儉一點一點地置地。如果不求額外的功名，土地幾乎是萬能的，最能給人以安全感、踏實感，差不多可以承載傳統農民的所有夢想。正因為如此，農耕社會裏世世代代延續著對土地的特殊感情，並以各種形式滲透在社會文化的各個領域，彷彿鹽溶於水，有味無形。

　　農耕文明下人與土地的緊密聯繫會導致農耕文化偏於靜態的特徵，「農業和游牧或工業不同，它是直接取資於土地的。游牧的人可以逐水草而居，漂浮無定；做工業的人可以擇地而居，遷移無礙；而種地的人卻搬不動地，長在土裏的莊稼行動不得，侍候莊稼的老農也因之像是半身插入了土裏」〔註2〕

〔註1〕　柳青《創業史》第17頁，北京，中國青年出版社，1960年6月。
〔註2〕　費孝通《鄉土中國》第三頁，北京，北京出版社，2005年1月。

所以，「以農爲生的人，世代定居是常態，遷移是變態」。〔註3〕世代定居既強化了人和土地的聯繫，也強化了宗族倫理關係，讓家族的生存繁衍和特定的土地緊密聯繫在一起。再加上農事耕作與自然規律密切相關，人的努力必須遵從自然之道，面對自然必須學會謙卑，懂得敬畏，依循季節，循環往復，這也會導致農耕文化依賴經驗、不尙進取、注重守成的一面。正是由於對家園、土地和自然的崇奉，孕育了農耕文化中物我兩忘的審美趣味與天人合一的生命境界，塑造了東方文化鮮明的精神氣質。

在農耕傳統的框架之下，土地既承載家園，又出產財富，而且還孕育了形而上的精神追求，再加上沒有現代社會強大的第二、三產業的誘惑，所以農民完全可以把自己的一生託付給土地，在土地上實現自己的人生價值。因此，在傳統農耕社會裏，對家園的依戀和對夢想的追求基本上是並行不悖的、和諧統一的。無論梁三老漢式的傳統農民，還是已經不事耕作的知識分子，都可以依託土地實現自己的人生夢想。家園和夢想的並行不悖及和諧統一更容易讓人體驗到生命的圓融與完整，形而下的欲求與形而上的追索乃至生命的最終歸宿，都可以融入生養自己的土地。

然而，在現代工商社會，這方面的情形卻發生了根本性的改變。生產效率的迅速提高與物質財富的成倍增長徹底改變了傳統農耕社會自給自足的小農經濟模式，財富的概念早已超過了生存所需的範疇，農事耕作不再是社會生產的主要方式，農業成爲第一產業，處於產業鏈的最底端，意味著原始、低端和粗放。而第二、三產業的工商服務業成爲現代社會的主流產業，是現代社會創造財富的主要途徑。這就意味著，在現代社會，僅僅依靠農事耕作已經無法完成財富的積累，更無法以此實現人生夢想。只要有超出溫飽的需求，現代社會的農民就不得不離開土地進入城市，在農業之外的範疇去追求更高的人生理想。如此一來，傳統意義上的鄉土家園再也無法承載現代社會的人生夢想，延續了數千年的農民與土地的緊密聯繫逐漸鬆動，夢想與家園再也無法圓融統一，離鄉背井走向城市成爲現代中國大部分農民迫不得已的選擇和人生常態。

自中國進入現代歷史階段，城市化進程雖然緩慢，但始終不曾停止過。在這一緩慢的歷史進程中，始終存在著一個讓人倍感糾結的問題，那就是人

〔註3〕 費孝通《鄉土中國》第三頁，北京，北京出版社，2005 年 1 月。

與土地的關係問題，或者說如何面對延續了數千年的土地情感的問題。中華民族向來將大地視爲母親，所謂「父者猶天，母者猶地，子猶萬物」。農耕民族對大地母親般的博大慈愛和無私奉獻無疑有著更深切的體驗，所以中華民族在告別傳統走向現代這一歷史進程中，注定要經歷更加曲折複雜的心路歷程。自五四新文學誕生以來，每一代知識分子在反思傳統文化時，都有對封建倫理道德文化的激烈批判。然而不管怎樣偏激和決絕，在走向現代的過程中，幾乎所有知識分子都會對傳統的鄉土家園流露出無限的眷戀。離開故土進入城市並沒有讓他們在現代社會如魚得水，反倒變得瞻前顧後，憂心忡忡。也正是在現代城市的文化背境之下，他們更清晰地認識到了自己的精神淵源。1936 年，蘆焚在其散文集《黃花苔》的序言中寫道：我是從鄉下來的人，說來可憐，除卻一點泥土氣息，帶到身邊的眞亦可謂空空如也。〔註4〕蘆焚的感歎是絕大部分中國現代知識分子的心聲，即使決絕冷峻如魯迅，也會在對故土的回憶中變得溫馨柔軟，一往情深。從表面上看，離開鄉土進入城市僅僅是生存空間和生存方式的轉變，然而告別鄉土之後才發現和鄉土之間無法割斷的無形而隱秘的聯繫。中華民族的農耕文明實在太過悠久，代代傳承的農耕基因既溶解在傳統文化中，也流貫在華夏子民的血液裏。對大地母親的感恩和對鄉土家園的依戀深埋在內心隱秘的角落，一有機會就會重新萌芽。恰如丁帆先生所說，「『城市』作爲『鄉村』的對照物，使作家更清楚地看到了『鄉村』的本質」〔註5〕。就這一點而言，五四這一代知識分子多少有些像智慧勇敢而又不乏任性的孩子，一度不顧一切離家出走，出走之後很快就發現自己身邊如蘆焚所說的那樣「空空如也」，於是又在城市的孤獨中戀戀不忘地憶述起自己的故鄉來。以魯迅爲代表的五四鄉土小說家，便是這樣的一群。他們從中國廣羲的傳統鄉村世界來到已具現代雛形的大都市，兩個世界的巨大反差一方面強化了他們開啓另一種全新人生的迫切願望，然而另一方面，雖然身在都市，他們對都市卻無法有足夠的認同，不能擺脫客居異鄉的漂泊感。「蹇先艾敘述過貴州，裴文中關心著榆關，凡在北京用筆寫出他的胸臆來的人們，無論他自稱爲用主觀或客觀，其實往往是鄉土文學，從北京這方面說，則是僑寓文學的作者」〔註6〕。所謂「僑寓」，其實是中國現代知識分子

〔註4〕 蘆焚：《黃花苔》，上海良友復興圖書印刷公司 1937 年 3 月第 1 版，第一頁。
〔註5〕 丁帆：《中國鄉土小說史》，北京，北京大學出版社，2007 年 1 月，第 43 頁。
〔註6〕 魯迅：《〈中國新文學大系〉小說二集序》，《魯迅全集》第六卷，北京，人民

（尤其是五四那一代）生存狀態的普遍寫照，這意味著中國知識分子雖然將遠離故土，客居城市，但根似乎依然在鄉下。城市雖然成為安身立命不得不選擇的處所，但是始終無法成為真正意義上的歸宿。夢想與家園從此分裂，農耕傳統下生命的圓融與完整體驗不復存在，中國知識分子傳統的精神家園開始變得殘缺，從此踏上了漫長的不歸之旅。

　　如果說五四那一代離開故土進入城市的作家喪失的主要是精神意義上的家園，那麼近百年之後的世紀之交開始，棄田撂荒進城務工的中國農民喪失的則是現實生活意義上的家園。回首近百年的中國現代史，不難發現這樣一個奇特的現象：中國的現代化城市化進程首先是從文化層面和知識分子那裡開始的，經歷了近百年的曲折歷程之後，現代化城市化進程終於突然最大限度地落腳到現實層面和中國農民身上。中國社會的現代化和城市化最具實質性和決定性的內容當然是大量農村人口的市民化，只有這樣，現代化城市化才會從一種理想追求變成社會現實。然而在二十世紀的絕大部分時間裏，無論啓蒙還是革命，其實主要都是在意識形態層面為現代價值觀進行宣傳，在社會現實層面所做的準備和鋪墊並不充分，導致中國的城市化進程一直非常緩慢，在特殊歷史階段甚至幾近停滯。所以世紀之交的城市化浪潮彷彿一場突然降臨的疾風暴雨，將中華大地上的農民衝擊得七零八落，四散飄零。

　　同樣是離開鄉土家園進入城市，五四那一代知識分子和世紀之交的中國農民卻有著迥然不同的現實處境和命運走向。除了歷史階段和社會環境的差異之外，二者的不同還體現在以下幾個方面：

　　首先是進城的目的和處境不同。五四知識分子離鄉進城大多和自身的求學經歷密切相關。受五四新思潮影響，不少青年知識分子對源於西方的新知充滿了興趣。而五四新知的集散地主要在城市的高校和刊物，要接受五四思潮的進一步洗禮，知識分子就必須衝出鄉間傳統私塾的範疇，進入城市接受新式的教育，閱讀進步的書刊。所以，對五四那一代進城的知識分子而言，城市的魅力和價值主要在於新學新知，進城的主要目的首先是求學，而非謀生。他們中的相當一部分人在城市求學期間的花費依然來自鄉下的老家，雖然也不乏完全依靠自己在城市立足的人。這些年輕的知識分子儘管「僑寓」城市，然而除了可能存在的客居他鄉的漂泊感之外，他們並不會受到城市的排擠，甚至依然可以在陌生的城市里保持著傳統知識分子的那份優越感。然

而，近百年之後，紛紛棄田撂荒進城務工的中國農民則有著完全不同的境遇和目的。二十世紀九十年代，在中國產業結構調整和國企改革的陣痛時期，中國農村的負擔空前沉重，農事耕作已經變得無利可圖，甚至入不敷出。與此同時，中國的城市建設開始大規模鋪開，對低端勞動力的需求猛增，儘管報酬極低，但對已經走投無路的中國農民而言還是有著極大的吸引力，於是大量農民湧進城市，幾乎包攬了城市裏最苦最累最髒最危險的一切體力活。農民進城的目的異常簡單，除了謀生而外別無所求，所以他們儘管備受歧視，卻可以處之泰然，甚至由於長期的城鄉分治，他們內心深處已經坦然接受了低人一等的社會現實。

其次，進城之後傳統鄉土家園對於他們的意義截然不同。五四知識分子進城之後，鄉土家園對他們而言更多地意味著一種精神層面的存在，這種精神層面的存在既有對傳統文化的現代性反思，也有對農耕傳統特有的東方韻味的眷戀。所以五四鄉土作家對故鄉的感情是糾結的，既有尖銳的批判又有無限的留戀。但這種糾結主要是精神層面的困惑，是文化和價值選擇方面的彷徨。然而，對世紀之交進城的農民工而言，家園幾乎是慘不忍睹的，留守鄉下就意味著生活幾乎無以爲繼。當時中國農村遭遇的危機是空前的，1996年，著名學者溫鐵軍針對日益嚴峻的農民、農村、農業形勢，提出了「三農問題」。2000 年 3 月，湖北省監利縣棋盤鄉黨委書記李昌平在給朱鎔基總理的信中寫道：農民眞苦，農村眞窮，農業眞危險〔註7〕。農村的普遍危機迫使相當一部分農民不得不離開破敗的家園，然而，進城之後他們只能「暫住」城市，從法律上講他們依然屬於老家。可是對他們而言，鄉土家園早已褪去了農耕傳統積累下來詩情畫意，成了怎麼也無法掙脫的包袱。

農耕文化主要紮根在鄉土，現代性夢想主要構建於城市。鄉土曾是我們數千年的家園，而城市又將是我們無法逃避的未來所在。鄉土孕育了博大精深的東方文化，給了華夏子民農耕文化的基因；而城市正以其繁華富裕五彩繽紛的面孔給我們以現代性的誘惑。何去何從？如何面對我們的家園和夢想？這既是中國農民面臨的非常現實的社會問題，也是中國知識分子無法逃避的文化問題。不少當代中國作家試圖以文學的方式把握歷史豐富複雜的細節，在歷史彷徨前行的途路上刻下民族心靈和情感的軌跡。他們有的關注大量農民逃離土地這一社會現象，爲農民的現實生存和未來出路深切擔憂；有

〔註7〕 李昌平：《我向總理說實話》，光明日報出版社，2002 年版，第 20 頁。

的感歎鄉土世界執著的守望者，他們留守土地，繼續在農耕傳統中尋找自己的夢想和歸宿。

第二節　逃　離

在魯迅有關故鄉的一系列小說中，我們看到了一個現代知識分子在喪失傳統精神家園之後的苦悶和彷徨，以及無所皈依、在而不屬的分裂和漂泊。「現代」的介入爲傳統農耕社會的子民開啓了另一片生存空間，正是借助這另一片空間，他們獲得了從另一角度審視自身傳統的機會。而在現代眼光的審視之下，傳統農耕文明自給自足、圓滿無缺的一面解體了。一旦從信奉走向懷疑，人就更不願輕易歸依，也就更難建構起新的精神家園。所以五四這一代鄉土作家一再寫到的故鄉，其實更多地代表著情感上的戀舊，而非精神意義上的家園。近百年之後，在世紀之交的鄉土小說中，不少作家似乎更願意從現實生存的層面呈現農民與家園的矛盾關係。從這些小說中，我們看到的主要不是尋找家園和歸宿的精神欲求，取而代之的是堅定執著、一意孤行的謀生意志。這些小說形而上的意味雖然淡化了，卻獲得了貼近底層生存現實的另一種力度和品質。

儘管近百年的歷史已經過去，但鄉土小說中還是延續了某些一以貫之的題材和主題，比如尋找理想、逃離故土家園等……在新世紀鄉土小說中，逃離故土、家園大致可以分爲兩種情形：一是離鄉不棄土式逃離，也就是離開了家鄉，但並未放棄鄉下的土地，身份還是農民，家依然在鄉下，城市僅僅是掙錢謀生的臨時場所，而非久居之地；另一種是離鄉棄土式逃離，也就是視農村爲苦海，告別家鄉的目的就是永遠地逃離土地，不惜一切代價改變農民身份，義無反顧地走向城市。

一、離鄉不棄土式逃離

在中國現代文學的範疇內，鄉土文學往往有兩個不同的側重點：文化反思或者審美追求。前者以魯迅爲旗幟，在對故鄉的頻頻回首中，既有無限眷戀，更有揮之不去的隱憂和痛徹骨髓的反思；後者以沈從文爲代表，在對故鄉蕩氣迴腸的憶述中，作者一往情深，每一次寫作都是對故鄉山水和風土人情如醉如癡的再次體驗。而在當代文學的範疇內，由於革命意識形態的巨大

影響，關於鄉土的寫作往往更加看重對農民現實命運的反映。從《創業史》中的梁三老漢，到《平凡的世界》中的孫少安孫少平兄弟，都離不開對農民出路的關注和思考。世紀之交，伴隨著城市化的加速，中國農村陷入空前的困境，「三農」問題成為全社會關注的焦點問題，與之相關的小說創作對社會劇烈轉型期中國農民的命運也給予了充分的關注。從這些作品中，我們不難看到大量的關於鄉村凋零衰敗現實的描述，以及農耕子民走投無路的生存窘況。

四川作家羅偉章被視為「底層寫作」的重要一員，有論者曾批評「底層寫作一味地渲染貧窮、剝削、殘酷、絕望，使讀者感受到的是一種視覺的驚悚與感情的宣泄」〔註8〕。如果我們對世紀之交中國農民的生存現實缺乏足夠的考察和瞭解，僅僅在書齋裏翻翻報紙看看作品，就認為作家的描寫脫離現實，渲染苦難，甚至認為他們的動機不純，這樣的批評可能才是真正的心懷叵測。羅偉章的中篇小說《大嫂謠》所描寫的新世紀初川東北農村的貧窮與絕望，令我深有同感，絲毫不覺得「扭曲」、「誇大」和「渲染」。小說中「我」的大嫂五十多歲，吃苦耐勞，勤儉持家，從未出過遠門，「連汽車也沒坐過」。然而由於家裏無錢供小兒子上中學，大嫂不得不遠離故土，到廣東打工掙錢。大嫂淳樸善良，從來就不知道累，屬於典型的「好媳婦」。

> 大嫂走之前，把家裏什麼都安排好了。雖然田地很少，但她怕大哥累著，把一半的田都送給了別人種，大哥捨不得送，大嫂說，一個人要知道輕重，要是累得把命都搭進去了，值嗎？這樣的話，大嫂對父親說過，也對我說過，說不定還對別的人說過。至於她自己，從來就不知道累。在家裏時，三伏天的午後，村裏再勤苦的人也躲在院壩外的竹林裏或果木底下搖篾笆扇，大嫂還在陽光暴曬的坡地上扯草，或者鋤地，現在，她滿五十三歲的時候又到一個完全陌生的地方搞建築去了，那是男人也畏懼的活，她卻不怕」〔註9〕。

一位大半生紮根土地的農村婦女，年過半百卻不得不棄土離鄉，到城市建築工地拌灰漿、推斗車，看起來有些不可思議，其實哪怕在多年之後的當下，在城市仍舊轟轟烈烈的建築工地上，這樣的農村婦女依然隨處可見。

中國幅員遼闊，各地自然條件大不相同，雖然同為農耕傳統，都靠種地

〔註8〕 陳樹義《文學要切實面向底層》，《人民日報》，2009 年 12 月 1 日。

〔註9〕 羅偉章《大嫂謠》，《人民文學》，2005 年 11 月。

為生，但不同地域的經濟發展程度和生活水平差異很大。而大量關於農耕文明的詩意描述往往未能顧及這種差異性，導致一些窮鄉僻壤長期成為被忽略的存在。相對於條件優越的地區而言，窮鄉僻壤往往更加封閉自足，停滯不前，從而更易保留農耕文明穩定性的一面。雖然在現代歷史階段這些地方也受到了來自外部世界的多次衝擊，但就土地產出的財富總量和人們基本的生產生活方式而言，卻並沒有什麼大的改變。羅偉章的《大嫂謠》就是以這樣一個窮鄉僻壤為背景，而小說中的「大嫂」也是在這種窮鄉僻壤常見的傳統婦女形象。然而，不同之處是，以前的「大嫂」大多生於斯死於斯，終生無緣走出去，如今的「大嫂」卻有機會遠走他鄉，雖然出於被逼無奈。

作為傳統農耕社會的一隅，窮鄉僻壤一樣可以自給自足，並在幾乎靜態的停滯不前中繁衍生息，代代流傳。然而，為什麼這種循環到了世紀之交就再也無法繼續呢？到底是什麼撕碎了其寧靜自足的一面，讓它變得殘缺而不安？小說呈現了大量相關信息，仔細分析我們不難發現，時時刻刻對這個地處山區的窮鄉僻壤構成誘惑的，是與山區遙相對應的外面的世界。雖然那個世界很遙遠，但從那個世界傳來的一切信息都極具蠱惑力，並且構成了對山區世界的否定。

小說中把山區和外面世界連接起來的主要有兩個人，一個是大學畢業後定居城市的「我」，另一個是在廣東當建築包工頭的胡貴。兩個人以各自不同的方式把山區老家和外面的世界連接起來，同時也對老家人構成了兩種不同的誘惑，代表著通往外面世界的兩條途徑。在老家人悲苦絕望的生活中，正是兩個已經走向外面世界的人（特別是包工頭胡貴），成了能給他們幫助和希望的人。當然，也正是因為有了外面的世界作對比，老家窮苦沉滯的一面才顯現出來，封閉自足的一面才被打破。

在此前漫長的歲月中（包括現代歷史階段的絕大部分時期），這樣的山區村落往往更加封閉自足，儘管有些貧窮艱辛，但仍能以自己的方式頑強生存下來。外面的世界也一直存在，但與山區村落的關係不大，雖然也會有一些交流，但從來不至於輕易撼動山區村落的基本生存方式。也就是說，在過去的漫長歲月中，山區村落雖然偏遠落後，但生活於其間的人們仍能以某種方式坦然平和地面對外面的世界，以自己獨特的方式偏安一隅。然而，當山區村落在停滯和循環中過著一成不變的日子時，外面的世界卻開始變化，而且速度越來越快，當外面世界的變化積累到一定程度時，以前的平衡被打破了，

曾經偏安一隅的山區村落輕而易舉就解體了。這種不平衡表面上是空間層面
的，背後卻有著傳統與現代在效率方面的落差。具體到現實生活中，就變成
了進城農民工有著切膚之痛的生存體驗。

> 大嫂的工錢是每個月六百塊，包住，不包吃。大嫂說，六百呀，
> 夠多的了！想想在家裏刨那瘦筋筋的泥巴，除了糊自己的嘴，刨上
> 一年到頭哪裏掙得了六百？〔註10〕

不難看出，兩個世界在生產方式和效率方面的巨大懸殊以及由此帶來的
收益方面的天壤之別，構成了對傳統農民的巨大衝擊和改變。傳統農耕方式
之下，一年到頭「刨那瘦筋筋的泥巴」，結果還比不上在外面辛苦一個月的收
入。兩相比較，土地自然而然失去了原有的魅力，村民開始大量離鄉背井湧
入城市，鄉村失去了人氣，開始迅速凋零。

> 胡貴的家在磨子村的最下頭，我一眼就看到了。那已經不是家
> 了，房子徹底垮掉，到處是朽木爛瓦，周圍長滿了一人多高的茼蒿，
> 我路過的時候，幾隻肥野雞從那茼蒿叢裏撲楞楞地飛起，嘎嘎地鳴
> 叫著，飛到了遙遠的樹梢上。我又爬了一程，又遇到幾間搖搖欲墜
> 的空房子，看來也是至少兩三年沒人住，都拖兒帶女舉家外出打工
> 了。〔註11〕

到處是殘垣斷壁，朽木爛瓦，鄉村的破敗令人觸目驚心！然而，鄉村的
這種破敗卻並不等同於鄉民生活的淒涼，甚至在一定程度上可以說，這種破
敗恰恰代表著一種發展，只是這種發展不是在農村，而是在城市。正是上世
紀九十年代以來城市的加速發展，吸引了鄉下的農民，導致他們棄土離鄉。
雖然在外面不一定有城裏人一樣的地位和尊嚴，但收入無論如何也比土裏刨
食強上了許多。這意味著，外面世界的發展也為山裏的農民打開了一片以前
不曾有過的生存空間，雖然這片空間裏暫時沒有地位和尊嚴，但現實收益卻
又是傳統生存空間所無法相比的。

1949 年之後，中國曾經長期犧牲農民的利益，以此換來工業的起步和發
展。而在世紀之交的城市化進程中，農民和農村又一次成為歷史發展的墊腳
石。從理論上講，所謂城市化就是把非城市的部分轉化為城市的，因此可以
說城市化本來就應該服務於廣大農民。但是從現實層面看，中國的城市始終

〔註10〕 羅偉章《大嫂謠》，《人民文學》，2005 年 11 月。
〔註11〕 羅偉章《大嫂謠》，《人民文學》，2005 年 11 月。

不肯為農民敞開大門，人為地設置了許多制度性的障礙，只讓農民進城幹活，卻不願給農民與市民平等的待遇。如此一來，這一本來代表著歷史發展方向的城市化進程卻不可避免地再次給中國農民帶來了深深的傷害，無論留守老家還是進城務工，他們都未能享受到這個迅速發展的偉大時代應該得到的平等待遇。小說中關於留守農民的描寫，似乎與若干年前革命文學塑造的水深火熱的舊社會中的農民形象並無二致。

> 大哥聽出我在責備他，緊著脖子咳肺裏的痰。他很年輕的時候身體就不好，時常胸悶。他去檢查過幾次，沒有結核病，可就是呼吸不上來，痰也咳不上來，咳的時候空空空的，把脊梁都咳彎了。每次去檢查前，大哥都說，要是結核病就好了，晚期最好，我就用不著醫治，自己綁塊石頭在身上，跳進清溪河餵魚，也免得家裏花錢辦喪事。其實他捨不得死，他跟大嫂的關係很好。〔註12〕

小說中的大哥不僅貧窮無助，身體也羸弱不堪，和那片暮氣沉沉的古老土地相互映襯。而那些進城務工的農民，雖然身在城市，卻依然無法擺脫戶口上以法律形式規定的農民身份，城裏人的地位及各種待遇一概與他們無關。但只要有老家的貧窮落後作比較，他們就會無怨無悔地為城市賣力。再加上幾十年等級森嚴的城鄉分治，使得他們已經能夠心安理得地接受人與人之間的這種等級差別。

> 對農民工來說，就是靠近紐約也無所謂，他們身在城市或者城市的邊緣，但並不證明他們生活在那裡。他們成天接觸的，都是跟自己來自同一個階層的人，像胡貴工地上的，很大一部分還來自同一個故鄉，他們說著家鄉的方言，談著家鄉的人事，就像是把家鄉搬到這裡來了。農民工自成一體，成為散佈在中國城市汪洋中的一座座孤島。〔註13〕

對進城農民工而言，故鄉是遙遠的，城市是陌生的。他們就像被連根拔起的莊稼，被時代的浪潮捲進城市，然後居無定所，隨風飄泊，成為城市化時代一個懸浮的群落。羅偉章不僅對農民工的生存現狀深有體察，而且也意識到了這一現象背後十分堪憂的文化問題。農民工是城市汪洋中的一座座「孤島」，這些「孤島」之孤包括方方面面，不僅在身份層面被城市拒絕，而且在

〔註12〕羅偉章《大嫂謠》，《人民文學》，2005 年 11 月。
〔註13〕羅偉章《大嫂謠》，《人民文學》，2005 年 11 月。

語言、話題、情感等諸方面，都與所在的城市格格不入。這種情形反過來又強化了他們的階層和故鄉意識，只有來自同一階層或者同一故鄉的人，才會有共同語言，才可能彼此慰藉。城市的孤島與遙遠的故鄉隔空相望，城市只與他們改善經濟條件的迫切願望相關，除此之外不敢有額外的奢求；而故鄉雖然偏僻遙遠，但依然令人牽掛，他們甚至要在鄉音中重建一個故鄉……

在城市的汪洋中以鄉音的形式虛構故鄉，就不再僅僅是個社會問題，也是一個文化傳統的問題。農耕文化傳統的表現是多方面多層次的，在哲學層面，有天人合一的東方智慧；在美學層面，有情景交融、物我兩忘的意境追求；而在現實生活的層面，對土地的看重，特別是農民對土地的情感，也是農耕文明的重要體現。在農耕社會，直接從事農事耕作的農民與土地的關係更為直接和密切，而知識分子和土地的關係相對鬆散且間接，所以與知識分子相比，農民的生存範圍往往更加固定，更不具流動性，和特定的地域聯繫更為緊密，更具地方性，由此導致中國農民身上往往具有與當地自然條件相適應的技能和特質，一旦離開家鄉，很容易水土不服。因此，農民往往更加在乎家鄉，脫離家鄉的自然和人文環境，他們往往不知所措，無所適從。正是由於這方面的原因，農民工與城裏人雖然水火不容，但與家鄉人的聯繫卻異常緊密，即使不在同一個工地，但是他們一般都知道同村有幾個人在同一座城市，分別散佈在城市的哪幾個角落，遇到困難時，老鄉就成了他們在城市汪洋中的救命稻草。

學術界在關注中國的城市化進程和文化轉型問題時，也應該注意到不同側面和不同層次的區分。體制、歷史、哲學、美學等方面是討論較多的大問題，而具體到農民工個體進城之後在心理、情感乃至人格方面的適應和變化，則是相對瑣碎然而卻十分重要的問題。在《大嫂謠》這篇小說中，已經可以看出進城農民的不同類型、進城的不同途徑以及進城之後迥然不同的命運。小說中的「我」出身貧民，通過考大學的方式進城，這是體制認可的最徹底的進城方式，進城之後面對體制的心理障礙相對較少，與城市的隔膜不深，適應起來相對較快。然而對農民而言，「我」的這種進城方式是可望而不可即的。包工頭胡貴是當地的名人，在鄉親們眼中他不僅在城裏站穩了腳跟，甚至連城裏人都怕他。

胡貴壓根兒就是個文盲，可他卻當上了老闆，把父母和兄弟姐妹都接到了廣東，還把親戚全都帶過去發財了。不僅如此，他還為

> 對河兩面山上的人做了許多事，凡是楊侯山和老君山的人，只要願
> 意去他工地上，他一律接納，而且從不拖欠工資。他允許別人欠他
> 的錢，決不允許自己欠別人的錢。從那邊回來的人都說，胡貴在廣
> 東很吃得開，連城裏人都怕他。〔註14〕

　　但作為包工頭的胡貴其實並未成為真正意義上的城裏人，僅僅是作為農民工的首領與城裏人打交道而已。儘管他發了財，人品不錯，深受鄉親的擁戴，但在城市面前他依然自卑，對城市的生存法則也不甚瞭解，只能以一個鄉下人簡單粗暴的方式來應對在城市遭遇的困境。

> 　　胡貴不是老闆，只是一個包工頭，而且是比較低級的包工頭，
> 而那些級別較高的包工頭，鄉下人是做不了的，他們通常都是城裏
> 人，還不是普普通通的城裏人，而是多多少少都有些背景的城裏人，
> 有的本身就是政府官員，他們與作為開發商的建築公司一起聯手倒
> 賣土地。胡貴千方百計把工程弄到了手，他上面那一層一層的包工
> 頭就隱去了，他又直接受建築公司下屬的項目部領導了。他幹了事
> 情，修了房子，就找項目部拿錢，而項目部往往以各種理由剋扣他
> 的錢，實在剋扣不下來的，就找胡貴「借」。〔註15〕

　　這段文字比較形象而客觀地呈現了「城裏人」和「鄉下人」在城市大規模建設過程中各自不同的角色和境遇。胡貴雖然是鄉親們眼中的能人，但是在與城裏人打交道的過程中其實只能任人宰割。無論文化層面還是制度層面，鄉下人與城市始終處於錯位的狀態。不管是胡貴那樣的能人還是「大嫂」一般的普通農婦，前半生純粹的農耕生活已經造就了他們純粹的農民秉性，對他們而言，融入城市差不多意味著對前半生人生經驗的徹底否定和拋棄，這幾乎是不可能完成的事情，可是死守土地拒絕進城又將使他們的生活無以為繼。因此他們只能到城裏掙錢，卻又無法融入城市，變成城裏人。縱然是胡貴這樣的包工頭，他身邊環繞的依然是一群離鄉進城的農民。他們不僅在身份上是農民，骨子裏也是農民。他們雖然長期生活在城裏，但在家鄉還有一份土地，那裡有他們的前半生，也是他們的根之所在。即使告別了家鄉的土地，他們也無法斬斷家鄉的人事和親情。雖然故鄉的土地已經無法承載他們想要的生活，但他們也只能是離鄉不棄土。無論怎麼折騰，他們似乎永遠

〔註14〕羅偉章《大嫂謠》，《人民文學》，2005年11月。
〔註15〕羅偉章《大嫂謠》，《人民文學》，2005年11月。

不可能在城市找到最終的歸宿。

從人類文明發展史來看，雖然城市化進程必然涉及人類生存方式的轉變，但轉變過程如此劇烈甚至殘酷，卻並不多見。西方的工業化城市化有一個漫長的、漸進的歷程。以十八世紀英國工業革命為序幕，西方城市開始從傳統意義上的政治中心和軍事堡壘向現代工商城市轉變，人口開始向城市集中，到二十世紀中期西方國家的工業化城市化進程基本完成，前後經歷了約兩百年時間。中國在二十世紀初才步入現代歷史階段，而在二十世紀的絕大部分時間裏，工業化城市化進程都非常緩慢，尤其是新中國成立之後的三十多年時間裏幾乎是停滯不前。而到了二十世紀末期，中國的城市化進程才突然加速，短短二十來年的時間裏，無數中國農民幾乎是在毫無過渡和準備的情況下突然遭遇了由鄉村到城市的急劇轉變。

更為嚴重的是，由於新中國長期實行嚴屬的城鄉分治，再加上極左思潮影響，嚴禁農民離開土地從事任何農業之外的生產經營活動，嚴苛的政策把幾代農民都塑造成了實實在在的純粹的絕對的農民，使其生存技能和生活經驗都被嚴格限制在農事耕作的範疇之內，面對城市，體力是他們唯一可以出賣的資本。特殊的國策國情使新中國的幾代農民只專於農活，對土地有著更強的依賴性，雖然土地已經不能承載他們的生活，迫不得已離開了家鄉，但他們依然視土為家，永遠無法把自己從故土連根拔去。很顯然，《大嫂謠》中的大嫂和包工頭胡貴都是這樣的農民，無論他們離家多遠，他們的根永遠在鄉下。

孫惠芬的中篇小說《民工》更細膩深入地呈現了農民工與城市和鄉村的不同關係。小說中鞠廣大和兒子鞠福生在城裏同一個建築工地打工，妻子則在家中務農。這是城市化進程中中國農村家庭最常見的一種模式：男的進城掙錢，女的留守務農。鞠廣大已經在城裏打工十多年，除工地之外，他對城市唯一有感性認識的就是公交車。有一年靠近年根，鞠廣大好不容易領到一點工資，背著行李回家，結果在擠公交車時用力過猛，撞倒了城裏人，挨了一頓打不說，行李還被扔到車窗外。從此鞠廣大最怕擠車，一擠車膝蓋就發抖。而他兒子鞠福生，對城市最直接的瞭解不過是在辦好暫住證的那天晚上，花了六枚硬幣，坐了貫穿全城的 702 公交三趟來回，美美地看了一頓城裏風光。對鞠廣大和鞠福生父子而言，他們清楚地知道城市是不屬於自己的，他們的根在鄉下。小說寫的是他們父子回家奔喪的故事，在奔喪途中，

當火車離開城市行駛在鄉村田野時，農民工鞠廣大不是被奔喪的痛苦所攫住，而是沉醉在鄉野田園的美景中。可以說，在城裏的建築工地上，鞠廣大只是一臺幹活的機器，只有回到鄉野，他才由機器重新變成一個有血有肉的人。

> 火車由向西一點點轉向北了，火車只要向北，就是告別了城市，告別了郊區，告別了開發區和旅遊度假區，駛入一片田野當中。鞠廣大的眼睛裏滿滿當當全是綠，綠的苞米綠的大豆綠的野草和蔬菜。在外邊當民工，很少見到這大片的綠，春天出來時還沒有播種，冬天回來時又遍野荒涼，工地上的大半年，除了磚瓦石塊就是水泥鋼筋，偶而在路邊見到綠樹和草坪，都要長時間看著它們，用目光撫摸它們。……

> 看著窗外的田野，鞠廣大不安起來，他特別想捅捅兒子，叫他也往外看，多麼好的景色！〔註16〕

這段描寫看似有些不近人情：自己死了老婆，兒子死了母親，鞠廣大不知悲痛，想到的竟然是叫兒子看窗外的田野風景！但是反過來也可以這樣說，正是窗外的田野，復活了鞠廣大的人性，在他的人性復活之前，誰有理由要求他必須悲痛呢？鞠廣大就像一顆莊稼，早已深深紮根鄉土。離開了土地，他僅僅是一臺幹活的機器而已。所以當鞠廣大和兒子鞠福生踏上故鄉的土地時，他們幾乎完全忘記了奔喪的痛苦，而是陶醉在鄉野氣息之中。

> 田野的感覺簡直好極了，莊稼生長的氣息灌在風裏，香香的，濃濃的，軟軟的，每走一步，都有被摟抱的感覺。鞠廣大和鞠福生走在溝谷邊的小道上，十分的陶醉，莊稼的葉子不時地撫摸著他們的胳膊，蚊蟲們不時地碰撞著他們的臉龐。鄉村的親切往往就由田野拉開序幕，即使冬天，地裏沒有莊稼和蚊蟲，那莊稼的枯稭，凍結在地壟上黑黑的洞穴，也會不時地晃進你的眼睛，向你報告著冬閒的消息。走在一處被苞米葉重圍的窄窄的小道上，父與子幾乎忘記了發生在他們生活中的不幸，迷失了他們回家來的初衷……〔註17〕

對鞠廣大鞠福生這樣的農民工而言，鄉村田野已經構成了他們生命的一

〔註16〕孫惠芬《民工》第 237 頁，北京，作家出版社，2005 年 1 月。
〔註17〕孫惠芬《民工》第 239 頁，北京：作家出版社，2005 年 1 月。

部分。無論他們離家多遠，都不可能在鄉土之外找到另外的歸宿。離鄉進城僅僅是他們迫不得已的謀生行為，對故土的依戀早已超越了現實層面的謀生問題，而與他們的靈魂息息相關。

二、離鄉棄土式逃離

新世紀以來大量離鄉進城題材的小說中，有一種告別故土的方式非常決絕，那就是視農村為苦海，告別家鄉的目的就是永遠地逃離土地，一去不復返，義無反顧地走向城市。如果說離鄉不棄土式的逃離是迫不得已、被動的，那麼離鄉棄土式的逃離則屬於主觀的選擇和規劃，在價值觀上是對農村的徹底否定，表現在行為上則是主動地掙脫苦海。

劉慶邦寫於新世紀初的中篇小說《到城裏去》比較深刻呈現了新中國幾代農民與城市特殊的情感關係，既有社會制度層面的宏觀指涉，也有微觀的個體生存的命運與掙扎。可以說《到城裏去》這篇小說是從新中國的歷史長河中打撈起來的一段有著鮮明時代烙印和廣泛代表性的廣大農民的傷痛記憶。

《到城裏去》塑造了一位執著、勤勞、倔強、虛榮、爭強好勝而富有心機的農村婦女形象，小說的時間跨度長，包括計劃經濟（人民公社）、改革開放（包產到戶）和市場經濟幾個歷史階段。主人公宋家銀出身農民，在談婚論嫁的時候一心想嫁給工人。別人給她介紹的第一個對象是一位準工人，將來可能因為父親的關係到新疆參工。宋家銀為了穩住準工人的心，盡早把他們的關係確定下來，提前奉送了自己的處女之身，結果準工人變成正式工人之後卻把她踹了。於是宋家銀只好退而求其次，嫁給了在縣城預製廠上班的臨時工。丈夫雖然是臨時工，但在宋家銀看來臨時工也是工人，是領工資的，和農民有著本質的不同。她處心積慮地向人展示自己作為工人家屬的優越性，時時處處都要表現出高人一等姿態。但是後來預製廠倒閉，臨時工丈夫回到農村，宋家銀不能接受這一現實，逼著丈夫進城，自己則在繼續在鄉親面前編織丈夫在城裏上班的謊言，維持自己作為工人家屬的特殊尊嚴。丈夫在城裏走投無路，只得靠撿垃圾掙錢，後來又因為盜竊被拘留十五天。即使丈夫在城裏出事之後，宋家銀依然要和丈夫「衣錦還鄉」，勉強維持自己曾經作為工人家屬的虛榮。

宋家銀的夢想和追求其實是幾代中國農民的夢想和追求。路遙的中篇小

說《人生》的主人公高加林，其奮鬥目標也無外乎逃離土地不當農民。高加林先是在村裏當代課教師，後來又因為伯父的原因進城當記者，春風得意之時他拋棄了鄉下的戀人劉巧珍，為了大城市的夢想而和城市女性黃亞萍走到一起。雖然最後東窗事發又回到了農村，但高加林無疑是那一代農村有志青年的典型代表，他們的共同夢想就是逃離土地進入城市。路遙的長篇小說《平凡的世界》中的孫少安孫少平兄弟也是掙扎在農村這片苦海中，孫少平的奮鬥經歷就是從農村走向城市的「非」農的過程。河南作家李佩甫出版於二零零九年的長篇小說《城的燈》依然延續了路遙式的主題，寫的是農村青年馮家昌不惜一切代價逃離土地要做城裏人的故事。

　　無論是上世紀文學中的高加林、孫少平，還是新世紀文學中的宋家銀、馮家昌，這些文學形象都有一個共同特點，那就是他們本來生於土地，長於土地，而最堅定的人生目標卻是逃離土地。顯然，這一現象是有悖於中華民族源遠流長的農耕文明傳統的，延續了幾千年的對土地的深情厚意在他們身上突然變得蕩然無存。於是我們不得不思考和追問這樣一些問題：到底是什麼改變了中華民族和土地的傳統關係？既然傳統文化中情感的部分已發生根本改變，那麼傳統文化又將以怎樣的方式延續？如果說文學是一個民族的情感史、心靈史，那麼從文學作品中我們或許會找到這些問題的答案。

　　《到城裏去》的主人公宋家銀出身農村，並且沒有擺脫農民身份的任何可能性，但爭強好勝的她依然不死心，想憑自己的青春和幾分姿色攀上工人階級。其實，一個公平合理的社會應該為每一個有上進心的人提供足夠的發展空間，這樣既促進了個體的發展，也推動了整個社會的進步。當年的革命理論在批判舊社會時強調的就是其不公平不平等的一面，這也是鬧革命的最大理由。然而革命成功之後，新中國又以另外的方式造成了另一種不平等，那就是工農差別和城鄉差別，而且這種不平等被以國家政策的形式予以強化，因而更加等級森嚴，不可逾越。宋家銀一生下來就面對這種不平等，而且沒有任何通過自己奮鬥改變命運的可能性。宋家銀的處境反映出當時中國社會現實中嚴酷的一面——人的生而不平等，並且幾乎沒有改變的可能。中國傳統社會向來重農輕商，即使知識分子也注重耕讀傳家，然而新中國成立後，在追求工業化現代化過程中，農業幾乎成了原始資本的唯一來源，農民被迫作出了最大限度的犧牲。「延續二十多年的人民公社時期，由於工農業產品價格的剪刀差，農業為國家工業化提供了大量資金……從 1958 年到 1982

年間，我國農業為國家工業化提供了 5400 多億的資金，年均 210 多億元，為國家工業化完成原始積累做出了不可磨滅的貢獻」。〔註18〕再加上 1958 年頒佈的《中華人民共和國戶口登記條例》，嚴格區分「農業戶口」和「非農業戶口」，最大限度地限制農民進城。如此一來，中國農民就長期陷入了無處可逃、只能奉獻的極端性處境，淪為新中國最低等的公民，一個有著數千年農耕傳統的國度開始以農為恥。「從理論和法律地位上講，農民是全體社會成員中最具平等地位的構成部分，與工、兵、學、商、幹享有同樣的權利，並不低人一等。但是，農民的名義社會地位和實際社會地位相差甚遠。農民在社會結構中的實際地位處於最底層。農民的職業本來是神聖的，沒有農民的勞作和辛勤耕耘，就沒有人類生存所必需的生存資料，也就沒有人類社會的存在和發展。然而，鄙視農民、看不起農民職業的社會心理卻根深蒂固」。〔註19〕宋家銀作為一個農村弱女子，她面對的正是這樣一個特殊的時代和社會環境。不甘於現實的她最強烈的願望就是嫁給工人階級，通過婚姻改變自己的命運。這是由社會體制決定的個人命運和奮鬥模式。當代中國學界對歷史的研究喜歡側重於宏觀的大角度，而對歷史洪流中個體生命的生存狀態和命運處境則很少關注，這難免讓人扼腕唏噓。宋家銀對命運的抗爭出於本能需求，但我們應該看到這種出於本能的抗爭既是體制內無望的掙扎，也是對體制無聲的反抗。

在極端二元對立的社會結構裏，作為農民的宋家銀反抗命運的唯一方式就是最大限度地否定自己的農民身份，通過「非」農的方式最大限度地靠近理想的彼岸——工人階級。

> 她不把自己混同於普通農民家庭中的農婦，她給自己的定位是工人家屬。在家庭建設上，她定的是工人家屬的標難，一切在悄悄地向工人家屬看齊。〔註20〕

我們也可以說宋家銀很虛榮，但對一個不安於現狀的農村女子，她的願望過分嗎？在社會體制未能為個體提供任何自主發展機會的情形下，這是宋家銀從嚴酷的生存環境中發現的唯一一點改善自己生存狀況的空間。而且，

〔註18〕羅平漢：《農村人民公社史》第 403 頁，福建人民出版社，2006 年。

〔註19〕宮希魁：《中國「三農問題」的觀察與思考》，見《從減負到發展——中國三農問題剖析》第 8 頁，北京：中央編譯出版社，2006 年版。

〔註20〕劉慶邦：《到城裏去》第 18 頁，廣州：花城出版社，2010 年 1 月。

這點空間還有主觀臆想的成分，因爲她的丈夫僅僅是臨時工，她也就根本不是什麼工人家屬。

其實，工人階級的世界對宋家銀來說完全是另一個陌生的世界，她只是通過有限的信息知道那是一個更美好的世界，一個比農村不知要好多少倍的世界，一個自己永遠也無法觸及的世界。她很清楚這一點，也很有自知之明，所以她只是以家屬的身份沾了一點那個世界的光而已。當丈夫流落到北京出事之後，宋家銀終於第一次到了大城市。這位一直以自己的工人家屬身份而自豪農村婦女，在城市面前卻一下子受到沉重打擊，彷彿大夢初醒，終於意識到了自己的眞實處境。

> 去了一趟北京，宋家銀對城市有了新的認識，那就是，城市是城裏人的。你去城市打工，不管你受多少苦，出多大力，也不管你在城裏幹多少年，城市也不承認你，不接納你。除非你當了官，調到城裏去了，或者上了大學，分配到城裏去了，在城裏有了戶口，有了工作，有了房子，再有了老婆孩子，你才眞正算是一個城裏人了。宋家銀很明白，當城裏人，她這一輩子是別想了。當工人家屬，也不過是個虛名。〔註21〕

在殘酷的現實面前，宋家銀終於認輸了。以前在農村想像城市，還以爲城市不是那麼遙遠。現在進了一趟城之後，城市反而變得遙不可及了。這位爭強好勝的農村婦女，曾經處心積慮向工人階級靠近，一廂情願地爲自己貼上工人家屬的標籤，一旦走出農村見到眞正的城市，她的自信與優越感便轟然坍塌。面對城市時，她才發現自己與城市的眞正距離，那是她花上一輩子也夠不著的距離，農村成了她永遠無法逃離的傷心之地。

從宋家銀渴求「非農」的強烈願望中，我們不難看出新中國對傳統價值觀的重新塑造。在一個以農耕爲傳統的社會裏，竟然到了以農爲恥的地步，官方甚至將下放農村從事農業生產作爲對「非農」階層的懲罰手段，按此邏輯，新中國的農民天生就是被發配、被改造的一個階層！正是中國農民這一極端弱勢處境，導致他們對「非農」身份的強烈渴望，只要有機會，他們中的很多人會不惜一切代價逃離土地。宋家銀挖空心思、費盡心機，卻一輩子也沒能如願走出農村。她對土地沒有任何感情和眷戀，卻無力掙脫和土地之間的制度性聯結。

〔註21〕劉慶邦：《到城裏去》第77頁，廣州，花城出版社，2010年1月。

鬼子的中篇小說《瓦城上空的麥田》寫了兩位農民父親，這兩位農民父親最大的願望都是讓子女進城，不再當農民。李四的願望已經實現了，他的三個子女如今都已經進城，只剩下他和老伴還留在鄉下。而小說中的「我」（胡來城）七歲那一年，剛上小學才三天，父親（胡來）就拉著「我」進城撿垃圾去了。父親的目的簡單而直接，就是要讓「我」成為城裏人。

　　　　父親說，只要你自己不離開瓦城，只要你永遠在瓦城住下去，總有一天你會成為瓦城人的你知道嗎？他說，你別小看你現在只是一個撿垃圾的小孩，你要知道，撿垃圾也是能夠發大財的，等到你有了錢了，你就在瓦城買一套房子，那時候，你就是真正的瓦城人了，你知道嗎？〔註22〕

為了後代不再當農民，胡來採取了非常極端的方式，直接帶兒子進城撿垃圾，連學也不上。和宋家銀一樣，胡來身為農民，最大的願望卻是走出農村逃離土地。為了讓兒子能夠進城，胡來痛下決心，將兒子從農村連根拔去，直接移栽到城市的垃圾堆旁。從身份上講，胡來城雖然進城了，但他依然是農民，屬新生代農民。老一輩農民雖然以農為恥，但畢竟一生都在土裏謀食，身上有股揮之不去的土氣。而胡來城所代表的新生代農民幾乎沒有從事農事耕作的具體經驗，與土地的聯結也很鬆散，離鄉進城之後，他們很容易褪掉身上的土氣。其實這也是他們父輩所期望的，他們不想把自己受過的苦難再留傳給後代。

很明顯，農耕傳統在這裡終於出現了一次大的斷裂，宋家銀、胡來那一代農民進城之後還可以回去繼續種地，而胡來城所代表的新生代農民離鄉進城的目的就是不再當農民，徹底斬斷與土地的聯繫。他們離開時就沒打算再回到土地，即使重回故里，也不可能回到父輩的耕作生活方式。魯迅曾經寄希望於後輩：他們應該有新的生活，為我們所未經生活過的。新生代農民逃離土地不一定是件壞事，無法回到土地也並不意味著生活的終結。他們以自己的方式開拓未來，在各種不確定性中尋找適合自己的生活方式，過著父輩「所未經生活過」的另一種生活。

吳玄的中篇小說《髮廊》塑造了一位開髮廊的新生代農民女孩兒形象。小說的主人公方圓十六歲就進城在髮廊打工，但是她進髮廊並非為生活所

〔註22〕鬼子：《瓦城上空的麥田》，《中國鄉土小說大系》（第三卷 2000～2009）白燁主編，北京：農村讀物出版社，2012 年 1 月。

迫，而是出於對一種朦朦朧朧的新的生活方式的嚮往。

> 對於我妹妹方圓來說，去髮廊當工人，並非想爲家裏賺錢。那
> 時她才十六歲，家庭責任感還很淡薄，再說這個家庭也不該由她來
> 負責。她是在晚秋身上看見了一種她所嚮往的生活，她在深圳顯然
> 比在西地過得愉快。那時村裏沒有電話，她勉強能寫幾個字，每月
> 給家裏寫一封信，都是同樣的幾句話：爸爸、媽媽，你們身體好嗎？
> 我身體很好，其他也很好，請別掛念。她的愉快找不到適當的詞向
> 父母表達，大概是惟一比較苦惱的。〔註23〕

和劉慶邦的中篇小說《到城裏去》中的宋家銀相比，方圓和她同樣是農
民，同樣是女人，同樣不安於農村的現實，但不同的是兩人生活在不同時代，
所以便有了截然不同的命運。對宋家銀而言，城市是遙不可及的，她只能困
在農村無法動彈；而對方圓來講，她有了選擇的空間和權力，雖然有些幼稚，
但卻可以按照自己的想法一步步走下去。到城市一年之後，方圓似乎就找到
了自己的方向和定位，將自己改造成了完全不同的另一個人。

> 十七歲那年，她從廣州回來，鼻子突然隆高了，眼睛也從單眼
> 皮變成了雙眼皮，弄得連我母親也差點不認識。那是妹妹第一次給
> 我帶來的陌生感。應該說整容非常成功，好像她的鼻子本來就這麼
> 高、這麼挺，我早已想不起她原來塌鼻是什麼樣子。〔註24〕

方圓不僅對自己外形的改造非常成功，而且由外而內，打造起了她的城
市氣質。幾年之後，當「我」再次見到妹妹方圓時，她再次給「我」帶來了
陌生感。

> 這回，她的五官並沒有什麼變比，那陌生感完全是一種感覺，
> 一種難以名狀被稱作氣質的東西。她確實越來越漂亮，脫盡了鄉氣，
> 成長爲都市裏的時髦女郎了。〔註25〕

方圓對城市的嚮往沒有任何過錯，爲了在城市立足選擇開髮廊也無可指
責。一個農民女孩兒能靠自己的勤勞努力在城裏安身，說明中國的城鄉關係
已經發生了巨大的變化。毫無疑問，這些變化從總體上來講是歷史的進步，
因爲社會個體獲得了更多的發展機會和更大的發展空間。如果沒有足夠的機

〔註23〕吳玄：《髮廊》，《花城》，2002年10月。
〔註24〕吳玄：《髮廊》，《花城》，2002年10月。
〔註25〕吳玄：《髮廊》，《花城》，2002年10月。

會和空間，個體的潛能就無從發揮，社會的進步也就無從談起。但是發展也會帶來傷害，如果農耕傳統與城市化之間缺乏有效的緩衝過渡，而是生生地斷裂，那麼我們極可能在失去不該失去的同時，卻並未收穫想要收穫的。方圓在城裏經歷了一系列的磨難之後，終於心灰意冷。她轉讓了髮廊，一個人回到了故鄉西地。

> 但是，故鄉西地也沒給她什麼安慰，西地，在她的心裏已經很陌生，她還延續著城裏的生活，白天睡覺，夜裏勞作，可是在西地，夜里根本就設事可作……回家的第三天，方圓到山下的鎮裏買了一臺 VCD 機，發瘋似的購買了兩百多盤碟片，然後躺在家裏看碟片。

> 方圓在家呆了一個月。一個月後，她去了廣州，還是開髮廊。

〔註26〕

小說的這一情節極具象徵意義，似乎在追問我們該如何告別過去，走向未來。方圓和胡來城告別鄉土的方式在當下極具代表性。而在告別鄉土之後，如果找不到自己想要得生活，他們還能重回鄉土嗎？方圓作了一次嘗試，在城市遭遇挫折之後，她下意識地回到了故鄉，希望故鄉能為自己療傷。然而回去之後才發現，故鄉仍在，但她卻是永遠也回不去了，更不可能在故鄉獲得安慰。所以她只有再次逃離故土，重新進入城市。可以確定的是她的未來在城市，卻無法確定的是那將是怎樣的一種未來。

尤鳳偉的長篇小說《泥鰍》也刻畫了一群年輕農民工的形象，他們年紀輕輕，滿懷豪情，渴望在城市找到自己的美好生活。然而進城之後他們才發現城市的陰險和殘酷，等待他們的是無情的壓榨和一個又一個陷阱。他們毫無保留地奉獻自己的青春、力氣甚至肉體，最終仍然無法逃脫城市對他們的無情傷害：女性要麼出賣肉體，要麼進入瘋人院；而男性要麼致殘，要麼被逼走上黑道，甚至搭上自己的性命。這一群農民工在城裏四處碰壁，走投無路，卻沒有一個選擇重回自己的故土。他們的青春即使死無葬身之地，也不願離開城市。小說開始有一段主人公國瑞和女友陶鳳的對白，可以看作是這一群農民工進城時的典型心態。

「我知道城裏不好混。」陶鳳說。

〔註26〕吳玄：《髮廊》，《花城》，2002 年 10 月。

「你來了就好了。兩個人在一起，再苦也甜。」國瑞說。

「工作好找嗎？」陶鳳問。

「問題不大，找工作，女的比的容易。」國瑞說。

「不行就回去，你也回去。」陶鳳說。

「回去種地？」國瑞問。

「該種地就種地啊。」陶鳳說。

「我可不想種地了，既然出來了，再怎麼也不回去了。」國瑞說。〔註27〕

年輕農民對農事耕作本來就不熟悉，更談不上對土地的感情，一旦出來，見識了城裏的燈紅酒綠，就再也無法回到相對單純寧靜的鄉土世界。城市是一個喧囂的欲望世界，對年輕人有著無法抗拒的誘惑力；而鄉土是含蓄、淡泊、古老而沉滯的，很難挽留住那些年輕躁動的心靈。在他們心目中，守著土地只有死路一條。國瑞進城後，哥哥對他放心不下，說混不下去就回家。

但哥哥是只知其一不知其二的，混不下去回家又怎樣呢？又有什麼前途？還不是「鋤禾日當午，汗滴禾下土」？好歹留在城裏，沒準哪一天就會得到機遇。〔註28〕

的確，鄉土相對來說是靜態的、確定的，尤其是對土裏刨食的生存方式而言，但它給人安全感的同時也在一定程度上扼殺了夢想；而城市則是動態的、不確定的、變幻莫測的，讓人緊張迷離，充滿幻想。對絕大部分年輕農民工來說，從他們離開土地的那一刻起，就從來沒打算還要回去。

第三節　守　望

社會的劇烈轉型必然帶來現實生存與精神文化的動盪接替和迷惘彷徨，這一過程既伴隨著對新鮮事物的認知與吸收，也伴隨著對舊有傳統的重估與揚棄。新舊交替的時代往往也是一個價值多元的時代，不同的社會階層和角色常常有各自不同的價值立場、利益訴求和理想藍圖。那些離鄉進城的農民，他們一般從最現實的生存需要出發，用腳投票，這一選擇的背後是鄉

〔註27〕尤鳳偉：《泥鰍》第9頁，瀋陽：春風文藝出版社，2002年5月。
〔註28〕尤鳳偉：《泥鰍》第90頁，瀋陽：春風文藝出版社，2002年5月。

村的潰退、凋零和枯竭。而在城市推進、鄉村潰退的時代背景之下，也有一部分人沒有隨著遷徙的大潮隨波逐流，而是守望在家園。如果說逃離故土大多源於現實生存的迫不得已，那麼主動選擇守望家園則往往和精神層面的堅守與追求有關。那些選擇堅守故土的人，他們面對風雨飄搖中的古老家園往往有種責任感、使命感。他們在乎的不是現在，而是無法割捨的過去和尚不確定的未來。

　　在新世紀以來有關「三農」問題的小說創作中，作家的關切也可以明顯分爲兩個方面，一方面是從現實的角度關注城市化時代農民的苦難，批判社會的不公，竭力爲農民特別是進城農民工代言，前些年頗受關注的「底層寫作」大多屬於此列；另一方面是從文化的角度關注社會轉型過程中傳統文化遭遇的危機，思考農耕文明在城市化時代的出路問題。賈平凹的《秦腔》，周大新的《湖光山色》，李佩甫的《城的燈》等小說，在這方面都作了令人深思的探索。這些作品中都有這樣一類人物：在城市化背景下他們不爲潮流所動，堅守鄉土家園，他們對自己與鄉土的關係有自覺的體認，對鄉土世界所承載的傳統有無法割捨的情懷。他們對鄉土的守望又可以分爲兩種類型：一類是懷舊式守望，另一類是夢想式守望。

一、懷舊式守望

　　賈平凹是一位擅長描寫鄉土與傳統的作家，自出道以來，他的絕大部分作品都在建構他心目中的鄉土世界，即使偶而有表現都市的作品，其中的人物形象身上也總是有一股揮之不去的鄉土氣息。或許正是這樣一位鍾情於傳統鄉土的作家，在城市化時代對鄉村世界的變化和命運才會更加敏感。

　　賈平凹出身農民，心繫農民。早些年，他曾這樣描述自己，「我是山裏人。……我是在門前的山路爬滾大的；爬滾大了，就到山上割那高高的柴草，吃山果子，喝山泉水，唱爬山調。山養活了我，我也懂得了山。……後來，我進了城，在山裏愛山，離開山，更想山了。」〔註29〕這種深刻的鄉村記憶已經成爲賈平凹創作的基本背景，儘管在城市生活已經幾十年，但鄉下故土始終是賈平凹魂牽夢縈之地。賈平凹曾經這樣描述自己的進城經歷：「我終於在偶而的機遇中離開了故鄉，那曾經在棣花街是一件驚天動地的事情，記

〔註29〕賈平凹：《〈山地筆記〉序》，《山地筆記》，上海：上海文藝出版社，1979年版。

得我背著被褥坐在去省城的汽車上，經過秦嶺時停車小便，我說：『我把農民皮剝了！』可後來，做起城裏人了，我才發現，我的本性依舊是農民，如烏雞一樣，那是烏在了骨頭裏的。」〔註30〕後來，儘管他也寫過《廢都》、《白夜》等城市題材的小說，但在這些小說中，城市並未成為作者真正意義上的精神家園，反倒「流露了對於現代性城市明顯的反感和厭惡」〔註31〕。正如在《廢都》中，賈平凹借孟雲房之口說的那句話，「別看莊之蝶在這個城市裏幾十年了，但他並沒有城市現代思維，還整個價的鄉下人意識。」這話與其說是評價莊之蝶，還不如說是在評價賈平凹。對城市的「反感和厭惡」促使賈平凹情感的天平繼續向鄉村傾斜，進一步加深了他對鄉村的牽掛。賈平凹這樣一種獨特的人生經歷和農民氣質，導致他在農村與城市、傳統與現代之間更傾向於傳統的鄉土世界，使得他在農耕中國追求現代化城市化的過程中對農村的困境與迷茫有更直接更深入的體會，相關的文學創作也可能更具分量。

賈平凹早期創作的農村題材小說還多少彌漫著純樸的田園詩氣息，呈現出來的農村生活雖然不乏迷茫與焦慮，但主調卻是健康明朗、積極向上、充滿希望的。二十幾年之後，中國已經發生了翻天覆地的變化，現代化浪潮越來越洶湧，掃蕩著中國的每一個角落。城市日新月異，瘋狂膨脹；鄉村日益凋零，千瘡百孔。賈平凹再次面對鄉村時，心頭難免幾絲現代性的恐慌。現代性魔力讓農村的未來變得越來越不確定，一切都處於風雨飄搖之中，曾經那麼熟悉而溫暖的鄉村再也無力承載和延續一個游子關於故鄉的文化記憶和心靈慰藉。大半個世紀前的革命是農村包圍城市，而今似乎輪到城市反攻農村了。正如一位論者指出的那樣，「幾千年傳統文明在現代社會隆隆前行的車輪下幾成齏粉；幾千年來中國農民休養生息賴以生存的土地消亡貽盡；數百年來激越秦人生命的秦腔藝術聲嘶曲盡，作者無奈、哀歎，一種在傳統農業文明與現代工業文明之間的自我掙扎暴露無遺。在現代化進程中，城市將不斷向周邊擴展，鄉村文學將留下一曲蒼涼、悲愴的輓歌。城市要發展，鄉村必然被侵佔，鄉村被蠶食，傳統文化必然面臨危難，這是中國現代化不可迴避的殘酷現實，生於這個變革的時代必須面

〔註30〕賈平凹：《〈秦腔〉後記》，《秦腔》第 560 頁，北京：作家出版社，2005 年 4 月版。
〔註31〕曠新年：《從〈廢都〉到〈白夜〉》，《小說評論》，1996 年第 1 期。

對這種心靈上的折磨」〔註32〕。

2005 年，賈平凹出版了他的長篇力作《秦腔》，該小說後來獲得第七屆茅盾文學獎。和賈平凹以前的作品相比，《秦腔》有了一些明顯的變化，比如以前的作品一般都有相對完成的故事情節和貫穿始終的主要人物形象，而《秦腔》則變得零散化、碎片化，充斥全篇的是瑣屑的日常生活細節，和一個又一個相互之間並無直接關聯的事件。這樣的小說從作者方面來看彷彿是不厭其煩的嘮叨，從讀者方面來說，則會因其不再具有連貫的故事情節和人物命運起伏所帶來的吸引力而失去了相當一部分閱讀興趣。但是讀者如果能耐著性子讀上一陣，就會逐漸進入一個零散然而卻不乏吸引力的彌漫著濃烈鄉土氣息的藝術世界。《秦腔》不再像賈平凹以前的作品那樣注重故事性乃至獵奇性，或許是因為作者關注的重點不再是作品的可讀性，而是自己不吐不快的表達願望。也就是說，由於異常強烈的不吐不快的內在鬱積和立場宣示的衝動，導致《秦腔》自我表達的色彩遠遠超過了故事情節帶來的趣味性。

《秦腔》的零散化、碎片化在使其喪失部分可讀性的同時，卻也有了另一種收穫，那就是對作者魂牽夢縈卻又憂心忡忡的故土家園做了一次全景式的呈現。賈平凹一直癡迷於故土，並以之為豪，然而在上世紀末拉開帷幕的這場轟轟烈烈的城市化運動中，賈平凹發現自己魂牽夢縈引以為豪的故鄉離自己越來越遠了，美好的記憶在現實中已痕跡難覓，一個漸行漸遠背影模糊的故鄉讓作者不禁感到失落、惆悵甚至恐懼。

> 我站在老街上，老街幾乎要廢棄了，門面板有的還在，有的全然腐爛，從塌了一角的簷頭到門框腦上亮亮地掛了蛛網，蜘蛛是長腿花紋的大蜘蛛，形象醜陋，使你立即想到那是魔鬼的變種。街面上生滿了草，沒有老鼠，黑蚊子一擡腳就轟轟響，那間曾經是商店的門面屋前，石砌的臺階上有蛇蛻一半在石縫裏一半吊著……村鎮外出打工的幾十人，男的一半在銅川下煤窯，在潼關背金礦，一半在省城裏拉煤、撿破爛，女的誰知道在外邊幹什麼，她們從來不說，回來都花枝招展……村鎮裏沒有了精壯勞力，原本地不夠種，地又荒了許多，死了人都煎熬擡不到墳裏去。我站在街巷的石滾子碾盤前，想，難道棣花街上我的親人、熟人就這麼很快地要消失嗎？這

〔註32〕劉寧：《論賈平凹小說中「城鄉」間的兩難抉擇》，《文藝爭鳴》，2007 年第 8 期。

條老街很快就要消失嗎？土地從此要消失嗎？真的是在城市化，而
農村能真正地消失嗎？如果消失不了，那又該怎麼辦呢？〔註33〕

從這段文字中我們不難看出一位游子對故鄉的拳拳之心。正是基於對
故鄉的現實與未來的深切憂慮，作者「決心以這本書為故鄉豎起一塊碑子」
〔註34〕。顯然，作者於困苦迷茫之中有了一種不祥的預感，那就是記憶中
的故鄉可能永遠不再回來了，於是作者迫不及待地要為故鄉立下一塊碑，既
為正在逝去的故鄉，也為自己心靈深處那永遠不再復現的記憶。如此寫作動
機決定了《秦腔》是一曲輓歌，既是獻給故鄉的，也是獻給傳統農耕文化的。

在《秦腔》多少有些散漫零亂的敘事中有兩個核心的意象：秦腔和土地。
正是這兩個核心意象把全篇龐雜的人事串聯在一起，顯得形散而神不散。無
論秦腔還是土地，都有久遠的歷史，曾在故鄉的社會發展過程中扮演十分重
要的角色。如果說土地為故鄉的人們提供了糧食，是故鄉賴以存在的物質基
礎，那麼秦腔為故鄉提供的則是精神食糧，是故鄉的靈魂。然而在城市化時
代，秦腔和土地都被年輕人拋棄，傳統文化在現代社會四處碰壁，奄奄一息，
岌岌可危。

小說一開始就從秦腔寫起。著名的秦腔演員白雪和在省城上班的當地名
人夏風結婚，清風街村上請來縣劇團唱秦腔。夏風的父親夏天智原來是清風
街小學校長，酷愛秦腔，退休後閒著沒事就用馬勺畫各種秦腔臉譜。夏風的
新娘子白雪雖然是著名秦腔演員，但他卻厭煩秦腔，準備結婚後就把白雪調
到省城，改行幹別的。

夏天智對秦腔的癡迷和兒子對秦腔的反感恰好形成鮮明的對比。文化大
革命中，夏天智經常被批鬥，一度想到自殺，就在他準備上弔之際，突然聽
到有人唱秦腔，一下子就打消了自殺的念頭。

那一陣我被關在牛棚裏，一天三晌被批鬥，我不想活啦，半夜
裏把繩拴在窗腦上都綰了圈兒，誰在牛棚外的廁所裏唱秦腔。唱得
好的很！我就沒把繩圈子往脖子上套，我想：死啥哩，這麼好的戲
我還沒唱過的！就把繩子又解下來了。〔註35〕

〔註33〕賈平凹：《秦腔·後記》，《秦腔》第 562～563 頁，北京：作家出版社，2005
　　　年 3 月。
〔註34〕賈平凹：《秦腔·後記》，《秦腔》第 563 頁，北京：作家出版社，2005 年 3
　　　月。
〔註35〕賈平凹：《秦腔·後記》，《秦腔》第 61 頁，北京：作家出版社，2005 年 3 月。

　　當夏天智萬念俱灰的時候，秦腔可以喚起他生的希望和勇氣，可以成為他活下去的唯一理由。同樣是秦腔，為什麼下一輩就不再感興趣了呢？夏風儘管娶了秦腔演員白雪，可他對秦腔還是提不起興趣，並且認定戲劇已經沒落，沒有指望，一再催促白雪改行。在清風街，夏氏父子對秦腔的兩種截然不同的態度不是個別現象，除了老人，秦腔似乎很少有人問津了。清風街的一家酒樓開業時，請縣劇團的演員來唱大戲。夏天智聽得如醉如癡，蕩氣迴腸，當他很想同晚輩分享這種美妙的感覺時，夏風的同學趙宏聲卻是另一種完全不同感受，讓他大為掃興。

　　　　一奏曲牌，臺下的人倒安靜了，夏天智遠遠地站在斜對面街房
　　　臺階上，那家人搬出了椅子讓他坐，他坐了，眯著眼，手在椅子扶
　　　手上拍節奏。趙宏聲已經悄悄站在他的身後，夏天智還是沒理會，
　　　手不拍打了，腳指頭還一屈一張地動。趙宏聲說：「四叔，節奏打得
　　　美！」夏天智睜開了眼，說：「這些曲牌我熟得很，你聽聽人家拉的
　　　這『哭音慢板』，你往心裏聽，腸腸肚肚的都能給你拉出來！」趙宏
　　　聲說：「我聽著像殺豬哩！」〔註36〕

　　秦腔如今只能吸引夏天智這樣的老人，年輕人對此毫無興趣。慶祝酒樓開業的大戲唱到最後階段，在清風街承包果園的陳星唱起了流行歌曲，結果一下子就吸引了眾多的年輕人，酒樓前的街道上頓時擠得水泄不通，連劇團的演員也都跟著唱起流行歌曲來。在現代流行歌?麵前，秦腔不堪一擊，一位業餘歌手就讓專業演員輕易地敗下陣來。清風街的老支書夏天義對劇團改唱流行歌曲十分不滿。

　　　　這壺酒喝得不美氣，兩人也沒多少話，聽得不遠處咿咿呀呀演
　　　奏了一陣秦腔曲牌，竟然唱起了流行歌。夏天義說：「你瞧瞧現在這
　　　演員，秦腔沒唱幾個段子，倒唱起這些軟沓沓的歌了！」趙宏聲說：
　　　「年輕人愛聽麼。」〔註37〕

　　秦腔和流行歌曲屬於不同的範疇，秦腔代表傳統，而流行歌曲則指向現代。在清風街，傳統和現代之間缺乏足夠的溝通和交融，甚至有些水火不容。與之相應，夏天義夏天智這一代和年輕人之間也出現了嚴重的隔膜，他們對年輕人所喜歡的不屑一顧，而年輕人對他們所鍾情的也愛理不理。但是歷史

〔註36〕賈平凹：《秦腔》第 256 頁，北京：作家出版社，2005 年 3 月。
〔註37〕賈平凹：《秦腔》第 257 頁，北京：作家出版社，2005 年 3 月。

的潮流已經無法阻擋，年輕一代正在成爲這世界的主角，就像流行歌曲越來越流行，而秦腔越來越落寞一樣。

　　然而這並不是秦腔和流行歌曲之間內在實力的眞實體現，比如唱流行歌曲的陳星，連譜也不識，劇團的每個演員都能做他的老師，他卻可以大受歡迎。一個値得深思的問題是：爲什麼秦腔越來越受冷落，而流行歌曲卻備受追捧呢？答案肯定不在藝術本身，而在藝術之外，時代環境的變遷可能是其中最關鍵的因素。秦腔作爲中國最古老的戲劇之一，可以說已經深入到秦地社會生活的方方面面，是秦人精神生活必不可少的一部分。在漫長的歷史演進過程中，秦腔已經成爲當地傳統文化中顯著的遺傳基因，以至於連狗吠都有秦腔的聲調。如此富有生命力的傳統文化爲什麼會在當今遭受冷落呢？我們還得從另一角度來找原因。秦地是中國傳統農耕版圖的重要組成部分，秦腔當然也是整個中國傳統農耕文化的重要構成因子。秦人自古耿直豪爽，慷慨好義，民風淳樸，特定的人文環境孕育了特殊的戲曲形式，成就了秦腔昔日的輝煌。而當文化生態發生變化，特別是工業化城市化進程越來越迅猛，傳統農耕社會日漸式微，秦腔賴以生存的社會人文土壤也隨之變得越來越稀薄貧瘠，那麼秦腔自然而然就無法延續昔日的輝煌，至少目前是陷入了窮途末路、舉步維艱的境地。表現在現實生活中，那就是秦腔的戲迷越來越少，秦腔演員的身價不斷降低，甚至連基本的日常生活也成了問題。曾經風光無比的縣劇團演員爲生計所迫，有的竟然在劇團大門外的街上擺攤做起了小生意。

　　　　劇團的大門樓在縣城的那條街上算是最氣派的，但緊挨著大門口卻搭起了幾間牛毛氈小棚，開著門面，一家賣水餃，一家賣雜貨，一家竟賣花圈、壽衣和冥紙。

　　　　……原本大家的工資就低，現在又只發百分之六十，許多人就組成樂班去走穴了。走穴也只是哪裏有了紅白事，去吹吹打打一場，掙個四五十元。〔註38〕

　　儘管秦腔差不多已經走到山窮水盡的地步，但夏天智依然故我，獨自沉浸在秦腔的藝術世界裏，除了用馬勺畫秦腔臉譜外，一遇高興的事就在高音喇叭裏放秦腔。兒子夏風爲了討父親的歡喜，建議把臉譜馬勺拍照出一本關

〔註38〕賈平凹：《秦腔》第253～254頁，北京：作家出版社，2005年3月。

於秦腔的書，夏天智感到非常欣慰。在夏風捎回印好的《秦腔臉譜集》那天，夏天智把村裏的高音喇叭借來安裝在自家屋頂上，先念了書的序言，然後又開始播放秦腔。

> 夏風反對夏天智播放秦腔，一是嫌太張揚，二是嫌太吵，聒得他睡不好。可白雪卻擁護，說她坐在床上整日沒事，聽聽秦腔倒能岔岔心慌。出奇的是嬰兒一聽秦腔就不哭了，睜著一對小眼睛一動不動。而夏家的貓在屋頂的瓦槽上踱步，立即像一疙瘩雲落到院裏，耳朵聳得直直的。月季花在一層一層綻瓣。最是那來運（一條狗的稱呼，引者注），只要沒去七里溝，秦腔聲一起，它就後腿臥著，前腿撐著，瞅著大喇叭，順著秦腔的節奏長聲嘶叫。〔註39〕

秦腔不愧是秦地的靈魂，不僅能夠安撫嬰兒，而且連貓、狗甚至月季花，都對秦腔有了感應。這種感應有些超現實的味道，體現出天人合一的大智慧、大境界。不管怎樣，秦腔已經深入秦人的骨髓，它曾給一代又一代秦人在有限而艱辛的生命中帶來無限的快樂和自由。然而時過境遷，如今的年輕人已經不屑於戲曲中這種快樂和自由，這難道不是他們生命中的一大遺憾嗎？難道說他們真的找到了另一種更幸福更自在的人生？

萬變不離其宗，在人類生生不息的歷史長河中，既有大浪淘沙優勝劣汰的選擇競爭，也有源遠流長一脈相承的根本精髓。不管身外世界如何變幻，夏天智只執著於一件事情，那就是守住秦腔。對他而言，守住秦腔也就守住了根本，守住了靈魂。然而，在一個越來越現代的社會，傳統的靈魂難免變得越來越孤獨，就像夏天智一樣，形單影隻，無人理解。在整個清風街，只有兒媳婦白雪能夠體會夏天智對秦腔的一腔熱血。作為秦腔專業演員的白雪，不僅漂亮、賢惠，而且忍辱負重、善解人意，簡直就是傳統文化孕育的精靈。然而就是這樣一個傳統文化的精靈，在現代社會一樣舉步維艱，最後依然無法逃脫被人拋棄的命運。夏天智雖然心疼白雪，就像心疼秦腔一樣，但終究迴天無力，於事無補。夏天智去世後，在入殮時未能如他心願，於是顯靈，旁人皆不知所措，只有白雪懂得他的心思。

> 上善就說：「四叔四叔，還有啥沒辦到你的心上？」屋子裏沒有風，夏天智臉上的麻紙卻滑落下來，在場的人都驚了一下。院子裏有人說：「新生回來了！」上善說：「好了，好了，新生回來了，

〔註39〕賈平凹：《秦腔》第404～405頁，北京：作家出版社，2005年3月。

四叔操心他的時辰哩！」就又喊：「新生！新生！」新生就跑進來。
上善說：「時辰咋定的？」新生說：「後天中午十一時入土。」上善
說：「四叔，四叔，後天中午十一時入土，你放心吧，有我主持，啥
事都辦妥的。」把麻紙又蓋在夏天智的臉上。奇怪的是，麻紙蓋上
去，又滑落了。屋裏一時鴉雀無聲，連上善的臉都煞白了。白雪突
然哭起來，說：「我爹是嫌那麻紙的，他要蓋臉譜馬勺的！」把一個
臉譜馬勺扣在了夏天智的臉上，那臉譜馬勺竟然大小尺寸剛剛把臉
扣上。〔註40〕

　　夏天智頭枕著自己編的《秦腔臉譜集》，臉上扣著自己畫的臉譜馬勺，然
後無憾地離開了這個世界。無論生死，只要有秦腔相伴，他就心滿意足了。
夏天智藉著秦腔獲得了完整的生命和最終的超脫，而秦腔卻沒能如此幸運，
仍將在他生後苟延殘喘。

　　夏天智對秦腔的守望令人唏噓，雖然秦腔的命運不會因為他的努力而獲
得根本性扭轉，但他最終如願與秦腔永遠相守，以自己特殊的方式完成了對
傳統文化的歸依。清風街還有另一位同樣悲壯的人物，那就是夏天智的二哥、
老支書夏天義。如果說夏天智是秦腔最後的知音，那麼夏天義就是土地永恒
的孝子。夏天義有著中國傳統農民對土地最單純最深厚最虔敬的情懷，視自
己為土裏變出的蟲。他一輩子與土地打交道，既是清風街的老支書，也是縣
裏的老勞模，而且多次被寫入縣志。儘管年齡大了，不再任職，但在清風街
依然有很高的威望。如今大量農民進城務工，許多土地被撂荒，夏天義看著
荒蕪的土地十分痛心，竟然不顧七十多歲的高齡，把撂荒的土地承包下來。
更加不可思議的是，在生命的最後階段，他對年輕時未竟的願望耿耿於懷，
重新帶領幾個留守農民在七里溝的荒坡淤地，最後因為泥石流葬身荒溝，成
為名副其實的「地之子」。

　　夏天義是一位複雜的鄉村人物形象，在他身上蘊含著社會歷史轉型時期
的多重信息。夏家這一輩兄弟四人，按家譜是天字輩，分別以仁、義、禮、
智排行，從他們的名字就可以看出濃濃的傳統氣息。夏天義從土改時候起就
擔任清風街的領導，幾十年風雨從未倒過，積累起了很高的威望，成了當地
群眾心目中的「毛主席」。

　　　夏天智一輩子都是共產黨的一杆槍，指到哪兒就打到哪兒。

〔註40〕賈平凹：《秦腔》第 537 頁，北京：作家出版社，2005 年 3 月。

土改時他拿著丈尺分地，公社化他又砸著界石收地，「四清」中他沒倒，「文革」裏眼看著不行了不行了卻到底他又沒了事。國家一改革，還是他再給村民分地，辦磚瓦窯，示範種蘋果。夏天義簡直成了清風街的毛澤東了，他想幹啥就要幹啥，他幹了啥也就成啥……〔註41〕

　　儘管幾十年大權在握，但夏天義還是保持了一個傳統農民的純樸本性，並未被政治和權力異化。修國道時他爲了保護耕地，竟然組織村民阻攔挖掘機，縣長說要爲國家負責，而他卻要爲清風街的群眾負責，結果因此受到處分。歷經幾十年的政治文化薰陶，夏天義竟然沒有被空泛的「國家」概念所同化，而是從清風街群眾的實際利益出發，竭盡全力保護清風街的每一寸耕地，就這一點來說，他實在是中國村支書中的鳳毛麟角。在夏天義那裡，權力更多地被理解成爲群眾辦事、謀利益，這也是他的威信得以建立起來的關鍵因素。而在中國傳統鄉村社會，群眾也需要這樣的威權人物，否則就會變成一盤散沙。在現代法制觀念依然比較淡薄的廣袤農村，道德往往起著比法律更加重要的作用。夏天義儘管掌權幾十年，但卻從未以權謀私，從不給別人留下任何口實。他兒子慶玉家蓋新房，多佔了一步寬的宅基地，夏天義發現之後強行把牆根推倒重砌，並說：「你多占集體一釐地，別人就能多占一分地！」〔註42〕嚴於律己，才能以德服人。夏天義把一個村支書的權力和中國傳統鄉村社會所看重的德望很好地結合起來，使自己成了清風街的「毛主席」，即使退位多年，依然有著別人無法超越的威信和號召力。

　　手握權力，夏天義爲什麼能經得住誘惑，從不以權謀私，幾十年如一日呢？答案肯定不在外部的監督，因爲中國農村基層本來就缺乏權力監督的有效機制，再加上家族勢力在鄉村世界的巨大影響力，如果這種勢力和基層權力一結合，往往很容易形成一個獨立的小王國。在清風街夏家勢力最大，人丁興旺，但夏天義始終把支書的公權力和夏家的家族勢力有效地區分開來，僅僅依靠個人德望實施有效的管理。一個掌握權力的農民何以能幾十年坐懷不亂，其定力與底氣又自何來？仔細梳理作品中與夏天義相關的文字，我們不難發現正是夏天義對土地的一往情深，使得他有了對抗權力誘惑的精神支撐。雖然當了幾十年的支書，但從骨子裏講，夏天義還是中國最傳統的農民，

〔註41〕賈平凹：《秦腔》第537頁，北京：作家出版社，2005年3月。
〔註42〕賈平凹：《秦腔》第63頁，北京：作家出版社，2005年3月。

承傳了農耕文明最核心的人格品質和心理基礎。在他看來，人一生中最應該珍惜的是土地，而非權力。只有面對土地時，他才會從內心深處感到踏實、安全，才會有一種別無所求的歸宿感。夏天義相信老話裏講的：一等人忠臣孝子，兩件事讀書耕田。對夏天義來說，身為農民，能在土地上幹活就是最大的幸福。因此，當後輩一個個出去打工，不老老實實幹農活，他覺得這簡直就是莫大的恥辱。

> 而使夏天義感到了極大羞恥的就是這些孫子輩，翠翠已經出外，後來又是光利，他們都是在家吵鬧後出外打工去了。夏天義不明白這些孩子為什麼不踏踏實實在土地上幹活，天底下最不虧人的就是土地啊，土地卻留不住了他們！……夏天義害怕的是在這一瞬間裏認定夏家的脈氣在衰敗了，翠翠和光利一走，下來學樣兒要出走的還有誰呢，是君亭的那個兒子呢，還是文成？後輩人都不愛了土地，都離開了清風街，而他們又不是國家幹部，農不農，工不工，鄉不鄉，城不城，一生就沒根沒底地像池塘裏的浮萍嗎？〔註43〕

夏天義對後輩的憂慮是他們棄土離鄉，沒根沒底；而年輕人卻不再相信土地，對農村充滿了絕望。在他們看來，只要走出去，幹什麼都能掙錢，「沒出息的才呆在農村」。如今種田耕地後繼乏人，夏天義有了一種末世的淒涼，不知世界將何以為繼。從他對後輩的憂慮中，我們看到的是一個農民對傳統農耕文化的執著信念，是對土地的無比信任和深厚感情，是對那個隱約可見的未來世界的徹底不信任。

在夏天義看來，土地是這個世界唯一的保障，所以他一輩子都竭盡全力捍衛清風街的土地。在任上的時候，修國道要占清風街的土地，他寸土不讓，以致受了上級的處分。縣上準備徵用清風街的土地修建煉焦廠，夏天義以清風街耕地面積少為由帶頭抵制，煉焦廠被迫搬到八十里外的趙川鎮，結果趙川鎮獲得了大發展，很快變成了一座城，後輩為此埋怨他，夏天義卻絲毫不曾感到後悔。不難看出，夏天義對土地的摯愛已到了走火入魔的地步，使得他拒絕農耕之外的一切發展模式，寧要耕地，不要廠房。卸任之後，清風街新的村幹部君亭要在國道旁興建農貿市場，夏天義反對，君亭要用七里溝交換水庫的魚塘，他還是反對，甚至為了保護土地不惜到鄉上告狀。當年在任

〔註43〕賈平凹：《秦腔》第381～382頁，北京：作家出版社，2005年3月。

上時夏天義還有能力阻止修建煉焦廠，如今卸任了自然沒法阻止農貿市場的修建。在農貿市場修好之後，清風鎮車水馬龍，熱鬧得像個縣城。顯然，這一切已經超出了夏天義的想像，也讓他深感不安。當社會的發展越來越不顧及他的意志時，他的選擇是更堅定地回到土地。在任上時，夏天義就曾帶領村民淤地，結果以失敗告終。但他心猶不死，提前把自己的墓地選在了七里溝。

> 三年前七里溝淤地不成，爹下了臺，爹心大，當天還在街上吃涼粉哩，娘卻氣得害了病，幾乎都不行了。兄弟們當然準備後事，就具體分了工：慶金為長子，負責兩位老人日後的喪事；慶玉和慶堂各負責一位老人的壽衣和棺木；慶滿和瞎瞎各負責一位老人的墳墓。當時，慶滿和瞎瞎就合夥拱墓，拱的是雙合墓。拱墓時選了許多地方，都不理想，爹提出就在七里溝的坡根，說：「讓我埋在那裡好，我一生過五關斬六將，就是在七里溝走了麥城，我死了再守著那條溝。」〔註44〕

夏天義本以為死後才會與七里溝再續前緣了，沒料到自己等不及，不顧七十五歲的高齡又開始在七里溝淤地。以前是他作為支書帶領村民一起幹，而這次是自己幹，再加上兩個追隨自己的留守農民：一個啞巴和一個傻子（小說中的「我」）。只要回到七里溝繼續淤地，他就可以確認自己依然與土地聯繫在一起，就可以找回那個屬於自己的世界。儘管他清楚自己年事已高，淤地已經是一件不大可能完成的事情，但這一選擇既是自己內在情感的需要，也是對後輩的警示。

> 夏天義在七里溝真的撬不動石頭了，也挖不動半崖上的土了，人一上到陡處腿就發顫。吃中午飯的時候，我們帶的是冷饃冷紅薯，以前他是擦擦手，拿起來就啃，啃畢了趴到溝底那股泉水邊咯兒咯兒喝上一氣。現在只吃下一個饃，就坐在那裡看著我和啞巴吃了。他開始講他年輕時如何一頓吃過六個紅薯蒸饃，又如何能用肚皮就把碌碡掀起來，罵我們不是個好農民，好農民就是吃得快，屙得快，也睡得快。〔註45〕

夏天義的時代終究過去了，當年的鐵馬金戈早已成為過往雲煙，如今他

〔註44〕賈平凹：《秦腔》第99頁，北京：作家出版社，2005年3月。
〔註45〕賈平凹：《秦腔》第518頁，北京：作家出版社，2005年3月。

只能對著一個傻子和一個啞巴絮叨自己昔日的輝煌。然而，他對土地的感情卻是一以貫之、矢志不渝的。當泥石流將夏天義埋葬在他一生牽掛的七里溝，這無疑是大地母親對「地之子」的厚葬，相信這也是他無怨無悔的最終歸宿。

夏天智癡迷於秦腔，夏天義鍾情於土地。無論秦腔還是土地，在一個越來越現代的世界裏都受到了冷落。他們竭盡全力甚至不惜生命在拯救一個漸行漸遠即將失落的世界。他們的守望是悲壯的，是農耕傳統最後的守夜人。「《秦腔》的傷感是對傳統文化越來越遙遠的憑弔，是一曲關於傳統文化的輓歌，也是對『現代』的叩問和疑惑」。〔註46〕夏天智和夏天義對秦腔與土地的守望充滿了懷舊的意味，是對農耕傳統的根本與精華的依依不捨。懷舊絕非守舊，守舊是拒絕進步，而懷舊則可以讓我們重新打量傳統，思考怎樣把傳統中的精華在一個無法拒絕的現代社會裏發揚光大。

二、夢想式守望

如果說懷舊式守望是關於傳統文化的輓歌，那麼夢想式守望就是從傳統土壤裏萌發的新芽。同樣是守望鄉土，一個傾向於懷念過去，一個側重於建構未來。中國鄉村的過去已經定格，當下正處於變動的過程中，而未來的藍圖還在醞釀，存在諸多不確定因素。立足當下的鄉村，無論回首過去還是展望未來，都是對中國傳統農耕文化命運的關切和探索。

周大新於 2006 年出版了長篇小說《湖光山色》，引起了較大反響，並於 2008 年榮獲第七屆茅盾文學獎。該小說同樣著眼於當下正處於變動過程中的中國農村，卻沒有《秦腔》那樣的絕望和感傷，而是對中國鄉土文化的現代轉型充滿了樂觀的期待。

《湖光山色》的情節性強，人物命運跌宕起伏，就這方面來講，其可讀性遠遠超過《秦腔》。小說的女主人公楚暖暖不顧家人的反對，拒絕了村主任弟弟的提親，嫁給了和自己青梅竹馬卻一貧如洗的曠開田，在楚王莊引起轟動。曠開田倒賣假農藥出事，不僅沒賺到錢，還坑害了鄉親。村主任詹石磴借機報復，讓派出所將曠開田拘押，楚暖暖為救丈夫，被迫忍受村主任的姦污。歷史學者譚老伯到楚王莊考察，發現了楚長城遺址，並和楚暖暖一家結下了友誼。楚暖暖靠接待考察楚長城的人賺了一些錢，蓋起了旅店「楚地

〔註46〕孟繁華、程光煒：《中國當代文學發展史》第 391 頁，北京：北京大學出版社，2011 年 10 月。

居」。當「楚地居」的生意越來越紅火之際,村主任卻百般刁難,甚至以保護水質爲由不讓接待遊客。楚暖暖到上級政府申訴無果,最後依靠法律打官司贏了村主任。楚暖暖在譚老伯的幫助下成立了旅遊公司,並在換屆選舉時全力支持丈夫曠開田參選村主任,最終如願以償。楚王莊的旅遊資源被一家實力雄厚的公司看上,和楚暖暖的公司合資開發了旅遊度假村——賞心苑。當上村主任的曠開田官癮大發,感覺自己就是楚王。當楚暖暖一家的日子過得越來越紅火時,老主任詹石磴開始報復,把自己曾經姦污楚暖暖的事告訴曠開田,導致他們夫妻感情出現裂痕。曠開田越來越腐朽墮落,最終和楚暖暖離婚,並像前任村主任一樣刁難楚暖暖。賞心苑容留賣淫,楚暖暖不能容忍,四處告狀,曠開田和公司總經理被抓。一年之後,楚暖暖規劃修建的楚國一條街開業,譚老伯的心願得以實現。從小說的情節梗概不難看出,這是一群生活在傳統與現代轉型時期的人物,有的固守過去,害怕變革;有的面向未來,勇於求索。「《湖光山色》深情關注著我國當代農村經歷的巨大變革,關注著當代農民物質生活與情感心靈的渴望與期待。在廣博深厚的民族文化背景上,通過作品主人公的命運沉浮,來探求我們民族的精神底蘊。」〔註47〕

小說主人公楚暖暖在很大程度上承載了作者對轉型時期中國農村的期望,在她的身上既有傳統文化的精髓,又不乏走向現代所需的開拓精神。和絕大多數農村女青年一樣,楚暖暖也厭煩種地,高中畢業之後不久就到城裏打工,甚至希望能在城市裏找到自己的如意郎君,可是因爲母親的一場重病,她不得不又回到了農村。見識過城市的精彩之後,楚暖暖更加不甘心一輩子守在農村,打算等母親的身體徹底恢復之後繼續外出打工。然而不曾想到村主任的弟弟看上了自己,委託媒人上門提親,而且家裏人也很歡迎這門親事。楚暖暖沒有屈從村主任家的權勢,不顧家人的反對,自作主張直接住進了男友曠開田家裏,形成了事實婚姻。懷上小孩兒後,楚暖暖意識到自己這輩子再也進不了城了。

> 咱倆這輩子就說在這楚王莊過了,可咱們的孩子不能再像咱
> 們,讓他們就在這丹湖邊上種莊稼,既不懂得啥叫美髮、美容、美
> 體,也不知道啥叫咖啡、劇院、公園,我不甘心!〔註48〕

不難看出,即使已經在老家農村結了婚,楚暖暖無可奈何地認了命,但

〔註47〕第七屆茅盾文學獎獲獎作品評語。
〔註48〕周大新《湖光山色》第49頁,北京:作家出版社,2006年3月。

是她對農村依然不認可，所以她和丈夫的理想就是將來一定要讓孩子進城。楚暖暖對城市的嚮往就和劉慶邦的中篇小說《到城裏去》中的宋家銀一樣，雖然她們生活在兩個不同的時代，但城市相對於農村的巨大優越性依然如故。如何實現進城的夢想呢？在北京打過工的楚暖暖意識到最關鍵的問題就是錢。

> 這不是願不願的事，要實現這個目標，可不會很容易，咱們得先掙錢，先富起來，我在北京時已看明白了，你只要有了錢，就能夠在城市裏為孩子買到房子，你才能讓孩子在城市裏落下腳。〔註49〕

同樣是面對巨大的城鄉差距，但和宋家銀相比，楚暖暖顯然要幸運得多。宋家銀年輕時還是計劃經濟時代，農民被嚴格限制在土地上，城市是一個可望而不可即的世界。而楚暖暖此時面對的則是市場經濟，制度性障礙已經大大弱化，經濟成了最首要的因素。這一點看似並不顯著的變化顯然是歷史巨大的進步，因為它讓人看到了希望，激發起奮鬥的欲望。也正是在奮鬥的過程中，楚暖暖擺脫了宋家銀那樣一成不變的命運模式，逐漸成為命運的主人，雖然這其中會經歷無數的挫折和痛苦。從不同時代的兩位農村女性形象身上，我們不僅可以看到兩種不同的命運，而且還可以看到不同社會制度對人迥然不同的塑造。

出於將來一定要讓孩子進城的樸素願望，楚暖暖和丈夫開始了在鄉下的奮鬥歷程。剛剛邁出第一步，她就被迫面對了更深層更複雜的各種鄉村勢力和關係，中國鄉村社會陰暗的一面也隨之暴露出來，比如村主任詹石磴這一人物形象就折射出當下中國鄉村的多重負面信息。賈平凹在《秦腔》裏也塑造了一位村幹部形象，那就是老支書夏天義。不知是出於情感的原因還是寫作的需要，賈平凹把夏天義塑造成了高度理想化的人物，一位典型的黨代表式的村支書。而《湖光山色》中的村主任詹石磴則幾乎完全相反，在他眼裏，身為村主任，那麼楚王莊就是他的地盤，一切都應該由他說了算，誰敢與他作對，誰就甭想活得安生。權力成了村主任的私人資源，在楚王莊，凡是詹石磴想睡的女人，還沒有睡不成的。在中國，權力似乎從來都不是孤獨的，詹石磴也充分利用手中的權力編織了一張龐大的關係網，和鄉上、縣上都有往來。楚暖暖要想在自己的老家有所發展，無法迴避的第一道障礙就是農村基層權力。

〔註49〕周大新《湖光山色》第49頁，北京：作家出版社，2006年3月。

權力不一定能促進發展，但卻可以阻止發展。當楚暖暖的農家旅店生意越來越紅火，掙的錢越來越多時，村主任詹石磴隱約覺得楚王莊的平衡正被打破，形勢似乎正在超出他的掌控，這一點顯然是他所不能接受的。有一天楚暖暖夫婦到碼頭迎接遊客，卻不料詹石磴突然以「上邊」的名義發佈了一道禁令。

> 沒想到她和開田還沒走幾步，碼頭上就傳來了詹石磴用鐵皮喇叭筒喊著的聲音：各位遊客，根據上邊的要求，本莊上所有的人家不再接待遊客，請你們務必在天黑前向東岸返，以免無處住宿！
>
> ⋯⋯
>
> 一直站在碼頭上的詹石磴，這時帶著得意的笑容向暖暖和開田走過來，一本正經地說：兩位多擔待些，本人也是執行公務，上邊的指示，沒有辦法，誰讓我是主任哩。〔註50〕

有過農村生活經歷的人對這一幕一定不會感到陌生，這其實就是中國農村基層權力通常的表現情形和話語方式，「上邊的指示」有時可能確實存在，有時卻是子虛烏有，但無論是哪種情形，對老百姓都顯得遙遠而神秘，都具有無可辯駁的權威性甚至威懾力。這是中國廣袤的鄉村社會最常見的權力樣態，雖然亦不乏大量的例外情形。當「官本位」意識與現代法治觀念最為薄弱的鄉村世界結合起來，基層權力就可能成為出籠怪獸肆無忌憚。顯然，如此基層權力在維護鄉村秩序的同時，也會極大地阻礙鄉村的進步。

楚暖暖面對村主任的刁難沒有輕言放棄，她相信自己沒做錯什麼事情，即使上邊有規定，但如果「上邊的規定錯了，也得允許俺們百姓講講理吧？」〔註51〕正是這樣一種較真和不服輸的精神，使得楚暖暖有了一步步突破權力圍剿的可能。她到鄉上去告，詹石磴有熟人；到縣上去告，詹石磴還是有熟人。就在對官場倍感絕望之際，楚暖暖想到了另一條途徑，那就是法律。於是她來到了縣法院，按法官的指點找到一位律師。律師瞭解事情經過之後告訴她，村主任不准村民在自己蓋的房子裏接待遊人，是在侵犯公民的合法商業經營權，屬違法行為。楚暖暖一下子看到了希望。

> 暖暖怔怔地看著那律師，眼淚慢慢流了出來，她抹了一下眼淚說：俺們到底找到了一個講理的地方，找到了一個講理的人⋯⋯

〔註50〕周大新《湖光山色》第160頁，北京：作家出版社，2006年3月。
〔註51〕周大新《湖光山色》第159頁，北京：作家出版社，2006年3月。

〔註52〕

詹石磴本來以爲楚暖暖會繼續到市上甚至省上告狀，早已做好了充分的準備，沒想到楚暖暖撇開政府，走了另一條途徑。法院最後判決：楚王莊村主任詹石磴阻止曠開田一家用自己的房子接待遊人，屬於干涉公民商業經營權利的行爲，應立即終止，並向曠開田一家賠禮道歉。法院的判決讓詹石磴目瞪口呆，令楚暖暖激動得暈了過去。

楚暖暖打贏官司這一事件對楚王莊來說簡直就是石破天驚，也是對穩如磐石的鄉村基層權力結構的一次巨大的撼動。代表現代的法治觀念讓鄉村基層權力不得不有所收斂，更讓老百姓意識到權力並不是可以爲所欲爲，這無疑是對鄉村社會的一次巨大推動。也正是經過這次官司的洗禮，楚暖暖看到了家鄉的希望，再加上經濟條件的改善，她第一次有了守望鄉土的打算，鼓動丈夫競選村主任。當初本來是迫不得已留在了楚王莊，沒想到現實卻逼迫她很快在故土紮下了根，曾經異常強烈的進城願望也隨之變得不再那麼重要了。

鼓動丈夫競選村主任可以說是楚暖暖對楚王莊的又一次巨大的推動。有了旅店楚地居和南水美景旅遊公司之後，楚暖暖的事業已經有了相當的規模，日子也過得非常不錯了。決定競選村主任就是和傳統強權勢力公開叫板，同時也把自己一家人重新置於絕境，斷了後路，只能勝不能敗，否則就無法繼續留在楚王莊。儘管風險如此之高，但楚暖暖還是選擇了破釜沉舟，孤注一擲。

> 開田沉默了，半晌之後才又低聲道：要不，咱們就眞的不參選了……咱好歹已經幹到今天這一步，已經有了這個家底，就是讓詹石磴再當主任，咱和他沒太大的仇，他也不至於朝咱死下狠手，頂多是繼續給小鞋穿……暖暖長歎一聲：我何嘗不知道這樣穩妥？可我實在不想受他的氣了。再說，他把咱這個村子也折騰得太窮了，我不想再看著村裏總是這個窮樣子，既然有了這個機會，咱就爭一爭，實在爭不到手，咱只好認命，可有了這機會不爭，我實在不甘心！〔註53〕

楚暖暖此時考慮的不再僅僅是個人命運，而是楚王莊的未來。競選打破

〔註52〕周大新《湖光山色》第166頁，北京：作家出版社，2006年3月。
〔註53〕周大新《湖光山色》第194～195頁，北京：作家出版社，2006年3月。

了原村主任一手遮天的壓抑和沉滯，釋放出眞正的民意，激發起鄉村世界無盡的活力。通過競選，楚暖暖把自己的命運和家鄉的前途更加緊密地結合在一起，家鄉爲她的事業提供了資源和底氣，而她也爲家鄉的未來帶來了一片廣闊的前景。

「官本位」意識在中國社會有深厚的文化土壤，極大地阻止了中國向現代公民社會轉型的歷史步伐。在詹石磴當村主任的十多年時間裏，一方面是他以權謀私，橫行鄉里，另一方面是一般老百姓的巴結奉承，忍氣吞聲。而楚暖暖彷彿是這個小小的權力王國的掘墓人，她先是通過法律途徑捍衛自己的商業經營權，打贏了官司；然後是出於對詹石磴無法無天的不滿，讓丈夫競選村主任。法治和競選成了楚暖暖獲得拯救的關鍵因素，同時也讓楚王莊的村民依稀看見了希望。

然而遺憾的是，當楚暖暖的丈夫曠開田當選村主任之後，他並未像楚暖暖希望的那樣利用權力爲村民服務，而是很快變成了詹石磴一樣的人，對鄉親盛氣凌人，頤指氣使，離婚之後還對楚暖暖造謀布阱，刻意構陷。曠開田無權無勢之時本來是權力的受害人，一旦有了權力卻又變成了施害者，看來權力不僅可以改變命運，而且可以改變人格，這不得不讓我們對權力再次提高警惕，尤其是城市化進程中鄉村社會轉型階段的基層權力。

《湖光山色》關於權力的描寫非常耐人尋味，年輕美麗的楚暖暖在追求夢想的過程中一再遭遇權力的刁難，而權力的擁有者都是男人，同時也是村主任。當村主任、男人和權力三位一體時，讀者不僅看到了傳統的「官本位」意識，也看到了傳統的男權文化。顯然，無論官僚還是男人，在傳統文化中都扮演了比普通民眾和女性更爲重要和關鍵的角色，佔據更加主動的地位。在由傳統向現代轉型的過程中，昔日的優勢群體顯然對傳統充滿了留戀，於是他們更容易傾向於保守，成了歷史前進道路上的絆腳石。或許正是由於這方面的原因，周大新把開創未來的重擔賦予了一位年輕的女性，楚暖暖引領著楚王莊一步一步走出權力籠罩下的陰影，她儼然一位現代女神，成了楚王莊的救星。

楚暖暖之所以能夠打破楚王莊的封閉沉滯，帶領鄉親一步步走上民主富裕之路，不僅僅是因爲她個人的眼光、膽識和能力，更重要的是她能立足於古老村莊深厚的歷史底蘊，讓悠久傳統得以在現代重放光芒。在這一過程中，歷史學者譚老伯起到了至關重要的作用。譚老伯作爲一名退休研究員無權無

勢，連村主任詹石磴也根本不把他放在眼裏，然而正是這位譚老伯發現了楚長城遺址，同時也發掘出了楚王莊不爲人知的歷史寶藏。如果沒有譚老伯的考古發現，楚王莊將和中國絕大多數村莊一樣，在城市化進程中不可避免地越來越衰敗。楚長城遺址一方面連接著久遠的歷史，另一方面又連結著楚王莊外面的世界。當外面的人越來越多地湧進楚王莊憑弔古迹，楚王莊就成了歷史與現實的交匯點，重新獲得了生機。楚暖暖在寸步難行之際遇上了譚老伯，機緣巧合之中與家鄉的歷史相遇，加上非凡的膽識和眼光，最終促成了自己和家鄉的發展。

《湖光山色》和《秦腔》都涉及到這個時代最敏感的話題之一，那就是在走向現代的路途中，在城市化已經無法迴避的形勢下，我們該如何面對農耕文明的歷史與傳統。《秦腔》透露出作者對傳統的偏愛，以及對傳統無可挽回地走向衰敗的哀婉之情。而《湖光山色》則完全相反，在楚王莊封閉沉滯的情形之下，恰恰是考古發現重新賦予了這個村莊以新的生命，也讓楚暖暖得以在故土獲得發展機會，徹底改變了自己的人生。在這裡，歷史不再是走向現代的累贅，而成了古老村莊在現代獲得進一步發展的核心驅動力，是現代的靈魂。現代化追求正是因爲紮根鄉土，接通了歷史的血脈，才獲得了真正的生命。只有這種融彙了歷史和傳統的現代化，才不是被動的移植或模仿，而是保留了自己祖先遺傳基因的本土化的重獲新生。小說中譚老伯發現楚長城遺址其實具有象徵意義：無論歷史還是傳統，都需要發現的眼光，我們也只有在對自我重新認識的過程中才能真正地接通歷史與生命的源頭，認清自我的文化基因。中國廣袤的鄉村不應該成爲城市化時代被拋棄的對象，只要善於發現和反思，就一定能從鄉土世界不斷地發掘出新的生命力。

毋庸置疑，在一個有著數千年農耕傳統的國度，鄉土世界蘊含著豐富的傳統文化資源。而在城市化進程中，鄉村卻處於被動的弱勢地位，其發展方嚮往往被強大的城市資本所主導。既爲資本，則免不了貪婪的屬性，因此鄉村在利用資本促成自己的發展時，必須保持足夠的警惕，既要發展，又不能拋棄自己的傳統文化資源，否則就只有現代的空殼而無自己的靈魂，最終喪失可持續的生命力。《湖光山色》中五洲旅遊公司的項目經理薛傳薪，就是典型的城市資本的代表，他看上了楚王莊優越的地理環境和美麗的自然風光，決心把這裡打造成高檔的旅遊度假村。然而，在他的眼中，楚王莊的價值就在於「被看」。

如今，農村在對國家的經濟貢獻上，已經談不上有多大價值，一個鄉村能不能引起人們的重視，就看它有沒有被看的價值，換句話說，就是看它有沒有旅遊的價值，有，它就可能發展並且熱鬧起來；沒有，它就可能衰敗並且荒寂下去。〔註 54〕

顯然，薛傳薪的一番言論體現出的是典型的資本家的理念。在他們眼中，楚王莊的唯一價值就在於它能給投資以高額回報，創造可觀的利潤。楚暖暖最初也進入了薛傳薪的邏輯，以爲只要能賺錢就是雙贏的事情，甚至把整個楚王莊的未來都寄託在薛傳薪身上。

照這樣發展下去，楚王莊要不了多久就會變成一座大鎮子，說不定，還能變成一座小型新城。薛傳薪揮著胳膊比畫著。

但願吧。楚暖暖也開玩笑地說：到那時，我就讓村裏人用石頭爲你雕個像，豎在村口讓人們看。〔註 55〕

正是由於楚暖暖對資本的貪婪缺乏足夠的認識和警惕，五洲公司進入楚王莊之後不久就變得越來越無所顧忌，爲了賺錢不惜爲所欲爲，最終走上了官商勾結的道路，強徵土地，強拆民房，搞得村民雞犬不寧的同時，還自稱楚王莊的拯救者。正是在這一過程中，暖暖逐漸對由資本主導的發展邏輯有了更深的認識。

你們反正不能扒別人家的房子占別人家的耕地！暖暖再次強調。

這就不講理了嘛，不扒房子不占耕地我可怎麼擴建？你就這樣對待我這個楚王莊的拯救者？我告訴你，古今中外的拯救者一向都是手拿武器的，拯救在某種意義上就意味著佔領，你們要想被拯救，就要接受我的佔領！當然，我的武器不是槍炮，是人民幣，是資本！明白？薛傳薪有些急起來。〔註 56〕

楚暖暖沒有想到當初的拯救者這麼快就變成了佔領者，她隨即停止了與薛傳薪的合作，走上了與薛傳薪以及當地官僚進行鬥爭的道路。這是一位鄉村弱女子爲了楚王莊的前途而進行的艱苦卓絕的鬥爭，她的對手是強大的男人、權力和資本。所幸的是，楚暖暖取得了最終的勝利，曠開田和薛傳薪被

〔註 54〕周大新《湖光山色》第 207 頁，北京：作家出版社，2006 年 3 月。
〔註 55〕周大新《湖光山色》第 247 頁，北京：作家出版社，2006 年 3 月。
〔註 56〕周大新《湖光山色》第 279～280 頁，北京：作家出版社，2006 年 3 月。

抓，一年之後，體現了歷史學者譚老伯意志的楚國一條街在楚暖暖的運作下開業，楚王莊走上了另一條充滿希望的發展道路。

城市化並不意味著鄉土中國的必然凋敝和傳統農耕文化的必然終結，相反，城市化恰恰意味著我們需要對自己的文化傳統進行重新打量和發掘，意味著鄉土世界需要在新的機遇下煥發新的生命力。理想指向未來，但必須紮根傳統。城市化並不簡單地意味著所有人都要進城，如何守望鄉土恰恰也是城市化時代必不可少的組成部分。在當下急劇的城市化進程中，不少中國作家更傾向於書寫農民在面對城市時遭遇的不公和苦難，而《湖光山色》卻在鄉村這一端呈現出些許希望的亮色，似乎在提醒那些迫不及待地要離鄉進城的人們，不要輕易把城市視為獲救之地。

在這一點上與《湖光山色》立場相近的還有李佩甫的長篇小說《城的燈》，該小說的男主人公馮家昌當兵之後一門心思往上爬，費盡一切心機，用盡一切手段，其目的就是要脫離農村變為城裏人。在馮家昌的價值體系中，農村在一種仇恨情緒的支配之下被極端負面化，進城成了他的最高人生目標，成了自我拯救自我實現的唯一途徑。為了實現這一目標，他可以拋棄在鄉下等了自己八年的戀人香姑，違背自己的內心意願與城裏女人戀愛結婚。最終，馮家昌如願以償，不僅自己變成了城裏人，還把三個弟弟弄進了城市。而被馮家昌拋棄的香姑在難以想像的屈辱中死後重生，不再嫁人，把自己「打發」給了自己的家鄉，當了村長兼支書，一心一意帶領村民致富。香姑從縣志上得知，家鄉曾是歷史上有名的花鎮，於是決心重建花鎮，恢復史上的繁榮。經過數年刻苦鑽研，香姑終於培育出了稀世名花，並吸引到港商的鉅額投資。香姑死後，她的家鄉成了名揚中外的花卉基地，農民也變成了花工。小說的結尾，馮家昌幾兄弟從城市歸來，雖然他們都有了城市身份，變成了出人頭地的「人上人」，但人格已經完全扭曲變形。而香姑雖然已不在人世，但她那巨大的、像小山一樣的墳頭卻於無言中流露出高貴與尊嚴，馮家兄弟腿一軟，個個都跪在了她的墳前。和《湖光山色》中的楚暖暖一樣，香姑也是傳統女神的化身，她被進城的戀人拋棄之後沒有自暴自棄，而是執著地守望鄉土，並最終讓貧窮的家鄉恢復了史上曾經有過的繁華。

在城市化時代，守望鄉土的兩位年輕女性承受著男人的無情傷害，衝破重重艱難險阻，最終讓古老的家園重新煥發出璀璨的生命力。顯然，這裡面既有作者對傳統文化的讚美和留戀，也有對鄉土世界的詩意期待。

第二章　城裏的「鄉下人」

　　自中國進入現代歷史階段之後，城鄉關係就一直是個敏感話題。從價值選擇的角度看，城鄉問題是個歷史發展的縱向問題，因為一旦把「現代」視為理想和追求目標，那麼工業化城市化就無可避免地成為一個社會可以預期的未來，鄉土世界因為其「前現代」特徵而將注定逐漸遠離現代人的日常生活，成為一種過去、記憶和懷念；從現實層面看，城鄉問題又是一個橫向的空間問題，特別是在現代化進程急劇猛烈的當下中國，被視為「前現代」的鄉村社會與現代化的大都市長期並置，而且不同生存空間所代表的不同生活方式及文明形態也長期共存。而當「現代」所主導的歷史潮流越來越勢不可擋，代表傳統的鄉土世界自然會變得越來越岌岌可危。有學者指出，「工業主義催生出來的現代大都市，顛倒了農業鄉村的空間主宰地位，它們使鄉村成為社會的邊緣並且依附於都市自身。都市不僅成為權力和經濟中心，而且還在一步步地引導和吞噬鄉村的生活方式。鄉村反過來成為現代都市的一個象徵性的鄉愁之所。」〔註1〕在這一此消彼長的過程中，城鄉的激烈碰撞最終會動搖傳統文化範疇內相對穩定的生存體驗和人生信仰，生發出一個時代特有的紛繁複雜的生命內容，與之相應的時代文化和藝術也會得到空前的豐富和發展。

　　中國現代文學誕生之後，「鄉下人進城」就一直是備受作家青睞的題材類型。這一類文學創作既關注農耕文化的現代轉型，更呈現了不同文化之間的碰撞與交流。新世紀以來有關這類題材的小說數量急劇上昇，引起了不少研

〔註1〕　汪民安：《身體、空間和後現代性》第127頁，南京：江蘇人民出版社，2006年1月。

究者的關注。導致這一特殊文學現象的重要原因無疑是中國當前特殊的歷史階段和社會現實，也就是急劇城市化背景下大量農民湧進城市這一空前的社會現象。這一時期進城的「鄉下人」有一個共同的稱謂：農民工，這一龐大的社會群體矛盾而撕裂的生存現狀構成了農耕文化現代轉型最激烈最極端的表現形式。考察新世紀農民工題材的小說創作可以發現一些突出的共同特點，比如作家對農民工群體極度的關注和同情，對社會不公的激憤和猛烈批判，對現實生活的近距離觀照等。

　　無論東方還是西方，只要有現代化這一歷史過程，就總是無法迴避如何面對傳統，以及傳統如何向現代轉型這一類問題。「鄉下人進城」這類題材往往能夠生動形象地呈現出傳統與現代的錯位與交流，在城市與鄉村相互的打量中實現對不同文明的進一步認識和反思。這一反映社會轉型和文明對話的常見題材本來可以寫得很平和，但是在新世紀以來的小說中卻鮮有例外地充滿了激切的憤怒和猛烈的批判。何以至此？當代中國特殊的國情顯然是造成這一文學現象的最關鍵因素，因爲中國的城市化不只是與社會的現代化進程相關，還與特殊歷史導致的城鄉二元對立的社會結構相關。這一特殊的社會結構造成了中國農民在城市化進程中特殊的處境和命運：當城鄉之間森嚴的隔牆拆除後，進城農民的身份成了問題——農民在城裏謀生，卻無資格成爲市民。這一普遍的社會現象背後隱藏著一個十分荒誕的現實，那就是在一具體的國家範圍內，農民不屬於他勞作生活其間的城市，換句話說，人不屬於他長期置身其中的空間。這一獨特的社會現象呈現出人類文明史上少有的人與環境的荒謬關係。

第一節　農民進城：身份焦慮與身體分裂

　　2007 年，賈平凹出版了描寫城市農民工生活的長篇小說《高興》，在筆者看來，這是一部反映農民工生存現狀的經典之作。與《秦腔》相比，《高興》關注的對象沒變，只是空間由鄉村轉移到了城市。「《秦腔》我寫了咱這兒的農民怎樣一步步從土地上走出，現在《高興》又寫了他們走出土地後的城裏生活」〔註2〕。這是賈平凹跪在父親墳前，流著淚水說的話，可見他對農民前

〔註2〕　賈平凹：《我和高興》，《〈高興〉後記（一）》，《高興》第 450 頁，北京：作家
　　　　出版社，2007 年 9 月版。

途的關心是多麼的深切！《秦腔》和《高興》兩部作品都是表現中國農民在傳統農業文明與現代工業文明之間的苦苦掙扎,《秦腔》聚焦鄉村傳統文化,是唱給鄉土中國的一曲輓歌；而《高興》則關注農民離鄉進城之後的生存,寫鄉土生活終結之後另一種城市生活的開始。

面對城市裏龐大的農民工群體,賈平凹倍感困惑,「爲什麼中國會出現打工的這麼一個階層呢？這是國家在改革過程中的無奈之舉,權宜之計還是長遠的戰略政策,這個階層誰來組織誰來管理,他們能被城市接納融合嗎？進城打工真的能使農民富裕嗎？沒有了勞動力的農村又如何建設呢？城市與鄉村是逐漸一體化呢還是更加拉大了人群的貧富差距？我不是政府決策人,不懂得治國之道,也不是經濟學家有指導社會之術,但作爲一個作家,雖也明白寫作不能滯止於就事論事,可我無法擺脫一種生來俱有的憂患,使作品寫得苦澀沉重」〔註3〕。面對越來越快的城市化、工業化進程,作家沒有看到農民的希望,反倒越來越替他們擔憂。賈平凹是文革期間經過推薦上大學的,屬於工農兵學員,有著國家認可的合法的進城渠道,雖然也是「鄉下人進城」,但他無疑是非常幸運的。而在當下轟轟烈烈的城市化進程中,中國農民雖然可以進城打工,但身份卻是一個問題。城市迫切需要農民工,卻不願給他們城市戶口,不讓他們成爲城市的主人。雖然進了城,離開了土地,卻依然擺脫不了農民的身份,因此,關於身份的焦慮成爲農民工階層最普遍最基本的焦慮。

「鄉下人」(農業人口)與「城裏人」(非農業人口)分別成爲法律意義上的一種身份或許也可算是中國特色之一,究其根源,當然和國家曾經長期實行的城鄉分治政策有關。五十年代中期,隨著農村社會主義革命的開展,公有化程度越來越高,土地對農民的吸引力也隨之越來越小,越來越多的農民在尋找離開農村進城參工的機會。1950 年 12 月 30 日,國務院曾發佈了《關於防止農村人口盲目外流的指示》,明確規定工廠、礦山、鐵路、交通、建築等部門不應私自招收農村剩餘勞動力。該《指示》未能起到預期的效果,於是,1957 年 3 月 2 日,國務院又發佈了《關於防止農村人口盲目外流的補充指示》,9 月 14 日發佈《關於防止農民盲目流入城市的通知》。12 月 13 日,國務院全體會議通過《關於各單位從農村中招收臨時工的暫行規定》,明確提

〔註3〕 賈平凹:《我和高興》,《〈高興〉後記(一)》,《高興》第446頁,北京:作家出版社,2007年9月版。

出：各單位一律不得私自從農村中招工和私自錄用盲目流入城市的農民。僅僅五天之後，中共中央和國務院又聯合發佈《關於制止農村人口盲目外流的指示》，措辭從「防止」升級爲「制止」，更爲嚴格地限制農民進城。該《指示》明確提出了一些具體的實施辦法甚至強制措施，包括「組建以民政部門牽頭，公安、鐵路、交通、商業、糧食、監察等部門參加的專門機構，全面負責制止『盲流』工作」，「鐵路、交通部門在主要鐵路沿線和交通要道，要嚴格查驗車票，防止農民流入城市」，「民政部門應將流入城市和工礦區的農村人口遣返原籍，並嚴禁他們乞討」，「公安部機關應嚴格戶口管理，不得讓流入城市的農民取得城市戶口」，等等。1958 年 1 月 9 日，全國人大常委會第九十一次會議通過了《中華人民共和國戶口登記條例》，以法律的形式嚴格劃分農業戶口和非農業戶口，控制農業人口遷往城市……城鄉之間森嚴的隔離牆就這樣迅速建立起來，非官方渠道進城的農民從此背上了一個極具侮辱性的稱呼——盲流，中國農民進入中國的城市竟然成了一件不合法的事情！在嚴苛的法律管控之下，愈到後來，農民面對城市愈是戰戰兢兢，對他們而言，每座城市都意味著法律意義上的一片禁地。就國家的治理而言，城鄉分治或許是件好事，因爲這樣可以使農民進一步安貧樂土，心無雜念，免去了不少社會問題。直到二十世紀八十年代初，這種情形才在不知不覺中開始一點點發生改變。一方面，以包產到戶爲主要內容的農村改革給了農民充分的人身自由，使他們不再受制於嚴密的農村基層組織和農村幹部；另一方面，逐漸展開的城市改革和大規模的城市建設需要大量的人力，給農民提供了在城市下力謀生的機會。農村剩餘勞動力逐漸向城市轉移，規模越來越大，終於逐漸形成了壯觀的民工潮。如果依居住地和所從事的職業來劃分，這些農民背井離鄉在城裏謀生，不再靠種地糊口，就不應該算是農民了。可是這一歷史階段我國依然沿襲了五十年代以來嚴格的戶籍管理制度，身份劃分的標準不是依據所從事的職業，而是戶籍，所以進城農民即使憑本事找到了較好的工作，在城裏過上了較穩定的生活，但是只要戶籍沒變，他們依然只能是農民。儘管進城了，還是無法獲得城裏人的身份，不管呆了多少年，爲城市做了多大的犧牲和貢獻，也只能算是「暫住」。無論從國家的管理制度還是從日常生活遭遇的點點滴滴來看，一切似乎都在時時刻刻提醒著進城的農民工：你們不是城裏人，你們是農民！

《高興》這部小說的主人公，在西安城裏拾破爛的劉高興，就一直被這

樣的問題困擾著。劉高興本來叫劉哈娃，是清風鎮的農民，為討媳婦賣了三次血，後來又賣了一隻腎，總算把新房蓋了起來，可這時女方已另嫁他人。清風鎮的韓大寶到西安收破爛掙了錢，老家的不少人都去投奔他。劉哈娃鼓動老實巴交的農民五富一塊兒到了西安，在韓大寶的手下收破爛，開始了他們的城市生活。進城後，劉哈娃固執地認為，既然一隻腎已經賣給了西安，那麼自己就應該算是西安人了。

> 汽車的好壞在於發動機而不在乎外形吧？腎是不是人的根本呢？我這一身皮肉是清風鎮的，是劉哈娃，可我一隻腎早賣給了西安，那我當然要算是西安人。是西安人！〔註4〕

城市人買走了農民劉哈娃的腎，這是一個關於當代中國城鄉關係的隱喻。雖然賣腎出於迫不得已，但是自己的腎進城之後，劉哈娃的自我意識就老是圍繞著城裏的那隻腎在轉。賣掉的腎已經進城了，可惜剩下的「這一身皮肉」依然是清風鎮的、農民的，和那隻已經進城的腎比較起來已有天壤之別。賣腎這一行為因此具有了另一層意義，彷彿是為了讓自己的腎率先享受到城市待遇而有意為之。雖然自己的農民身份無法改變，但是可以把自己的一隻腎嫁接到城裏人的身體裏，從而讓自己身體的一部分名正言順地進入城市。

老家的婚事告吹之後，劉哈娃一氣之下特意買了一雙農村女人根本就穿不了的女式高跟尖頭皮鞋，這雙鞋似乎也成了劉哈娃西安人身份的佐證。

> 能穿高跟尖頭皮鞋的當然是西安的女人。

> 我說不來我為什麼就對西安有那麼多的嚮往！自從我的腎移植到西安後，我幾次夢裏見到了西安的城牆和城洞的門扇上碗口大的泡釘，也夢見過有著金頂的鐘樓，我就坐在城牆外的一棵歪脖子的松下的白石頭上。當我後來到了西安，城牆城門和鐘樓與我夢中的情景一模一樣，城牆外真的有一棵歪脖子松，松下有塊白石頭。這就讓我想到一個問題：我為什麼力氣總不夠，五富能背一百五十斤的柴草趟齊腰深的河，我卻不行？五富一次可以吃十斤熟紅苕，我吃了三斤胃裏就吐酸水？五富那麼憨笨的能早早娶了老婆生了娃，我竟然一直光棍？這是什麼道理呢？因為我活該要做西安人！

〔註4〕 賈平凹：《高興》第4頁，北京：作家出版社，2007年9月版。

〔註5〕

就這樣，劉哈娃臆想自己已經是一個城裏人，時時處處拿腔作勢做出一副城裏人的派頭，別人身強力壯反倒成了身份低賤的證明。初到西安時，五富極不適應，開始想老婆，想回家。而劉哈娃則滿懷信心地開始了「城裏人」的新生活，給自己起了一個新的名字——劉高興，並開始以城裏人的口氣教訓自己的同伴。

我怎麼就帶了這麼一個窩囊廢呢？我想說你才來就想回呀，你回吧，可他連西安城都尋不著出去的路呢，我可憐了他，而且，沒有我，還會有第二個肯承攜他的人嗎？我把他從石礅上提起來，五富，你看著我！

看著我，看著我！

五富的眼睛灰濁呆滯，像死魚眼，不到十秒鐘，目光就斜了。

看著我，看著！

我說：你敢看著我，你就能面對西安城了！別苦個臉，你的臉苦著實在難看！我要給我起名了，你知道我要給我起個什麼名字嗎？

重起名字？五富的眼睛睜大了：起啥名字？

高興。

高興？

是叫高興，劉高興！以後不准再叫劉哈娃，叫劉哈娃我不回答，我的名字叫劉高興！

……

我早就想改名字了，清風鎮人不認同，現在到了西安，另一片子天地了，我要高興，我就是劉高興，越叫我高興我就越高興，你懂不？〔註6〕

一隻賣給西安的腎，一雙女式高跟尖頭皮鞋，一個新的名字，這幾樣東西一起構成了清風鎮農民劉哈娃的另一身份——西安人劉高興！劉高興的行為極具象徵意味，無論是改名、賣腎還是買高跟鞋，這些行為的最終意義都

〔註5〕 賈平凹：《高興》第5～6頁，北京：作家出版社，2007年9月版。
〔註6〕 賈平凹：《高興》第18～19頁，北京：作家出版社，2007年9月版。

指向對「城裏人」身份的訴求。農民爲了改變自己的身份，不惜一切代價，毫不猶豫地對自己的方方面面都進行了徹底的否定。這一現象在當代中國極具普遍性，可以說幾十年來一直是中國農民內心深處的一大隱痛。當年賈平凹離開農村時也曾情不自禁地慶幸道：「我把農民皮剝了！」〔註7〕。無奈劉哈娃剝不了農民皮，只能把自己的腎賣進城裏，並藉此和城市攀上一點關係。和賈平凹不同的是，劉哈娃賣腎更名之後，卻未必能獲得城市戶口，變成眞正合法的城裏人。

不可否認，城市化是現代化追求的必然結果，凡經歷過現代化過程的國家，農民都有一個從鄉村到城市的轉移和適應的過程。但就中國農民而言，他們面臨的首要問題不是從農村到城市的生存空間的轉換問題，也不是生活方式改變和適應的問題，而是法律制度造成的身份問題，是「國民待遇」的問題。在九十年代，全國不少地方都出現過「買戶口」的熱潮，農民只要花少則幾千、多則十幾萬元錢，就可以把自己戶籍上的「農業人口」幾個字改成「非農業人口」。僅僅爲了戶口本上多一個「非」字，多少農民不惜傾家蕩產，也要堅決把自己的農民身份給「非」掉。山東作家趙德發的長篇小說《繾綣與決絕》中有這樣一個情節：農民封家明被耕牛頂死，火化後，他的兒子封運品捧著父親的骨灰盒來到了縣城的大街上。

> 到了縣城南嶺上的火化場，排了大半天隊，才輪上了封家明。
> 等把骨灰盒領到手，運品和羊丫領著運疊不回家卻去了嶺下的縣城。運疊問：「到城裏幹啥？」運品說：「送咱爹唄。」
>
> 來到縣城最繁華的大街上，運品雖像逛街者一樣散散漫漫地走著，卻悄悄把左腋下的骨灰盒蓋拉開一道縫，抓出骨灰來，一撮一撮地灑在了街上。起初運疊沒有發現這點兒，等發現了之後吃驚地問：「哥，你怎麼把咱爹撒啦？」封運品邊走邊說：「甭叫咱爹下輩子再當莊戶人啦，咱把他送到這裡，叫他脫生個城裏人！」運疊著急地道：「哎呀，家裏的棺材都準備好了，等著埋咱爹，你怎麼能這樣辦呢？」運品依然撒那骨灰，說：「俺這樣辦就對，俺是爲咱爹好！」羊丫也說：「對，是爲你爹好！」運疊便知道今天的行動是哥和姑早在昨天夜裏就策劃好了的。

〔註7〕 賈平凹：《〈秦腔〉後記》，《秦腔》第 560 頁，北京：作家出版社，2005 年 3 月。

走過一條街，骨灰全撒淨了。封運品停下腳步，從兜裏掏出兩張紙片子往弟弟眼前一晃：「看看吧，這是咱爹的戶口本和糧本。」運壘一看，上面果然寫著：

> 姓　　名：封家明
> 來世住址：山東省連山縣幸福街一號

沒等運壘看完，運品就掏出打火機將紙片子燒著了。看著那團火最後化成灰片在街面上飛、在行人腳下舞，羊丫一下子哭出了聲，封運品也是淚流滿面。

只要沒有城市戶口，就不會有城市人的身份，即使呆在城裏心裏也不會踏實。趙德發筆下的封家明，生不能為城市人，死後骨灰灑在了城裏也不算進城，兒子還得專門為他弄一個城市的戶口本。而且，城市是如此神聖不可冒犯，連骨灰進城也得戰戰兢兢，偷偷摸摸。而賈平凹筆下的劉高興，身為「農業人口」，卻在城裏謀生，名不正言不順也。劉高興有點文化，心氣比一般農民高，他想要名正言順地在城裏活著，所以首先要解決的便是身份問題。但是，對他來講，城裏人的身份——城市戶口顯然是可望而不可求的，他只能通過臆想，通過賣給城裏人的一隻腎，一雙城裏女人才穿的高跟皮鞋，以及一個新的名字，把自己臆想成一位城裏人。

在城裏撿垃圾的過程中，劉高興因偶然拾得一個皮夾而見過有錢人韋達一面，他總覺得和這人有些面熟，有緣，便一廂情願地認為韋達就是移植了他腎的城裏人。他激動地告訴自己：嗨，我終於尋到另一個我了，另一個我原來是那麼體面，長得文靜而有錢〔註8〕。他忍不住常常到見到韋達的那個地方去轉悠，渴望再次遇上他。

> 此後的多日，我拉著架子車總要到青松路那兒轉悠一陣。青松路不屬於我拾破爛的區域，那裡的拾破爛者向我威脅，我保證只是路過，如果有收買破爛的行為，可以扣押我的架子車可以拿磚頭拍我的後腦勺。但是我沒有再碰見那個人。我把那人的相貌告訴了青松路拾破爛者，希望讓他們也幫我尋找，他們問：那是你的什麼人？我說：是另一個的我。他們說：打你這個神經病！把我從青松路上打走了。〔註9〕

〔註8〕《高興》第175頁，北京：作家出版社，2007年9月版。
〔註9〕《高興》第177頁，北京：作家出版社，2007年9月版。

這種臆想支撐了劉高興在城裏的生活，彷彿他真的不再是原來的自己——清風鎮的農民劉哈娃。而今他的舉手投足、一招一式，都有了城裏人的氣派。就是靠著這樣一種氣派，劉高興才可以保護同伴五富不受羞辱，幾句話就搞定了刁難五富的門衛，穿上西服皮鞋就可以幫助農村來的保姆翠花要回身份證。在有閒暇的時候，劉高興甚至還會從後衣領取下簫來，吹上幾曲，以致附近居民都對他有了不錯的印象。

　　劉高興，我一見你就高興了！

　　都高興！

　　吹個曲子吧！

　　常常有人這麼請求我，我一般不拂人意，從後衣領取下簫了，在肚子上摸來摸去，說：這一肚子的曲子，該吹那個呢？然後就吹上一段。

　　街巷裏已經有了傳言，說我原是音樂學院畢業的，因為家庭變故才出來拾破爛的。哈哈，身份增加了神秘色彩，我也不說破，一日兩日，我自己也搞不清了自己是不是音樂學院畢業生，也真的表現出了很有文化的樣子。〔註10〕

沿著這樣的慣性，劉高興不只是有點忘乎所以，甚至有些狂妄了，開始像城裏人一樣瞧不起農民。他把同伴五富和黃八看作是兩條在地上咕湧爬動的青蟲，沒有見識，而自己「要變成蛾子先飛起來」〔註11〕。這種刻意和同夥拉開距離顯然是為了強調城裏人和農民的不同。為了賦予這種不同以更多的實質性內容，在五富和黃八去大垃圾場的時候，劉高興卻為了增長見識，騎著自行車去逛城。在逛城的過程中，他不禁豪情萬丈，甚至想用自己的名字來命名一條街巷。

　　我可惜不是生於漢唐，但我要親眼看看漢唐時的那三百六十個坊屬於現在的什麼方位。哈哈，騎著自行車不是去為了生計，又不是那種盲目旅遊，而是巡視，是多麼愉快和有意義啊！我去看了大雁塔，去看了文廟和城隍廟，去了大明宮遺址，去了豐慶湖，去了興善寺。當然我也去了高科技開發區，去了購物中心大樓，去了金

〔註10〕賈平凹：《高興》第123頁，北京：作家出版社，2007年9月版。
〔註11〕賈平凹：《高興》第133頁，北京：作家出版社，2007年9月版。

融一條街，去了市政府大樓前的廣場。我還掌握了這樣一個秘密：西安的街巷名大致沿用了古老的名稱，又都是非常好的詞語，你便拿著地圖去找，感到一種說不出的吉祥。比如：保吉巷、大有巷……遺憾的沒有拾破爛的街巷。中國十三代王朝在這個城裏建都，每朝肯定有無數的拾破爛的人吧，有拾破爛的人居住的地方吧，但沒有這種命名的街巷。

如果將來……我站在街頭想，我要命名一個巷是拾破爛巷。

不，應該以我的名字命名，叫：高興巷！〔註12〕

劉高興在臆想的世界裏越陷越深，因為他雖然進城了，卻無法過上真正城裏人的生活，所以只得靠臆想虛構一個城裏人的生活世界，並最終導致了自己精神和身體的雙重分裂。他不僅搞不清自己是不是音樂學院畢業的，甚至自以為簡直就是一位青史留名的大才子。臆想成了他在城市裏生存的基本方式，包括他的性滿足方式。每天在街上碰到漂亮女人時，劉高興便故意把自己的身影和女人的身影重迭起來；在愛上妓女孟夷純之後，他養成了一個習慣：每次睡前都對著那雙高跟鞋輕輕喚孟夷純的名字，想像著她就在屋子裏，就睡在他的床上，手也有意無意地摸到了下面。孟夷純是妓女，這多少讓他感到不安，為了淡化她的妓女身份，劉高興將她想像成鎖骨菩薩，由自己的分裂發展到對他人的分裂。

……這塔叫鎖骨菩薩塔，塔下埋葬著一個菩薩，這菩薩在世的時候別人都以為她是妓女，但她是菩薩，她美麗，她放蕩，她結交男人，她善良慈悲，她是以妓女之身而行佛智，她是污穢裏的聖潔，她使所有和她在一起的人明白了……〔註13〕

這種聯想和將自己臆想成城裏人一樣，是劉高興主動的自欺，是聊以自慰的掩耳盜鈴。劉高興愛上了孟夷純，但自己已經是高貴的「城裏人」，不願接受她是妓女的這一事實，於是主動自欺欺人，以求心安。再加上那一點點自戀，於是他和妓女孟夷純之間簡直就有了才子佳人式的浪漫情調。而這樣一種方式無疑又會使他愛得更深，更義無反顧，甚至在愛情中體驗到了英雄主義的豪情。孟夷純是在哥哥被害之後，為給公安局籌措破案經費而被迫淪為妓女的。劉高興愛上她之後，義無返顧地加入了為公安局籌款的行列，

〔註12〕賈平凹：《高興》第133～134頁，北京：作家出版社，2007年9月版。
〔註13〕賈平凹：《高興》第268頁，北京：作家出版社，2007年9月版。

每天都延長拾破爛的時間，湊足三百元後就去美容美髮店交給孟夷純。在這一過程中，倆人真可謂是「可憐人見著可憐人」〔註 14〕，一個賣腎，一個賣身，惺惺相惜，相知相愛了。臆想不僅讓劉高興克服了對城市的恐懼，而且幫助他收穫了愛情。

臆想是無所不能的，現實中難以企及的夢想在臆想中都可以輕易實現。通過臆想，劉高興至少可以做做自己想像中的「城裏人」。而且，他的臆想自有其無法否認的依據，那就是賣給西安人的一隻腎。雖然劉高興無法獲得城市戶口，但那隻腎卻實實在在地進了城，畢竟，它曾是劉高興身體最重要的一部分。身份無法改變，身體卻可以分裂。既然改革可以讓一部分人先富起來，劉高興也可以讓自己身體的一部分率先進城。賣腎未能讓劉高興討上媳婦，卻使他和城市有了無可否認的關係，讓他可以理直氣壯地藐視五富、黃八等與城市扯不上關係的農民。就這一點而言，五富、黃八等人確實顯得可憐，他們連臆想「城裏人」身份的資格都沒有。

可是後來，劉高興發現「另一個我」——城裏人韋達換的不是腎而是肝，不禁一下子痛苦萬分。

> 我一下子耳臉灼燒，眼睛也迷糊得像有了眼屎，看屋頂的燈是一片白，看門裏進來的一個服務員突然變成了兩個服務員。韋達換的不是腎，怎麼換的不是腎呢？我之所以信心百倍我是城裏人，就是韋達移植了我的腎，而壓根兒不是？！韋達，韋達，我遇見韋達並不是奇緣，我和韋達完全沒有干係？！〔註 15〕

這一事實讓劉高興暫時從臆想世界回到現實中來，但並未將劉高興的心理擊垮，在短暫的痛苦之後，他很快又重新找到了自我安慰的理由。

> 韋達沒換我的腎就沒換吧！沒有換又怎麼啦？這能怪韋達嗎？是韋達的不對嗎？反正我的腎還在這個城裏！〔註 16〕

對劉高興而言，賣進城裏的那隻腎比餘下的這隻更為重要，對身份的在乎使他可以完全漠視自己的身體。精神勝利法讓劉高興迅速擺脫了痛苦，而且還可以幫助他繼續活在臆想之中。其實，到底是誰移植了他的腎已經不重要了，反正那隻賣出的腎已經成了別人的腎，再也不會回到他的身體。賈平

〔註 14〕賈平凹：《高興》第 213 頁，北京：作家出版社，2007 年 9 月版。
〔註 15〕賈平凹：《高興》第 360 頁，北京：作家出版社，2007 年 9 月版。
〔註 16〕賈平凹：《高興》第 361 頁，北京：作家出版社，2007 年 9 月版。

凹說，「這其實意味著他和城市的關係，他不可能完全融入這個城市。農民的命運就是這種命運，劉高興的命運就是這種命運，沒有多少可以改變的。」〔註17〕當現實無法改變之際，臆想和精神勝利法至少可以緩解一下心中的痛楚，讓劉高興能夠更加坦然地面對城市。

第二節　城鄉隔膜與「種族」意識

考察中國的城鄉關係，首要的不是傳統與現代的關係問題，也不是生存空間轉換的問題，而是由制度造成的城鄉分屬不同階層的問題。城鄉差別表現在多個方面，但真正起決定性作用的是制度，而由制度導致的明顯的階層意識又進一步強化並加大了城鄉差異和隔膜。在相當長的歷史時期內，對中國農民而言，「城裏人」差不多就意味著貴族，屬於法律意義上的另一階層。

李佩甫的長篇小說《城的燈》在寫到農民對城市的嚮往時，字裏行間幾乎無時無刻不流露出憤憤不平之情和強烈的控訴欲望。小說的主人公馮家昌因為家貧如洗，無權無勢，小時候在老家受盡了歧視和侮辱，上高中時和村支書的閨女自由戀愛，結果遭到捆綁弔打，被迫離開家鄉。當他意外參軍之後，人生第一次看到的希望就是提干進城，不再當農民。

> 可這會兒，他還只是個兵呢，是新兵蛋子。「四個兜」離他太遙遠了，簡直是遙不可及。老天爺，他什麼時候才能穿上「四個兜」呢？！
>
> 穿上「四個兜」，這就意味著他進入了幹部的行列，是國家的人了。「國家」是什麼？！「國家」就是城市的入場券，就是一個一個的官階，就是漫無邊際的「全包」……〔註18〕

提幹、進城、成為國家的人，這是馮家昌能夠想到的最高人生目標。只有「國家的人」才能進城，才有漫無邊際的全包（福利），按此邏輯，農民當然就不是「國家的人」，事實上也是如此，長期以來，中國農民除了沉重的賦稅之外，就和「國家」沒什麼關係。而城市也是屬於「國家」的，和中國農民幾乎是絕緣的。

〔註17〕張英、賈平凹：《從「廢鄉」到「廢人」——專訪賈平凹》，《南方周末》，2007年10月25日。

〔註18〕李佩甫：《城的燈》第46頁，北京：作家出版社，2009年6月。

　　在馮家昌眼裏，城市是什麼？城市就是顏色——女人的顏色。那馬路，就是讓城市女人走的，只有她們才能走出那一「彙兒」一「彙兒」的、帶「鈎兒」的聲音；那自行車，就是讓城市女人騎的，只有她們才能「日奔兒」出那種「鈴兒、鈴兒」的飄逸；那一街一街的商店、一座一座的紅樓房，也都是讓城市女人們進的，只有她們才能「韻兒、韻兒」地襲出那一抹一抹的熱烘烘的雪花膏味；連燈光都像是專門爲城市女人設置的，城市女人在燈光下走的時候，那光線就成了帶顏色的雨，那「雨兒」五光十色，一縷一縷地亮！

　　城市就是讓鄉下男人自卑的地方啊！〔註19〕

這是一個血氣方剛的鄉下小夥子對城市的最初印象，城市的女人、馬路、自行車、商店、燈光等等無一不發出令人暈眩的誘惑之光。但作者並不是在描寫城市現代性的光怪陸離的一面，而是著眼於上層世界對一個下等人的誘惑。城市高高在上，讓鄉下人無比自卑。正是這種自卑激發起了馮家昌畸形的奮鬥欲望，他要不擇一切手段拿到城市的入場券。吃得苦中苦，方爲人上人，經過二十多年的苦心經營、等待煎熬，和官場上特有的扭曲壓抑、上下其手，馮家昌終於大功告成，不僅自己成爲了人上人，還把幾個弟弟也帶進了城。

　　經過長時期的運籌帷幄，又經過殫精竭慮的不懈努力，馮氏一門終於完成了從鄉村走向城市的大遷徙！馮家的四個蛋兒及他們的後代們，現在擁有了正宗的城市（是大城市）戶口，也有了很「冠冕」、很體面的城市名稱，從外到內地完成了從食草族到食肉族的宏偉進程（他們的孩子從小就是喝牛奶的），已成爲了眞正的、地地道道的城市人。〔註20〕

馮氏兄弟雖然從身份上變成了城裏人，但城裏人身份僅僅是他們出人頭地、衣錦還鄉的標誌而已，從骨子裏講，他們依舊是非常傳統的農耕時代的「鄉下人」，與現代意義上的市民還相去甚遠。

　　很明顯，馮家兄弟對城市的理解是畸形的、變態的，而這種畸形的、變態的城市觀念迄今在中國依然有巨大的影響。轟轟烈烈的城市化運動已經展

〔註19〕李佩甫：《城的燈》第49頁，北京：作家出版社，2009年6月。
〔註20〕李佩甫：《城的燈》第366頁，北京：作家出版社，2009年6月。

開，但公民對現代城市的認識卻非常有限，甚至還保留著對城市的傷痛記憶。面對隨處可見的熱火朝天的建築工地，一些疑問經常會浮現在筆者腦海：中國的城市化運動為什麼會如此倉促而猛烈？缺乏充分醞釀和過渡的城市化運動是否會帶來新的傷害？

　　和《城的燈》中的馮家兄弟一樣，《高興》中的拾荒者也沒有一個是衝著現代性意義上的城市而進城的，雖然劉高興進城後即改名，從此自詡為「城裏人」，但這並不意味著他對城市所代表的現代文明和生存方式的嚮往，而只是一個出身低賤的農民對更為高貴的城市身份一廂情願的強烈渴求。這群拾荒者無能改變自己的農民身份，但又不得不進城，原因只有一個——生計所迫。劉高興和五富進城的首要因素是韓大寶。韓大寶是第一個離開清風鎮到西安的，最初混得一般，沒什麼影響，後來又傳出他非常有錢了，於是韓大寶就變成了「一塊酵子，把清風鎮的麵團給發了，許多人都去投奔他」〔註21〕。正是在這種情形之下，劉高興才鼓動五富來到了西安。因此劉高興到西安的第一動因是掙錢，而非對城市生活方式的嚮往，何況他對城市生活幾乎一無所知。到西安後很快發現，「拾破爛是只要你能舍下臉面，嘴勤腿快，你就比在清風鎮種地強了十倍」〔註22〕，於是經濟上的甜頭使他們對城市，甚至對城裏的破爛，都有了強烈的依賴感。

　　　好了，吃飯，一邊吃飯一邊想我們的工作，想錢！

　　　　拾破爛怎麼啦，拾破爛就是環保員呀！報紙上市長發表了講
　　　話，說要把西安建大建好，這麼大的西安能建好就是做好一切細節。
　　　那麼，拾破爛就該是一個細節。我們的收入是不多，可總比清風鎮
　　　種地強吧，一畝地的糧食能賣幾個十八元，而你一天賺得十七八元，
　　　你掏什麼本啦，而且十七八元是實落，是現款，有什麼能比每日看
　　　著得來的現款心裏實在呢？〔註23〕

　　正是這種實實在在的經濟收益，讓他們看到了城市和鄉村的差別，也強化了他們對城市的依賴。所以雖然僅僅是在城裏拾破爛，但他們還是急於給自己的行為賦予城市合法性，將其上昇為於城市有重要意義的「工作」。同時，經濟上的好處使他們獲得了相對於老家農民的優越感，清風鎮一下成了

〔註21〕賈平凹：《高興》第9頁，北京：作家出版社，2007年9月版。
〔註22〕賈平凹：《高興》第132頁，北京：作家出版社，2007年9月版。
〔註23〕賈平凹：《高興》第44頁，北京：作家出版社，2007年9月版。

他們鄙視和嘲笑的對象。

> 好，你就靜靜坐著，聽我說。我開始嘲笑那些沒來過西安的清
> 風鎮人了。哼，都是些什麼玩意兒麼，他們還作踐過咱們沒手藝，
> 他們不就是會個木工、泥瓦工嗎，咱們的工作沒有技術含量，他們
> 就有技術含量了？而一天累到黑腰累斷手磨泡了工錢有多少，一天
> 掙五元錢算封頂了吧？咱多好，既賺了錢又逛了街！你問清風鎮的
> 人有幾個見過鐘樓的金頂？你說城裏的廁所是用瓷磚片砌的，他們
> 恐怕還不信呢！你瞧著吧，你沒出來前鎮上有誰肯和你說話，覺得
> 和你說花費時間，掉價兒，你呆上一年半載回去了，你就會發現清
> 風鎮的房子怎麼那樣破爛呀，村巷裏的路坑坑窪窪能絆人個跟斗，
> 你更會發現村裏的人是他們和你說不到一塊了，你會體會到他們的
> 愚昧和無知！〔註24〕

正因為劉高興進城的根本目的在於改善生存，多掙錢，所以他對城鄉差別的一切理解都和物質相關，鐘樓的金頂、貼了瓷磚的廁所都成了城市比鄉村高貴的具體體現。儘管他「早就意識到城裏人和鄉下人的差別並不在於智慧上而在於見多識廣」，〔註25〕他需要的是多長一些見識，但他增加自己見識的方式便是進城逛街，去見識城裏的物質財富。他之所以一廂情願地認定城裏人韋達移植了自己的腎，並將他想像成「另一個我」，也是因為韋達體面，有錢，是大老闆。有錢的人可以買腎，無錢的人只得賣腎，或者像孟夷純那樣賣身，這一切都是因為錢的原因。所以，對劉高興而言，和所有進城拾荒的人一樣，城市決定性的誘惑力便是那裡有更多的財富，可以掙更多的錢。然而和黃八、五富等人不一樣的是，劉高興有文化，讀過紅樓夢，會吹簫，自視甚高，再加上一隻腎已經賣進城裏，這就更加強化了他的優越感，所以他得有些派頭架勢，無法徹底舍下臉面。五富黃八進城拾荒只為著一個目的——掙錢，顧不上體面尊嚴，而劉高興一邊要拾破爛掙錢，一邊又要顧及自己作為「城裏人」的面子。但事實上在城裏他只能拾荒，別無他路，這就使得他既無法變成真正的城裏人，也無法像五富黃八那樣安於現實，接受農民卑賤的身份，徒然增加了難堪和痛苦。比如當收購站的瘦猴對劉高興說咱都是蒼蠅人時，劉高興不能容忍作踐自己，忿忿地回敬道：「你才是蒼蠅！」

〔註24〕賈平凹：《高興》第45頁，北京：作家出版社，2007年9月版。
〔註25〕賈平凹：《高興》第133頁，北京：作家出版社，2007年9月版。

　　劉高興的眞實處境與他的自我感覺之間出現了巨大的落差,導致他自我
定位的遊移,甚至矛盾。賈平凹曾做過這樣的解釋,「劉高興總感覺自己是
個城裏人,他以爲自己把腎賣給城裏人了,發動機已經變成城裏的了,自然
也是城裏人。他以爲有個人移植了他的腎,後來發現不是。這個情節我開始
寫的時候沒怎麼想,回頭讀覺得這也是個隱喻:農民和城市很難融合,無論
你如何想融合,也不會沒有區別」。〔註26〕雖然劉高興刻意拉開和拾荒同夥
的距離,以此強化自己「城裏人」的感覺,但是事實上,劉高興不僅和他的
同夥一樣,是城裏的「蒼蠅人」,而且還是「隱身人」。當劉高興在垃圾桶裏
拾到易拉罐時,城裏小孩兒的反應是:不要動垃圾,垃圾不衛生!而當他幸
運地拾得一個大皮夾,正擔心周圍有人發現時,卻見城裏的女人厭惡地扇著
鼻子從他身邊走了過去,對他視而不見。只有這次,劉高興才比較樂意地接
受了自己卑微的處境──「眞好,拾破爛的就是城裏的隱身人」。〔註27〕拾
荒的「隱身人」就像城裏的蒼蠅一樣,只和垃圾有關,在城裏人眼中他們根
本就不存在。他們雖然與城裏人同在一座城市,但分明又活在各自不同的時
空,近在咫尺卻又相隔萬里。正是這種尊卑貴賤的懸殊使得劉高興愈加不能
接受自己的農民身份,所以他一定要在臆想中把自己的農民身份給「非」掉。

　　劉高興光棍一條,一人吃飽全家不餓,沒有養家糊口的壓力,所以他可
以盡情地活在自己的想像中,活在一個「城裏人」的幻覺中。雖然他堅定地
認爲「在城裏拾破爛也就是城裏人」,但是他的「城裏人」身份只能是他對
自己的安慰,或者壯壯膽而已。現實常常殘酷地提醒他:劉高興不是城裏人。
比如,在拾破爛的一群同夥中,劉高興刻意保持著和他們的區別,上街要換
衣服、拔鬍鬚,喜歡琢磨城市建築,關心時事等,自認爲是魚中的鯨魚,鳥
中的鳳凰。可是回去洗澡時,黃八和五富都奚落他:洗,洗,再洗能把農民
的皮洗掉嗎?劉高興冒著生命危險制服肇事逃逸司機的事迹登報並被瘦猴
看到後,引起了他們關於死後的爭論。五富是不願死後像城裏人那樣火化
的,而劉高興告訴五富,自己死了不能埋在清風鎮的黃土坡上,而應該去城
裏的火葬場火化,「活著是西安的人,死了是西安的鬼」。〔註28〕但是在同夥
眼中,劉高興的這一願望成了一個農民的妄想,顯得不著邊際。

〔註26〕蒲荔子:《賈平凹:在骯髒中乾淨地活著》,《南方日報》,2007 年 10 月 17 日。
〔註27〕賈平凹:《高興》第 167 頁,北京:作家出版社,2007 年 9 月版。
〔註28〕賈平凹:《高興》第 146 頁,北京:作家出版社,2007 年 9 月版。

　　　瘦猴聽了我的話，脖子卻伸的老長，他問做了這麼一件英雄事
跡，是不是市政府要給你一個城市戶口呀？我說沒有。他又問那是
獎勵你錢了？我說沒有。他把脖子收回去了，從懷裏掏了酒壺來喝，
說：劉高興呀劉高興，你愛這個城市，這個城市卻不愛你麼！你還
想火化，你死在街頭了，死在池頭村了，沒有醫院的證明誰給你火
化？你想了個美！〔註29〕

　　在同夥看來，雖然進城了，但除了破爛之外，城市的一切依然與他們無
關。只要是農民，就不該奢望屬於城裏人的生活，哪怕死後，農民的歸宿也
只能是農村，想要像城裏人那樣火化都不行。不難看出，城鄉分治導致的結
果不僅僅是城鄉差別，而是進一步演化成了一種特殊的「種族」意識。這種
由制度造成的「種族」意識構成了城市化進程中潛在的風險與危機，當農民
因身份問題而走投無路時，他們的怨氣自然而然會指向不合理的社會制度。

　　有一次，劉高興遇上警察調查，臆想的「城裏人」身份便和冷酷的制度
發生了正面衝突。

　　　身份證是隨時裝在身上的，就防備著突然被檢查。我很快就掏
了出來，而五富的身份證在褂子口袋，褂子脫了搭在牆上的木橛子
上，也掏了出來。我說：我叫劉高興，他叫五富。

　　　掛著銬子的那人說：哪兒有個劉高興？

　　　我說：噢，噢，劉哈娃是我原名，進城後改了，改成劉高興。

　　　那人說：不許改！

　　　我沒吭氣。怎麼能不許改呢，我連我的名字都不許改？！〔註30〕

　　劉哈娃和劉高興兩個名字分別對應著兩種身份和兩個階層：農民和城裏
人。在警察面前，劉哈娃只能叫劉哈娃，不能叫劉高興，也就是他只能是農
民，不能是城裏人。劉哈娃不許改名，那麼他對「城裏人」身份的訴求自然
也就不合法了。對「城裏人」身份的訴求，是劉高興建構自己人格尊嚴的一
種方式。農民工在燈紅酒綠的城市面前面臨著巨大的心理障礙，一方面感覺
自己活得簡直不像個人，另一方面又害怕自己丟了城市的臉。劉高興固執地
臆想自己是個「城裏人」，不過是想獲得與城裏人一樣的尊嚴，可以更為坦然

〔註29〕賈平凹：《高興》第147頁，北京：作家出版社，2007年9月版。
〔註30〕賈平凹：《高興》第241頁，北京：作家出版社，2007年9月版。

地面對城市。劉高興不過是以自己的方式有意模糊自己的真實身份，但在警察面前，他卻被殘酷地打回了農民的原形。正如作者賈平凹說的那樣：「劉高興的痛苦在於中國農民社會地位低下、生活貧困，進城幹的都是最髒最累的活兒，還要受人歧視，他的自尊、敏感是必然的」。〔註31〕劉高興比五富、黃八等農民更懂得尊嚴的重要性，所以他要固執地賦予自己城裏人一樣的尊嚴。

但是，劉高興煞費苦心地建構一個拾荒者在城裏的尊嚴是徒勞的。當他穿著一件別人送的舊西服，在街上被乞丐纏住時，他告訴乞丐自己是拾破爛的，沒有錢，乞丐竟然反倒給了他一塊錢。

> 乞丐猛地拉著了我的手，另一隻手猛地往我手心一拍，那張一元錢的紙幣就貼上了，他說：那這個給你！

> 侮辱，這簡直是侮辱！在乞丐眼裏，拾破爛的竟然比乞丐更窮？！我那時脖臉發燙，如果五富在場，他會看見我的臉先是紅如關公，再是白如曹操，我把一元錢摔在地上，大聲地說：滾你個王八蛋，滾！〔註32〕

劉高興非常在乎的尊嚴讓一個乞丐輕而易舉就剝奪了，這彷彿是在提醒他自己在城裏的真實地位。正如賈平凹接受採訪時說的那樣，「他不甘於過這樣的生活，他嚮往城市人的生活，比如他嚮往城市裏的女人，他生活習慣的潔癖，他希望有西安戶口，有好的工作和自己的房子，他為此掙扎奮鬥過；但是他又很清醒地知道，自己的想法只是一個夢而已，現在最基本的生存條件都保障不了，因此他有些自嘲。」〔註33〕現實畢竟是現實，是臆想所無法改變的。劉高興可以通過臆想獲得「城裏人」的感覺和派頭，但是為了生存還是不得不舍下臉面和尊嚴。當他終於屈尊和五富、黃八一起來到大垃圾場時，他見識了一群群拾荒人觸目驚心的生存現實。

> 我壓根沒想到，在大垃圾場上竟會有成百人的隊伍，他們像一群狗攆著運垃圾車跑，翻斗車傾倒下來的垃圾甚至將有的人埋了，他們又跳出來，抹一下臉，就發瘋似的用耙子、鐵鉤子扒拉起來。到處是飛揚的塵土，到處是風裏飄散的紅的白的藍的黑的塑料袋，

〔註31〕 張英、賈平凹：《從「廢鄉」到「廢人」——專訪賈平凹》，《南方周末》，2007年10月25日。

〔註32〕 賈平凹：《高興》第81頁，北京：作家出版社，2007年9月版。

〔註33〕 張英、賈平凹：《從「廢鄉」到「廢人」——專訪賈平凹》，《南方周末》，2007年10月25日。

到處都有喊叫聲。那垃圾場邊的一些樹枝和包穀稭稈搭成的棚子裏
就有女人跑出來，也有孩子和狗，這些女人和孩子將丈夫或父親撿
出的水泥袋子、破塑料片、油漆桶、鐵絲鐵皮收攏到一起，抱著、
捆著，然後屁股坐在上面，拿了饃吃。不知怎麼就打起來了，打得
特別狠，有人開始在哭，有人拼命地追趕一個人，被追趕的終於扔
掉了一個編織袋。我茫然地站在那裡，不知所措，倒後悔我不該來
到這裡，五富和黃八也不該來到這裡。五富在大聲喊，他在喊我，
原來他和黃八霸佔了一推垃圾……

　　我們終於安全地扒完那堆垃圾，收穫還算可以，但人已經不像
人了，是糞土裏拱出來的屎殼郎。〔註34〕

有點潔癖的劉高興，不管內心如何厭惡眼前的骯髒，但是爲了生存，最
終不得不融入了垃圾。還有一段時間，爲了增加收入，他們晚上集體去卸水
泥。那是更爲壯觀而恐怖的場面。「卸一趟車，卸費二十元，五個人平分一人
四元。每個晚上最多可以卸四車，有時就只能卸一車」。〔註35〕但就是這樣賣
苦力的營生，竟然有無數的進城農民在拼搶。

　　車到大圓盤，無數的人攆著車跑，剛一停住，已經有人往車上
爬，我說：有卸車的，有卸車的了！但還是有人往上爬，杏佛就死
狼聲地喊：黃八，五富，把他們往下拉！沒世事了，我們的車誰讓
他們卸？！黃八、五富和種豬在下邊拉爬車人的腿，我在車上扳爬
車人扒在車幫沿上的手，爬車人便掉下去，黃八、五富和種豬也就
爬了上來，車日的一聲開動了，大圓盤上一片罵聲：狗日的女人比
男人強，她不就比咱多長個東西嗎？接著有人說：不是多長個東西，
是少長個東西！轟地浪笑。

　　……

　　在大圓盤一帶，我們這五個人差不多有了名聲，因爲我們搶到
的活最多，因爲我們有杏佛……〔註36〕

可是十天之後，另一群民工霸佔了大圓盤，個個手裏拿著木棍。劉高興
他們再要去卸車時，被這群民工給打跑了。於是有了這樣一段讓人心酸的文

〔註34〕賈平凹：《高興》第272～273頁，北京：作家出版社，2007年9月版。
〔註35〕賈平凹：《高興》第315頁，北京：作家出版社，2007年9月版。
〔註36〕賈平凹：《高興》第314～315頁，北京：作家出版社，2007年9月版。

字。

> 西安城裏的人眼裏沒有我們，可他們並不特別欺負我們，受的
> 欺負都是這些一樣從鄉下進城的人。我過來給五富他們說：回吧，
> 咱好歹還有拾破爛的活路，這些人窮透了，窮兇極惡！〔註37〕

拾破爛的還不算最底層（要知道劉高興他們拾破爛都有別人給劃定的範圍），還有比他們更窮的！在受欺負之後，劉高興竟然又一次獲得了優越感，發現有破爛拾畢竟還算幸運。在他眼中，這群拿著木棍的民工不講道理，沒有人性，「窮透了，窮兇極惡」。但是再怎樣窮兇極惡，民工也只能欺負民工，城裏人眼裏雖然沒有民工，可他們並不特別欺負民工。這句話其實應該倒過來說，那就是城裏人並不特別欺負民工，因為他們眼里根本就沒有民工。賈平凹曾這樣感歎：「進城的人太多了，工作機會又不多，人人都要為生存而打拼。欺負拾破爛的人大都不是城市人，城市人都不理他們。欺負他們的都是同行。這和國外一樣，國外華僑告訴我，很少有外國人欺負中國人，都是中國人欺負中國人。外國人心裏沒有你，或者瞧不起你，和你不搭界。」〔註38〕中國的農民與城裏人也是彼此不搭界，民工幹的活都是城裏人鄙棄的活。同樣是中國人，同樣說著中國話，但農民和城裏人之間的差別就像中國人和外國人，根本就是兩個世界。農民弄下一個城市戶口，難度不亞於城裏人弄張外國的綠卡。這裡暗含著當代中國社會特有的悲哀，甚至危機，那就是長期城鄉分治形成的二元分割的社會結構，導致城裏人和農村人形成各自相對封閉、上下懸殊的兩極。兩極的人口又形成了各自不同的生存方式、社會習慣和文化心理，二者涇渭分明，以至於「城裏人一看長相就是城裏人，鄉下人一看長相就是鄉下人」，〔註39〕由此形成並強化了城鄉各自不同的身份意識和自我定位，甚至演變成不同的「種族」意識。如此現實之下，農民只能是農民，城裏人永遠都是城裏人。所以即使農民進城了，他們也無法扮演城裏人，還怎敢欺負城裏人？既然城裏人眼中沒有民工，對民工視而不見，你在他眼中是「隱身人」，根本就不存在，他還欺負你幹啥？換句話說，農民工受城裏人欺負的資格都沒有；而城裏人如果欺負與自己不搭界的「隱身人」農民工，豈不自掉身價？

〔註37〕賈平凹：《高興》第317頁，北京：作家出版社，2007年9月版。

〔註38〕張英、賈平凹：《從「廢鄉」到「廢人」——專訪賈平凹》，《南方周末》，2007年10月25日。

〔註39〕賈平凹：《高興》第72頁，北京：作家出版社，2007年9月版。

對於絕大多數中國農民來說，只要不滿足於溫飽，他們就只得進城。但「永遠在城市打工是不行的，大部分人都是干上一陣就回去了，或者傷殘就回去了，只有少數人能在城市裏站住腳，但也發不了財」。〔註40〕城市終究不是他們的城市，不改變農民身份就無法獲得市民待遇。當農民既無法弄到城市戶口，又不得不在城裏謀生時，便只能成爲城裏的「隱身人」。城裏人對他們視而不見，與此同時，鄉村的土地上也很難見著他們的身影。他們不僅僅是城市裏的「隱身人」，也是當代中國的「隱身人」。誰也說不清楚，他們的未來和希望到底應該在城市，還是在鄉村，他們只能疲憊地往返於城鄉之間，被城鄉撕裂，成爲身份不明的當代人。

第三節　城鄉轉換：仇恨與詩意的糾結

一個社會公正與否最主要的是看機會是否均等，而非結果是否一樣。新中國實行了幾十年嚴苛的城鄉分治，其最大的不公即在於機會的不均等。農民幾乎被徹底剝奪了進城發展的權利，而城裏人只有因爲犯錯受懲罰才會下放農村勞動改造。城鄉的高下懸殊尊卑分明導致社會嚴重的分化，「農」與「非農」不再僅僅是一種職業的區分，而成了全社會有著普遍共識的「種族」分類標準。當城市化的步驟突然加快，農民雖然獲得了進城的機會，但並未獲得與城裏人均等的發展機會，農民進城之後依然屬於弱勢「種族」。城鄉分治時期，農民與城裏人分屬兩個不同的世界。而在農民進城之後，被嚴格區分身份的兩種不同的「種族」碰在了一起，這時候，由於長期的社會不公造成的人與人之間的巨大差別更加尖銳地凸現出來，再加上機會的依舊不均等，長期積壓的仇恨心理自然會在新的時空條件下尋找突破口，這已成爲中國城市化進程中最主要也是最危險的一種社會情緒。

單就生產效率而言，傳統農耕方式與現代工商業有著天壤之別，同樣的勞動付出，在城市的收穫往往遠遠高於鄉村。從這個角度講，農民進城務工既爲城市建設做出了貢獻，也大大改善了自己的收入水平。許多農民正是抱著這樣單純而美好的願望進入城市的，甚至把城市視爲實現自己夢想的地方，然而進城之後，他們反而更直觀更深切地感受到巨大的城鄉差別和農民

〔註40〕張英、賈平凹：《從「廢鄉」到「廢人」——專訪賈平凹》，《南方周末》，2007年10月25日。

的卑賤地位。對於城鄉差別，每位農民工都有充分的心理準備，一般都能坦然接受。而對自己來到城市之後繼續遭遇的不公正待遇，他們就難免心有不甘。王侯將相，寧有種乎？極端情況下，他們甚至會放棄最初進城的夢想和做人的準則，選擇對城市進行報復。

尤鳳偉的長篇小說《泥鰍》寫了一群進城尋找夢想的年輕人，他們一個個原本都單純善良，雖然幹的都是城裏人不願幹的體力活，但只要能靠勞動掙錢，他們就任勞任怨。然而城市很快就教訓了這群天真的年輕人，他們一再被騙，被城市的資本和權力玩弄於股掌之間，最終有的殘疾，有的被逼為娼，有的進了瘋人院，有的甚至被槍斃。小說中有個名叫蔡毅江的小夥子，和女友寇蘭十分恩愛，一起在城裏打拚。蔡毅江在一家搬家公司上班，一次在搬家途中，汽車突然急剎車，傢具擠破了他的睾丸。出事後老闆玩失蹤，不想給醫療費，在醫院裏醫生一再拖延，極不負責，最終導致他的睾丸不保，性功能喪失，再加上致殘後心理不平衡，脾氣變得古怪，逼得女友寇蘭也離他而去。身強力壯、忠厚義氣的蔡毅江滿懷理想進城打工，卻不料很快就陷入了走投無路的絕境。

> 他意識到自己今後的日子將孤立無助，一片黑暗。沒有了寇蘭，不僅「集資興業」的計劃告吹，連整個生活都走進了死胡同。他知道自己完了，徹底完了。一度想自殺，考慮用哪種方式了結自己剩下的半條命。最終他放棄了這個念頭，並非是對人世間有什麼留戀，對自己的生命有什麼顧惜，而是緣於恨，仇恨成了他活下去的惟一動力。〔註41〕

當夢想破滅、萬念俱灰之際，蔡毅江活下去的唯一動力就是對城市的仇恨。於是他開始了對城裏人的報復，最終成了黑社會「蓋縣幫」的老大。

賈平凹的長篇小說《高興》中的主人公雖然取名高興，時刻提醒自己進了城就應該高興，但一旦回到現實，面對真實的城鄉差距，心頭就再也高興不起來，取而代之的是強烈的怨憤。劉高興和五富這樣的農民進城的目的很明確，就是為了多掙一點錢，他們並不敢奢望過上城裏人的生活。事實上，每一位農民工對自己與城市的距離都心知肚明，清楚自己在城裏的地位和處境。在遠離城市的鄉村時，他們融匯在農民這樣一個龐大的階層和群體中，尚可淡忘自己的身份劣勢；而進城之後則意味著，他們的身份劣勢將暴露無

〔註41〕尤鳳偉：《泥鰍》第 165 頁，瀋陽：春風文藝出版社，2002 年 5 月。

遺，將無可逃避地面對和承擔自己的卑微處境。但是沒有辦法，為了生存，他們不得不彙入浩浩蕩蕩的民工隊伍，接受城市剝削的同時，也接受城市的蔑視。不難看出，如此情形之下，中國的城市化進程不僅沒有解放農民，將他們融入現代化的歷史潮流，反而為他們製造了額外的痛苦，並導致了他們對城市無以釋懷的仇恨。比如五富去一戶人家收取破爛時，人家不讓進門，他從門口看見人家屋裏的擺設後，不平和憤怒油然而生，「他說，他沒有產生要去搶劫的念頭，這他不敢，但如果讓他進去，家裏沒人，他會用泥腳踩髒那地毯的，會在那餐桌上的咖啡杯裏吐痰，一口濃痰」。這絕不僅僅是簡單的仇富心理，而是飽含著對由體制決定的人生而不平等的社會現實的憤怒。「都是一樣的人，怎麼就有了城裏人和鄉下人，怎麼城裏人和鄉下人那樣不一樣地過日子？」〔註42〕為什麼城裏人生來就是鳳凰，而農民工只能是雞，而且「還是個烏雞，烏到骨頭裏」？城鄉之間不僅僅是差別問題，「種族」問題，還有由此導致的仇恨問題。

　　就在劉高興心頭的怨憤越來越無以掩蓋時，他發現城裏人連出氣泄憤都有專門的地方——足球場，當城裏人在球場內罵足球時，拾荒者就在球場外罵城市，發泄他們心中的不平和痛苦。

　　　　球場似乎就是這個城市的公共廁所，是一個出氣筒，我們可以在球場外聽見球場裏鋪天蓋地同一個節奏在吼：╳！╳！╳你媽！這我就不明白城裏人還有這麼大的氣，像沼氣池子，有氣了怎麼能這樣叫罵？等到球場里數萬人齊聲罵：╳！╳！╳你媽！黃八也就扯開嗓子喊叫：╳！╳！╳你媽！

　　　　我就制止他：不許喊！

　　　　黃八說：那麼多人能╳，我不能╳？

　　　　我說：人家罵裁判，罵球隊哩，你罵誰？

　　　　黃八說：我才想呀！

　　　　但他立即想出要罵的目標了，罵人有了男有了女為什麼還有窮和富，罵國家有了南有了北為什麼還有城和鄉，罵城裏這麼多高樓大廈都叫豬住了，罵這麼多漂亮女人都叫狗睡了，罵為什麼不地震呢，罵為什麼不打仗呢，罵毛主席為什麼沒有萬壽無疆，再沒有了

〔註42〕賈平凹：《高興》第119頁，北京：作家出版社，2007年9月版。

「文化大革命」呢？〔註43〕

城市成了進城農民仇恨的對象，儘管他們不得不依靠城市改善生存。城市的繁華是城裏人的，與農民工不沾邊。農民進城後，卻如雨中浮萍無助飄零，居無定所，與所有的社會福利無緣。他們奴隸一樣地勞動，螻蟻一樣地活著。他們仇恨城市，卻不得不為城市賣命。此前的幾十年，不許他們進城，但他們用灑在田間地頭的汗水為國家的工業化提供了原始資本積累；如今他們可以進城了，又用全世界最廉價的勞動力建設著與己無關的城市。當他們年邁體衰或者疾病纏身的時候，城市一腳踢開他們，他們只有默默無聞地回到鄉下。無言的土地再次接納他們，只有那裡才是他們唯一的歸宿。一生中，他們只有在身強力壯的時候才可能在城市裏謀生，但那只是一種犧牲式的城市生活。犧牲自己、接受剝削，是他們在城市求生的唯一途徑。城市的燈紅酒綠不是在誘惑他們，而是在鄙視他們。只有對城裏人而言，城市才可能是欲望之城、享受之城。絕對的不公平導致了他們內心的仇恨，所以他們巴不得來一場災難、戰爭甚至文化大革命。

農民對城市仇恨的積累已經成為當下中國嚴重的社會問題，但是因為他們屬於國家分配體制、福利體制之外的「隱身」階層，還沒有獲得「國民待遇」，所以他們所面臨的困境至今還沒有從體制上獲得根本解決的迹象。這個階層對城市的仇恨還在繼續著，在城市人眼中，他們已經成為當今社會的潛在威脅。《高興》中開沙鍋店的老鐵和劉高興曾交流過這樣一些看法：

> 老鐵，還是那個老鐵，他告訴我，我是他見過的最好的打工人，他說打工的人都是使強用狠，既為西安的城市建設做出了巨大的貢獻，但也使西安的城市治安受到了很嚴重的威脅，偷盜、搶盜、詐騙、鬥毆、殺人，大量的下水道井蓋丟失，公用電話亭的電話被毀，路牌、路燈、行道樹木花草遭到損壞，公安機關和市容隊抓住的犯罪者大多是打工的。老鐵說：富人溫柔，人窮了就殘忍。〔註44〕

雖然任何時候違法犯罪都是不能容忍的，但是無可否認的是與農民工相關的大量違法犯罪畢竟有著重要的社會根源。既然他們在城裏過的本來就是非人的生活，誰還能奢望他們個個都安分守己呢？當體制決定了他們將與現代化進程中急劇增長的社會財富無緣時，現代化到底是拯救了農民，還是傷

〔註43〕賈平凹：《高興》第162～163頁，北京：作家出版社，2007年9月版。
〔註44〕賈平凹：《高興》第120頁，北京：作家出版社，2007年9月版。

害了農民？城市化進程越來越快，相當一部分農民的內心世界卻和鄉土中國一樣，越來越近於崩潰。

在不平而壓抑的城市生活中，遙遠的鄉村農耕生活成為一種溫馨的記憶，給劉高興和五富帶來情感和心靈的慰藉。只有在鄉村的撫慰之下，他們的生命才呈現出些許詩意和尊嚴。在城市裏他們是「隱身人」、「蒼蠅人」，只有鄉村能夠激活他們，賦予他們的生命以色彩，讓他們被城市遮蔽的自在天性得以顯現。當劉高興不經意間看見城裏小車的底部有一些從鄉下牽掛來的麥草時，他的意識一下子飛到了另一片時空。

> 簡直可以說，我都聞見了麥子成熟的那種氣味，聞見了麥捆上到處爬動的七星瓢蟲和飛蛾的氣味，聞見了收麥人身上散發的氣味。這些氣味是清香的，又是酸酸臭臭的，它們混合在一起在黃昏裏一團一團如霧一樣散佈流動於村巷。啊啊，迎風搖曳的麥穗誰見了都會興奮，一顆麥粒掉在地上不撿起來你就覺得可惜和心疼。還有，披星戴月地從麥茬地裏跑過，麥茬劃破了腳脖那感覺不出痛的，血像蚯蚓一樣在那裡蠕動著十分好看。還有呢，提了木鍁在麥場上揚麥，麥芒鑽在衣領裏，越出汗，麥芒越抖不淨，你的渾身就被蜇得癢癢地舒服。我想給五富說些讓他高興的話了，就說：咱去郊外看看麥去！
>
> 苦皺難看的五富的臉，頓時如菊開放。〔註45〕

劉高興進城之後雖然一再強調自己是城裏人，但從這段文字不難看出，骨子裏他依然是農民，純樸可愛的農民！幾根麥草就可以讓他看見整個鄉間，擾得他心神不寧，激活他被壓抑多時的生命。我們不妨大膽設想，縱使劉高興、五福在城裏發了財，買了房子，有了城市戶口，變成了資格的城裏人，他們可能徹徹底底地拋開鄉下嗎？我們又不妨再追問一下，如此純樸善良的農民，他們為什麼會對城市充滿仇恨？

> 我們看到了一望無際的河畔麥田，海一般的麥田！五富一下子把自行車推倒在地上，他不顧及了我，從田埂上像跳河潭一樣四肢飛開跳進麥田，麥子就淹沒了他。五富，五富！我也撲了過去，一片麥子被壓平，而微微的風起，四邊的麥子如浪一樣又撲閃過來將我蓋住，再搖曳開去，天是黃的，金子黃。我用手持了一穗，揉搓

〔註45〕 賈平凹：《高興》第226頁，北京：作家出版社，2007年9月版。

了，將麥芒麥包殼吹去，急不可耐地塞在口裏，舌頭攪不開，嚼呀嚼呀，麥仁兒使鼻裏嘴裏都噴了清香。

五富幾乎是五分鐘裏沒有聲息，突然間魚打挺似的在麥浪上蹦起落下，他說：兄弟，還是鄉里好！沒來城裏把鄉里能恨死，到了城裏才知道快樂在鄉里麼！〔註46〕

海一般的麥田激活了五富的生命，讓他進入到另一種全然不同的生命狀態，所以他毫不猶豫地認為「還是鄉里好」，「快樂在鄉里」。然而，鄉里儘管和一種詩意的生命體驗聯繫在一起，但和城裏的物質誘惑比較起來，它又顯得那樣單薄。物質和詩意的分離，必然導致現實中生活與詩意的分離、生命與詩意的分離。於是，現代化背景下的生存，由此變成了一個被迫遠離詩意的過程。鄉村似乎必須含淚捨去，鄉村賦予人的詩意生命體驗正無可挽救地淪為越來越遙遠而模糊的記憶。

我不嚼麥仁了。五富的話讓我心酸，後悔帶五富來看麥子。五富，不能讓五富說這話，說這話就在城裏不安心了。

我說：城裏不如鄉里？

五富說：城裏不是咱的城裏，狗日的城裏！

我說：你把城裏錢掙了，你罵城裏？

五富瓷住了，看著我，他說：不自在。

我說：咋不自在？不自在慢慢就自在了，城裏給了咱錢，城裏就是咱的城，要愛哩。

五富說：我愛我老婆……她可憐。哭聲拉了出來。

四十多歲的人了，動不動流眼淚。五富，你羞，沒出息！

我是沒出息。五富說，你說咱活的啥人麼，一想起來我就想哭。

哭吧，哭，這兒沒人，要哭就美美哭一場。〔註47〕

城裏的「蒼蠅人」、「隱身人」，在麥田裏終於變成了有血有肉有愛有憎的鮮活的人。毋庸置疑，相比於城市而言，鄉村才是他們情感與靈魂的家園。

〔註46〕賈平凹：《高興》第227頁，北京：作家出版社，2007年9月版。
〔註47〕賈平凹：《高興》第227頁，北京：作家出版社，2007年9月版。

儘管他們可以跨越城鄉之間地域上的鴻溝，但城市注定無法成爲他們眞正意義上的歸宿。更其遺憾的是，不管距離城市多麼遙遠，傳統意義上那種自給自足、自在自恰的鄉村已經難覓蹤影。在全球化的今天，城市的影子無處不在，城市與城市結成的網絡已經無可爭議地覆蓋了全球，哪怕再偏僻的鄉村也躲不過現代化潮流的衝擊。正如劉高興的原型劉書禎在鄉下時感歎的那樣：「咱這兒啥都好，就是地越來越少，一級公路改造時佔了一些地，修鐵路又佔了一些地，現在又要修高速路呀還得佔地，村裏人均只剩下二分地了，交通眞是發達了，可莊稼往哪兒種，科學家啥都發明哩，咋不發明種莊稼？」〔註48〕如此情形之下，即使在對城市絕望之後，農民工想回到當初的家園也已經不再可能了。「舊的東西稀裏嘩啦地沒了，像潑出去的水，新的東西遲遲沒再來，來了也抓不住，四面八方的風方向不定地吹，農民是一群雞，羽毛翻皺，腳步趔趄，無所適從，他們無法再守住土地，他們一步一步從土地上出走，雖然他們是土命，把樹和草拔起來又抖淨了根鬚上的土栽在哪兒都是難活」。〔註49〕城市化、工業化進程越來越快，中國農民越來越找不到自己的位置。農民工仇恨城市，現代化似乎也不滿占中國人口絕大多數的農民，讓他們越來越邊緣化。難道農民永遠這樣，「農不農，工不工，鄉不鄉，城不城，一生就沒根沒底地像池塘裏的浮萍嗎？」〔註50〕在農村農民看不到出路，在城市農民找不到家園，難道他們在現代化的浪潮中注定將既失去希望，又失去家園？難道鄉村注定將成爲中國人越來越模糊而遙遠的記憶？

　　與鄉村相關的生命體驗顯然不僅僅屬於五富、劉高興等進城拾荒的農民，而且也屬於賈平凹，屬於所有經受過農耕文明薰陶的華夏子民。毫不誇張地說，鄉村經驗在一定程度上已經構成了中華民族的共同經驗，成了我們的「集體無意識」。在現代化浪潮愈來愈猛烈的歷史境遇之下，如何面對我們的「集體無意識」，如何最大限度地減輕現代化進程給我們內心帶來的不安與愧疚，成了這個時代無法迴避的精神難題。幾十年前，賈平凹迫不及待地離開農村，急於把自己的農民皮給剝掉，那時幾乎每一個中國人在城鄉之間的

〔註48〕賈平凹：《我和高興》，《〈高興〉後記（一）》，《高興》第435頁，北京：作家
　　　　出版社，2007年9月版。
〔註49〕賈平凹：《秦腔·後記》《秦腔》第561頁，北京：作家出版社，2005年3月。
〔註50〕賈平凹：《秦腔》第382頁，北京：作家出版社，2005年3月。

取捨都是毫不猶豫的，斬釘截鐵的。但幾十年之後，賈平凹在作品中不時流露出「城市不如鄉村，鄉村的今天不如它的往日」的失落感，〔註 51〕在城鄉的價值判斷上似乎發生了顛倒。賈平凹決絕地離開農村時，對鄉村的否定是從現實生存層面出發的，代表了所有農民對體制層面居於絕對優勢地位的城市的嚮往。而當他在城市裏逐漸實現夢想、取得成功之後，情感和精神層面的渴求使他又開始迷戀鄉村。正如他自己所言：「鄉村曾經使我貧窮過，城市卻使我心神苦累。兩股風的力量形成了龍卷，這或許是時代的困惑，但我如一片葉子一樣攪在其中，又怯懦而敏感，就只有痛苦了。我的大部分作品，可以說，是在這種『絞殺』中的呼喊，或者是迷惘中的聊以自救吧」。〔註 52〕從賈平凹的人生經歷與感慨中，我們可以看到他和劉高興、五富等農民一樣的矛盾和困境：鄉村雖然貧瘠，卻意味著情感與靈魂的自足；城市雖然富裕，卻讓人空虛、失落。似乎還有必要倒過來再表述一下：鄉村雖然讓人感到情感與靈魂的自足，卻意味著貧瘠；城市雖然容易讓人空虛、失落，卻意味著物質的富足。這樣一來，無論在城市還是鄉村，似乎都不存在圓滿自足的人生。

如果真是這樣，問題也就變得相當簡單，無外乎選擇與取捨：要麼選擇城市的富裕，接受內心的空虛、失落；要麼選擇鄉村的貧瘠，享受情感和靈魂的自足。但是問題顯然不會如此單純，因為其前提——對城鄉的價值判斷就是表面而武斷的。不妨追問一下：鄉村給予人情感與靈魂的自足是真實可靠的，還是一廂情願的想像或虛構？五富、劉高興這樣的農民回到鄉下會不會是當代的閏土或者阿Q？在現代城市中遭遇的精神困境在鄉村是否就完全不復存在？在現代精神危機面前，鄉村是救贖之地還是逃避之所？

不難看出，賈平凹在反感和批判現代城市文明的同時，也在一定程度上依靠自己的童年和少年經驗虛構了鄉村，彰顯了鄉村詩意的一面，而鈍化了面對鄉村時的批判眼光。這一點連他自己也相當清楚，比如當劉高興的原型劉書禎自嘲為閏土時，賈平凹趕緊糾正說自己不是魯迅。〔註 53〕的確，賈平凹不是魯迅，但他筆下的農民卻極可能是閏土或者阿Q，只不過他們和作者的

〔註 51〕 洪治綱：《困頓中的的掙扎——賈平凹論》，《鍾山》，2006 年第 4 期。

〔註 52〕 李遇春、賈平凹：《傳統暗影中的現代靈魂——賈平凹訪談錄》，《小說評論》，2003 年第 6 期。

〔註 53〕 參見賈平凹：《我和高興》，《〈高興〉後記（一）》，《高興》第 439 頁，北京：作家出版社，2007 年 9 月。

關係不再那麼緊張，而變得多少有點兒心心相印、惺惺相惜了。當然，魯迅當年面臨的問題主要是啓蒙，目的「是在改變他們的精神」；〔註54〕而賈平凹主要是從現實生存的角度對當下農民的生存困境與出路予以關注。五富、劉高興縱然可能是阿 Q，但他們在麥田裏跳躍翻騰的自在歡欣也是眞實而感人的。在現代化浪潮將中國農村衝擊得七零八落之後，農民在現實生活中的出路和幸福感同樣値得作家的關注。

　　農業文明和現代文明在有些方面的確是矛盾的，不可兼得的。十九世紀末期，英國社會的現代化導致傳統農村社區的迅速萎縮，馬克斯・韋伯曾感歎：「在英國，農村社會已經消失了，也許它只存在於人們的夢想中」。〔註55〕但是在中國，農村社會的消失可能嗎？鄉村眞的會變成中國人遙遠的記憶嗎？如果中國一直以犧牲農民的方式追求現代化，我們將會迎來怎樣的後果？如果我們只在乎現代化帶來的物質財富，而漠視傳統農業文明所蘊含的人生智慧與生命哲學，現代化在滿足我們的物質欲望時，是否會毀了我們的精神，讓我們在繁複的物質財富面前越來越失落、焦慮和自責？

〔註54〕 魯迅：《〈吶喊〉自序》，《魯迅全集》第一卷，第 439 頁，北京：人民文學出版社，2005 年 11 月。

〔註55〕 〔德〕馬克斯・韋伯：《民族國家與經濟政策》（甘陽選編，甘陽等譯）第 110 頁，北京：生活・讀書・新知三聯書店，1997 年 12 月。

第三章　城鄉生存空間的對立與互補

　　城鄉分治政策雖然不斷強化了城鄉差別，拉大了城鄉差距，但由於城鄉之間森嚴的界限和明確的身份界定打消了絕大部分跨越城鄉鴻溝的妄想，使得城市與農村在彼此隔離的狀態下相安無事，各得其所，認命於體制決定了的命運與生活。然而到了世紀之交，當城市化進程突然提速，城鄉之間的體制性壁壘逐漸被打破，城鄉交流越來越頻繁，農村與城市各自對應的農與非農的職業屬性也逐漸淡化。城市不再僅僅屬於城裏人，農民也可以進城謀生；農村也不再只有農民和農業，城市資本和產業也開始到廣袤的鄉下尋找機會。城鄉分屬不同人群的狀態結束，農與非農階層的生活經歷中不再只有單純的鄉村或城市經驗，而是兼而有之。如此一來，城鄉兩種空間的生存體驗便有了更多的比較機會，正是在比較中，城鄉各自的優勢與缺陷才更加鮮明地凸現出來。

　　當「現代」不可逆轉地成為社會發展的總體方向和追求目標時，在生產效率和財富積累方面，以現代工商業為基礎的城市相對於以自給自足的小農生產為主的鄉村自然具有無可撼動的優勢地位。城市的效率和財富就像有著巨大吸引力的磁鐵，當城鄉之間的體制性藩籬消除，長期處於貧困狀態的農民出於對美好生活的嚮往，自然會像四散的鐵屑一樣紛紛向城市集中。在城市化進程的初始階段，財富效應主宰了城鄉之間人口流動的基本態勢，農民進城既代表了他們對美好生活的嚮往，也體現了現代框架下城市優越的一面。

　　回顧中國現代歷史不難發現這樣一個現象，那就是在農民迫於現實生活的壓力紛紛進城謀生的同時，知識分子卻對被農民拋棄了的鄉土世界表現出了空前的熱情。在近百年的現代文學史中，一以貫之的鄉土文學雖不乏對傳

統文化的反思和批判，但更明顯的卻是對鄉土世界詩意的美化和留戀。在如何面對鄉村和城市的問題上，知識分子和農民呈現出截然相反的態度，「一方面，是知識分子強化了的土地迷戀（一時有過多少題中有『土地』二字的作品！），一方面是農民的離土傾向。當著知識者的『土地』愈趨精神化、形而上，農民的土地關係卻愈益功利、實際，倒像是知識者與農民『分有』了土地的不同性格方面：超越的方面與世俗的方面，不妨看作不同含義的『地之子』」。〔註1〕當然，城鄉各自的優勢和特點不會如此絕對和簡單，但在仔細的辨析中我們會發現，城市和鄉村作為不同的生存空間，無論在自然環境還是人文資源方面，確實存在著既對立又互補的依存關係。

第一節　城鄉差距與對立

　　對於有著數千年農耕傳統的中國而言，現代意義上的工商業城市是與西方列強的侵略相伴而來的。在此前的傳統社會中，城市與鄉村並沒有明確的工農行業的區分。費孝通先生對中國傳統經濟模式做過這樣的描述，「我們的基本工業是分散的，在數量上講，大部分是在鄉村中，小農制和鄉村工業在中國經濟中的配合有極長的歷史。……基本工業分散的結果，鄉市之間並不成為農工的分工了。」〔註2〕中國傳統市鎮的主要功能是交易，「這些市鎮並不是生產基地，他們並沒有多少出產可以去和鄉村裏的生產者交換貿易。」〔註3〕而現代意義上的工商城市則不一樣，不僅有著強大的貿易功能，而且也是商品和財富的創造中心。「自從和西洋發生了密切的經濟關係以來，在我們國土上又發生了一種和市鎮不同的工商業社區，我們可以稱它作都會，以通商口岸作主體，包括其他以推銷和生產現代商品為主的通都大邑。」〔註4〕正是由於現代意義上的工商城市與西方的緊密關係，使得它一誕生就確立起了對中國鄉村財富進行盤剝壓榨的強勢地位。基於城鄉之間這一不平等的社會現實，費孝通先生不無憤怒地寫道：可是我們也必須承認，

〔註1〕　趙園：《地之子》第 87 頁，北京：北京十月文藝出版社，1993 年 6 月。
〔註2〕　費孝通：《鄉村‧市鎮‧都會》，見《鄉土中國》第 254 頁，上海：上海人民出版社，2007。
〔註3〕　費孝通：《鄉村‧市鎮‧都會》，見《鄉土中國》第 255 頁，上海：上海人民出版社，2007。
〔註4〕　費孝通：《鄉村‧市鎮‧都會》，見《鄉土中國》第 256 頁，上海：上海人民出版社，2007。

鄉村的寧願拋棄都市，老百姓寧願生活簡陋，原因是都市在過去一個世紀裏太對不起鄉村了。〔註5〕

　　如果說鴉片戰爭之後一百來年的時間裏，工商都會對於鄉村的巨大優越性建立在西方列強經濟侵略的基礎之上，那麼新中國自五十年代開始實行的嚴厲的城鄉分治政策不僅沒有縮小城鄉差距，反而進一步擴大了這一差距，並且將這一差距從經濟領域擴展到社會生活的方方面面，甚至最終演變成了制度層面的出身與身份的尊卑。世紀之交城市化進程的突然提速恰恰是在城鄉矛盾已到極限的時候，就在農民走投無路之際，城市緩緩開啓了一道門縫，不失時機地疏導了中國農村積累已久的積怨和矛盾，同時也爲城市的快速發展找到了最廉價的勞動力。

　　現代化追求必然導致城市化的到來，世紀之交城市化進程的提速因而有其充分的歷史合目的性。然而，中國這些年城市化進程的驚人速度顯然不僅僅是由歷史合目的性所決定的，導致這一歷史現象的關鍵性因素恰恰是中國特殊的社會現實，那就是畸形扭曲的城鄉關係。嚴重的城鄉矛盾雖然已經構成各種社會問題的焦點，但是這一矛盾不僅沒有成爲城市化進程的障礙，反而成了城市化最強大的推動力。幾十年嚴厲的城鄉分治在價值觀層面毫不掩飾地褒工貶農、揚城抑鄉，在以工業化、城市化爲目標的現代價值觀得到廣泛宣揚的同時，廣大農民參工進城的願望卻被最大限度地壓制。當農村的積怨和矛盾已到爆發的臨界點時，當中國農民進城的欲望被打壓到近乎絕望的程度時，城鄉之間的藩籬開始鬆動，城市得以以最廉價的方式吸納大量的農村剩餘勞動力。如此一來，在城市化提速的初始階段，農民心甘情願地以最卑微的方式進城務工，城市以最低廉的成本開始了擴張。中國農民長期被壓抑的進城欲望終於有了獲得滿足的機會，他們先是不惜一切代價擺脫土地的束縛，購買城市戶口；再是拼命掙錢買房，進城安家……中國農村幾十年的積怨和矛盾就這樣轉化成了強烈的進城願望和動力，曾經被嚴禁入城的中國農民成了城市化運動最大的推動力量。正是因爲有了占中國人口絕大多數的廣大農民的積極配合和參與，城市化進程才變得越來越快，甚至毫無節制，呈現出猙獰的一面。這種不惜代價的進城方式一方面助長了城市的囂張，另一方面也加速了鄉村的蕭條。無論是人力還是資本，都迅速往城市集中。也

〔註5〕　費孝通：《鄉村·市鎮·都會》，見《鄉土中國》第258頁，上海：上海人民出版社，2007。

正是在這一夾雜著強烈社會情緒的城市化進程中，我們看到了中國城鄉矛盾特殊的一面——不僅有著顯性的物質層面的城鄉差距，而且還有著隱性的地位與尊嚴層面的城鄉落差。

一、城鄉差距與生計選擇

由於國家政策決定了嚴重的城鄉差距，僅憑個人努力幾乎沒有改變命運的可能，這一特殊的社會現實導致有關城鄉關係的文學創作中，農村大多成了一片苦難深重、毫無希望的煉獄，城市則是夢想與希望之所在，進城幾乎成了中國農民拯救自己的唯一出路。即使不能成為城裏人，但只要與城市扯上關係，就總會比其他農民多出好多機會。

鐵凝的短篇小說《逃跑》寫了一位在城裏呆了二十多年的農民臨時工的辛酸故事，在一定程度上揭示出城鄉分治時代農民進城之後的人生境遇。小說的主人公老宋，於二十多年前在親戚的幫助下來到城裏一家劇團的大院看大門。老宋非常珍惜這個進城工作的機會，一絲不苟，盡心盡職，贏得了大院裏所有人的認可和尊重。二十多年來，老宋見證了劇團的興衰，目睹了一位位老藝人的辭世。漸漸地，他自己也步入了晚年，工作不再像年輕時候那麼勤懇賣力、細緻周到。與他熟識的人都陸續從劇團退休了，但劇團念著老宋的為人一直沒有辭退他。結果到最後，老宋得病了，一條腿患了周圍血管綜合症，如不及時治療就有截肢的風險。老宋沒有醫保，治療費需要一萬多元，這對他來說幾乎就是天文數字。劇團的人知道後開始踴躍捐款，一共湊了一萬五千多元。老宋第一次面對這麼多的錢，心裏難以平靜，經過反覆權衡，他沒有用這筆錢為自己治病，而是「捲款而逃」，回到了鄉下。回到老家後他花了一千多塊錢直接把病腿鋸掉，然後用剩下的一萬多元錢為家人開了一家小賣店，算是為自己二十多年的臨時工生涯畫上了一個圓滿的句號。

小說中有一段老宋數錢的細節描寫：

> 老宋激動得說不出話來，耳朵嗡嗡作響，身子像墜入雲中。眼前的兩張臉影影綽綽似有似無，聲音也遠得不行。唯有那厚厚的一摞錢鋪天蓋地堵在眼前，那不是別的，是真錢啊，那是老宋一輩子也沒有見過的錢，一次，這麼多。
>
> 老宋一夜沒睡，他數了一夜錢。他把它們分門別類再排列組合；他一張一張地撫摩它們，一張一張地在燈下照它們，一張一張

地把鼻子湊上去聞它們。一些新錢嘎巴嘎巴響得很脆，在沉靜的黑
夜裏驚天動地；一此舊錢散發著微微辛辣的油泥味兒，或者黏黏的
黴潮氣。即便一張兩塊錢的舊票，壓在掌上也是沉甸甸的，直壓得
他掌心下墜。老宋數完錢就開始想心事，他想，難道他的腿真有病
嗎？難道他真的要把剛剛數過的這些東西都扔給醫院嗎？想著想
著，他忽地站了起來，伸出左腿上下打量著它，或者叫作掂量著它。
他決心不再相信這條腫得檁梁似的腿是條病腿。爲了證實自己的見
解，他給自己擺了一個很奇怪的姿勢：他右腳離地，單用那病腫的
左腿撐起全身的重量，他竟然金雞獨立般地站住了。〔註6〕

　　這段話很容易被解讀成老宋見錢起意，是個財迷，把錢看得比自己的腿
還重要。但是，對老宋的這一舉動不應該只和生病這一件事情聯繫起來解
讀，而應該和他的一生聯繫起來。老宋進城已經二十多年，這次生病讓他意
識到自己已經老了，呆在城裏的時間已經不多了，該是葉落歸根的時候了。
可是拿什麼給自己二十多年的城市臨時工生活一個交代？拿什麼給家人一
個交待？想當年外孫來看望自己時，在院子裏踢著一個城裏人不要的破足
球，滿懷興致，那可是鄉下孩子難得一見的玩具呀！外孫很想姥爺給他買一
個足球，但老宋終究沒捨得錢。二十多年來，老宋是劇團大院裏最勤勤懇懇、
認真負責的人之一，贏得了上上下下一致的尊敬。可是過了二十多年，老宋
依然是劇團大院裏唯一的臨時工、農民。最盡心盡力的人恰恰是一個外來
客、旁觀者，一個沒有合法城市身份的人，老宋無法獲得那些體制內員工一
樣的報酬，無法像他們一樣病有所醫、老有所養，無法像他們那樣體面地離
開這個世界。當老宋行將離開城市時，他才發現自己服務了二十多年的城市
留給自己的只是一條生病的腿，外加捐來的一萬多塊錢。如果要醫治自己的
腿，他就只能一無所有地回到老家，二十多年的時光將什麼也沒留下。經過
一番痛苦的權衡，老宋最終決定捨棄自己的一條腿，把一萬多塊錢帶回老
家，算是給二十多年的城市生活一個交代。

　　然而，在城裏人看來，老宋是沒有權利隨意處置這筆錢的，因爲這錢是
大家捐來爲老宋治病的，老宋捲款而逃顯然是褻瀆了城裏人的愛心。老宋也
知道這樣做不妥，似乎欠了城裏人一筆巨大的人情債，所以當城裏人老夏尋
訪到老宋的老家時，老宋已經完全沒有臉面和勇氣面對城裏人了。

〔註6〕 鐵凝：《逃跑》，載《北京文學》，2003 年第 3 期。

> 拄著拐的老宋也看見了站在不遠處的老夏，頓時停下對那年輕
> 人的指揮，木呆呆地愣在那裡。接著，老夏在老宋臉上找到了他想
> 要找的表情：尷尬、難堪、愧疚，還有受了意外驚嚇的恐懼。這使
> 老夏想到，老宋到底是個有文化的人，深深懂得自尊。可他還是不
> 知如何上前去同老宋打招呼。突然間，老宋撒腿便跑，他那尚是健
> 康的右腿拖動著全身，拖動著雙拐奮力向前；他佝僂著身子在遊人
> 當中衝撞，如一隻受了傷的野獸；他的奔跑使老夏眼花繚亂，恍惚
> 之中也許跟頭、鏃子、飛腳全有，他跳躍著直奔一條山間小路而去，
> 眨眼之間就沒了蹤影。〔註7〕

在城裏雖然只是臨時工，但還是比在老家種莊稼強多了。所以老宋很幸
運地通過關係和自己的努力在城市裏幹了二十多年。但是，一個爲城裏人服
務了二十多年的臨時工，最終面對城裏人時卻滿懷愧疚，毫無顏面，只得落
荒而逃。

劉慶邦的中篇小說《到城裏去》寫了一個心高氣傲爭強好勝的農村女性
宋家銀，她一輩子的夢想就是走出農村到城裏去。該小說內容涉及的時間跨
度較長，從農村的人民公社時期到包產到戶再到市場經濟年代，通過一位農
村婦女的坎坷命運折射出中國農村幾十年走過的曲折歷程和新中國農民令人
唏噓的悲劇性處境。小說中寫到這樣一些情節：改革開放後，農民終於有機
會進城務工了，宋家銀的小叔子老四跟建築隊在濟南城裏打工，在清理攪拌
機時不幸喪命，總共只獲賠一萬三千塊錢；同村另一個年輕人在武漢打工，
結果因偷盜殺人被槍斃。雖然村裏的年輕人接連在城裏喪命，但還是阻止不
了農民進城的腳步。

> 死人沒讓外出打工的人感到害怕，相反，有更多的人衝出去
> 了，踏上了打工的征程。這勁頭有點像當年鬧革命，一個人倒下了，
> 更多的人站起來。前仆後繼似的。

> 這個村一百多戶將近二百戶人家，幾乎家家都有人外出打
> 工。有的家庭不止出去一個，出去兩個，甚至三個。城市的大門好
> 像一下子敞開了，農村人進去一個，它們吸收一個。過去城市的門
> 檻高得很，門也關得很嚴，不許鄉下人隨便進去。你硬著頭皮進去
> 了，說不定它抓你一個流竄犯，把你五花大綁地送回原地。這下好

〔註7〕 鐵凝：《逃跑》，載《北京文學》，2003 年第 3 期。

了，條條溪流歸大海‧城市真的像一個大海，什麼人都可以進去撲
騰了。〔註8〕

當年革命走的是農村包圍城市的道路，革命成功多年之後，農民為了生
計不得不重新拾起當年鬧革命的勁頭進城打工，「一個人倒下了，更多的人
站起來。前仆後繼似的。」劉慶邦將農民進城與當年的革命相提並論，看似
有些誇張，實則耐人尋味。雖然前後相隔幾十年，但無論革命還是進城打工，
農民的動機前後高度一致，那就是為了改善生存。當年鬧革命時要拋頭顱灑
熱血，而幾十年之後進城的代價依然如此昂貴。當年革命採取農村包圍城市
的策略，直接目的不外乎佔領城市，然而佔領城市之後，城市的大門卻很快
關得嚴嚴實實，不再允許農民進城；而今城市的大門突然敞開，農民大量湧
進城市，並以其最廉價的勞動力成為中國新一輪城市建設的絕對主力。在農
民進城政策上的這一收一放，雖然對農民而言有著明顯的不公，卻也收到了
意料之外的另一種神奇效果——那就是把中國城市化的成本壓縮到了最低
限度。

無論是鐵凝的《逃跑》，還是劉慶邦的《到城裏去》，作品中的城市都被
中國農民視為唯一的出路和希望，而不是與鄉村平等的另一處生存空間，當
農民為了進城可以不惜一切代價。不難看出，長期城鄉分治的又一結果便是
在價值層面確立起了非常明確的唯城獨尊的觀念。正是由於這樣一種觀念的
長期存在，使得城市的擴張變得越來越無所顧忌、毫無節制，與此同時，鄉
村則被人冷落、拋棄，日益蕭條，步步維艱。對於一個有著漫長農耕傳統的
國度來講，倉促草率地確立起一個唯城獨尊的時代，在各種欲望的共同支配
下讓城市毫無節制地膨脹，如此城市化追求顯然只能停留在物質利益的層
面，而在傳統文化的承傳與現代文明的吸納方面都會留下諸多的空白與缺
憾。當一座座光鮮的現代建築拔地而起，當一批批農民蜂擁進城，為自己終
於獲得城市身份而感慨萬千，我們必須警惕的是，這種富足的表象背後是否
留下了什麼隱患？這樣的城市化追求是否會把人們引向他們想要的美好生
活？賈平凹在《秦腔‧後記》裏有一段他對自己故鄉這些年來發生的變化的
深切感慨。

一九七九年到一九八九年的十年裏，故鄉的消息總是讓我振
奮，土地承包了，風調雨順了，糧食夠吃了，來人總是給我新碾出

〔註8〕　劉慶邦：《到城裏去》第59頁，廣州：花城出版社，2010年1月。

的米，各種煮鍋的豆子，甚至是半扇子豬肉，他們要評價公園裏的花木比他們院子裏的花木好看，要進戲園子，要我給他們寫中堂對聯，我還笑著說：棣花街的人到底還高貴！那些年是鄉親們最快活的歲月，他們在重新分來的土地上精心務弄，冬天的月夜下，常常還有人在地裏忙活，田堰子上放著旱煙匣子和收音機，收音機裏聲嘶力竭地吼秦腔。我一回去，不是這一家開始蓋新房，就是另一家為兒子結婚做傢具，或者老年人又在曬他們做好的那些將來要穿的壽衣壽鞋了。農民一生三大事就是給孩子結婚，為老人送終，再造一座房子，這些他們都體體面面地進行著，他們很舒心，都把鄧小平平的像貼在牆上，給他上香和磕頭。〔註9〕

　　賈平凹所描繪的這幅情景是新中國成立之後農村少有的也是比較短暫的祥和自足的幸福景象。這段時期中國依然延續城鄉分治的政策，不過農民對此早已習慣，並不對城市抱有任何奢望。只是在長期的政治運動和貧困飢餓之後，突然實行包產到戶，農民一下子可以豐衣足食，他們自然感到格外地滿足。雖然這一時期的城鄉差別依然存在（讀者很容易從字裏行間感覺到賈平凹作為一個城裏人相對於老家農民的優越感），但這並不足以影響他們好好享受突然到來的好光景。但是城市化進程突然加快之後，農民在土地之外找到了更多的謀生機會，他們與土地的聯結鬆動了，與城市的距離拉近了，生存空間擴大了，不過隨著這些年社會財富總量的不斷增加，絕大部分農民的生存質量不僅沒有獲得改善，卻反倒變得更加糟糕。

　　　　村鎮外出打工的幾十人，男的一半在銅川下煤窯，在潼關背金礦，一半在省城裏拉煤、撿破爛，女的誰知道在外面幹什麼，她們從來不說，回來都花枝招展。但打工傷亡的不下十個，都是在白木棺材上縛了一隻白公雞送了回來，多的賠償一萬元，少的不過兩千，又全是為了這些賠償，婆媳打鬧，糾紛不絕。〔註10〕

　　對相當部分中國農民而言，城市化只是改變了他們的生存方式，卻並未提高他們的生存質量。城市曾經是他們心目中的獲救之地，然而進城之後絕大部分都沒有找到自己想要的生活。城市化的對象本來主要就是農民，但中

〔註9〕 賈平凹《秦腔·後記》，《秦腔》第 560～561 頁，北京：作家出版社，2005
　　　　年3月。
〔註10〕 賈平凹《秦腔·後記》，《秦腔》第 562 頁，北京：作家出版社，2005 年3月。

國的城市化過程似乎卻從未顧及農民的現實利益。無論在農村還是城市，農民的生存處境似乎都難有根本性的改變。這一現象不得不促使加我們進一步思考，城市化與中國農民到底是怎樣一種關係？很顯然，城市化給了農民進城務工的機會，卻並未給他們提供足夠的發展空間。城市似乎僅僅是因為需要農民，所以才對他們敞開了大門。農民在進城之後才更深切地體會到，城市是城裏人的城市，農民至今只能是城市的旁觀者。羅偉章在《大嫂謠》中寫到一位包工頭胡貴，胡貴在老家非常有名，外出打工的農民不少都投奔於他。就是這樣一位鄉親眼中的能人，雖然已在城裏打拼二十多年，但他依然只能在城市的外圍接受城裏人的盤剝。

> 這麼說就很明自了，胡貴不是老闆，只是一個包工頭，而且是比較低級的包工頭，而那些級別較高的包工頭，鄉下人是做不了的，他們通常都是城裏人，還不是普普通通的城裏人，而是多多少少都有些背景的城裏人，有的本身就是政府官員，他們與作為開發商的建築公司一起聯手倒賣土地。胡貴千方百計把工程弄到了手，他上面那一層一層的包工頭就隱去了，他又直接受建築公司下屬的項目部領導了。他幹了事情，修了房子，就找項目部拿錢，而項目部往往以各種理由剋扣他的錢，實在剋扣不下來的，就找胡貴「借」。[註11]

城鄉分治導致的城鄉二元社會結構是社會主義中國城鄉差別的集中體現，當城鄉之間的制度性藩籬逐漸消除，農民大量湧入城市，城鄉差別至少在理論和表象上得以大大地縮小。既然農民可以進城，那麼至少從道義上講，體制不必再為城鄉差距負主要責任。然而這僅僅是表面上的邏輯推演，必須看到，城市化浪潮為整個社會帶來了空前的發展機會，但是城鄉二元社會結構的先期存在已經決定了這些機會不會屬於中國農民，農民進城僅僅是城市建設的現實需要，農民進城之後，城鄉二元結構的空間形態被打破，但在發展機會方面，城鄉二元結構依然以隱性的方式繼續存在。從農村到城市，從農民到農民工，空間和名稱變了，但中國農民在整個社會結構中的處境卻並未獲得絲毫的改善。

當前中國在城市化、現代化過程中的許多問題並非城市化、現代化本身所必然帶來的問題，而是歷史、政治、體制等方面遺留或一直存在的問題。

[註11] 羅偉章《大嫂謠》，《人民文學》，2005 年 11 月。

這些問題在過去因爲社會相對凝固的狀態而被掩蓋或忽略，在城市化過程中則逐漸暴露且尖銳起來。因此，當越來越多的問題隨著城市化進程的推進而暴露出來，人們很容易從城市化的角度去尋找原因，城市化極有可能因此而成爲替罪羊，甚至成爲轉移矛盾的藉口。如果這些問題得不到及時的研究和清理，就必將演變成價值層面的困惑，導致整個社會進入更加迷茫的狀態。學者丁帆指出，「如果說西方的資本主義從 17 世紀以後的發展是按時間順序進行的，它的歷時性鏈接是環環相扣的；而今天中國經濟與政治發展的不平衡性和落差性，以及它在同一時空平面上共生性的奇觀，無疑給中國的文化和文學帶來了極大的價值困惑。」〔註 12〕而要釐清價值層面的困惑，就必須從歷史傳統和社會制度等多方面考察。就當前城市化進程中的突出問題來看，經濟發展的不平衡是顯而易見的，也是最表象的；而政治發展的不平衡則是潛在的、隱性的，但它對社會文化和心理的影響卻往往更加直接、深入、久遠。無論是城鄉分治時代的顯性二元結構，還是城市化時代的隱性二元結構，農村和農民都處於絕對的弱勢地位，屬於被迫犧牲的一元。

二、農民進城的補償心理與尊嚴需求

現代工商業對效率的追求使得商品的生產與消費都需要相對集中，現代工商都市由此產生，而且不斷膨脹。現代工商業的發展不斷創造新的就業機會，吸引農民進城，並把他們轉變成工人、市民，同時也成爲城市商品的消費者。從這個角度講，城市化進程中農民與城市應該是平等自願、雙贏互利的關係。然而在中國，城市化並不主要是由於現代工商業的發展而導致的自然而然的歷史進程，而是摻雜了許多具有中國特色的甚至是人爲造成的特殊情況，比如在身份地位上「農」與「非農」的巨大懸殊，導致絕大部分農民對城市的頂禮崇拜和對農村的厭煩嫌棄，當城鄉之間的藩籬解除之後，絕大多數農民都難免懷著一種補償心理盲目進城的。對這部分進城農民而言，城市首先意味著一種身份，而當身份無法「城市化」時，進城不僅不能給自己帶來更美好的生活，反而會因爲此前長期與城市的隔絕導致如今與城市的錯位，從而形成身在城市卻無法融入城市的尷尬，不僅生存無法輕易獲得改善，甚至在城市的壓迫之下反倒更加絕望。

〔註 12〕 丁帆：《中國鄉土小說生存的特殊背景與價值的失範》，載《文藝研究》，2005
年第 8 期。

　　正是由於農民對城市的絕對豔羨和城裏人對農民的不屑一顧，進一步導致了城市的目空一切、飛揚跋扈。在這樣一種「唯城獨尊」的時代心理支配之下，農民進城不僅未能彌合或縮小此前的城鄉差距，反而進一步將農民的弱勢地位彰顯出來。

　　鐵凝的短篇小說《誰能讓我害羞》講了一位在城裏送水的農村少年的故事。故事情節很簡單，講得卻非常精彩。農村少年在一水站打工，負責給顧客家裏送礦泉水。水站位於一條擁擠嘈雜、破爛不堪的骯髒小街。一位城裏的少婦因爲打不通水站的電話開著轎車找上門來，少年面對光鮮高貴的城裏少婦，一下就對自己猥瑣的形象和處境「惱火」起來。

　　　　少年目送女人開車遠去，特別注意著她的白色汽車。他不知道那車是什麼牌子，但這也許並不重要，重要的是一個開著汽車的女人光臨了這個水站，這間破舊、狹隘的小屋。她帶著風，帶著香味兒，帶著暖乎乎的熱氣站在這裡，簡直就是直奔他而來。她有點發怒，卻也沒有説出太過分的話，並且指定要他給她送水。她穿得眞高級，少年的詞彙不足以形容她的高級。少年只是低頭看了看自己，原來自己是如此破舊，腳上那雙縣級制鞋廠出產的絨面運動鞋已經出現了幾個小洞，少年對自己有些不滿，有些惱火，他回憶著第一次給女人送水的情景，基本上沒想起多少。只記得房間很大，廚房尤其大……〔註13〕

　　找上門來的城裏少婦一瞬間就讓農村少年崩潰了。她的汽車、她的香味、她的熱氣、她的服飾……城裏少婦的一切無一不讓農村少年自慚形穢。他抓緊時間回了一趟自己寄宿的姑姑家，偷來表哥的禮服穿上，他覺得只有穿上表哥的禮服才配爲城裏女人送水，才配出入她那樣高檔的人家。當少年穿著偷來的禮服把水送到少婦家之後，少婦堅持要用酒精給瓶口消毒。

　　　　女人分明沒有留意他的新裝，反倒使勁擦起水桶那密封過的瓶口，已經是嫌惡他的意思了。而這少年的内心還談不上十分敏感，判斷力也時常出錯，他固執地認爲自己的「改頭換面」尚嫌不夠，他又想起了屬於表哥的幾件時髦玩意兒。〔註14〕

　　後來送水時，少年「改頭換面」一次比一次用勁兒，自然也是一次比一

〔註13〕鐵凝：《誰能讓我害羞》，《長城》，2002 年 3 月。
〔註14〕鐵凝：《誰能讓我害羞》，《長城》，2002 年 3 月。

次不倫不類。最後一次送水時遇上電梯故障，少年氣喘吁吁地把水扛上八樓，口渴難耐，想喝口水，少婦依然像往常那樣指了指水龍頭，而不是飲水機。少年終於忍無可忍，一定要喝礦泉水，少婦則堅持不讓，悲劇由此發生。

> 少年徹底絕望了，他知道他要的不是礦泉水，那麼他要的是什麼？他到底想要什麼？他其實不清楚，他從來就不清楚。現在，就現在，他爲他這欲罷不能的不清不楚感到分外暴怒，他還開始仇恨他爲之傾心的這套西服，這一身的雞零狗碎。他開始撕扯它們，他的手碰到了腰間那串穿著折刀、剪子和假手機的鑰匙串。他一把將刀子攥在手中並打開了它：刀子不算太長，刀刃卻非常鋒利：少年用著一個笨拙的、孤注一擲的姿勢將小刀指向女人，還忍不住向她逼進一步。他覺得他恨她，他開始恨她的時候才明確了他對她的豔羨。但在這時豔羨和仇恨是一回事，對少年來說是一回事。從豔羨到仇恨，這中間連過渡也可以沒有。他就是爲了她才弄了這麼一身西服皮鞋，而現在這個女人就像西服皮鞋一樣地可恨。可是他想幹什麼呢，殺了她還是要她的礦泉水喝？也許都行。此時的少年不能自持了。他甚至不能區分殺一個人和逼一個人給他一口水喝，哪個罪過更大。他沒有預謀，也就沒有章法，走到哪兒說哪兒。〔註15〕

農村少年爲了能配得上爲城裏少婦送水而努力改變自己，卻怎麼也無法得到城裏人的認可，最終在絕望中莫名其妙地淪爲罪犯。在這位農村少年眼中，城市相對於農村的優越性主要不在於先進，而在於高貴。先進是就價值層面而言，代表著社會發展的方向和未來；而高貴是就社會體制和階層而言，在當代中國則指向每一個體不同的身份屬性。農民進城之後，空間層面的城鄉差別不復存在，然而身份層面的城鄉差別卻依然在延續。小說中的農村少年不過是在努力裝得像一個城裏人，然而不管他怎麼折騰，他發現自己在城裏人眼裏依舊是那麼低賤，連喝一口礦泉水的資格也沒有。雖然他面對的是一個女人，但城裏女人不言自威，不戰而勝，農村少年終於徹底絕望，稀裏嘩啦一敗塗地。中國的城市太強大了，只是強大的首先不是城市本身，而是特殊歷史造就的城市優越感。在農村人口遠遠超過城市人口的情況之下，「惟城獨尊」成爲一種普遍的社會共識和客觀現象，這顯然是一種扭曲的、畸形的、讓人痛苦的城鄉關係。如此情形之下，農民進城首先不是與經濟發展相

〔註15〕鐵凝：《誰能讓我害羞》，《長城》，2002年3月。

適應的自然而然的過程，而是有著更爲複雜的社會文化心理，比如對城市身份的渴望，就體現了農民有著政治意味的平等訴求。

可以說，中國的城市化大潮是在一種畸形的城鄉關係下開始的，從本質上講，中國農民強烈的進城欲望其實是一種扭曲的社會文化心態的反映，而這樣一種病態的社會文化同樣體現在城裏人身上，比如城裏人對自己身份優越感的捍衛，以及對鄉下人的鄙視和排斥。付秀瑩的短篇小說《無衣令》寫得細膩而精緻，小說中來自鄉下的美麗少婦小讓成了京城一家報社副總的情人，被安排在報社做保潔。甄姐是北京本地人，下崗之後也在報社做保潔。雖然同樣是在一家單位做保潔，但是甄姐總覺得和一個鄉下女人共事有損自己的體面，於是經常有意無意地在心理上打壓一下小讓。

> 甄姐是北京人，早年在服裝廠，後來下了崗，到報社來做保潔了。怎麼說呢，甄姐這個人，倒是極熱心，老北京人那種特有的熱心。又正是四十多歲，更年期，有點話癆。當然了，小讓當然能夠感受得到，甄姐的熱心裏隱藏著的那種居高臨下的優越感。甄姐說話快，一口一個外地人，是正宗的京腔兒。說好好的北京，都讓外地人給搞亂了；說外地人皮實，什麼活都肯幹；說要是沒有那麼多外地人，北京房價怎麼這麼高？雖然甄姐很快就會補充說，我可不是說你啊小讓。你別往心裏去。小讓嘴上說沒事，可是心裏卻還是不太舒服。聽多了，就自己勸自己，本來就是外地人嘛，還能不讓人家說。〔註16〕

在甄姐有關外地人的看法中隱含著一個危險的邏輯：在城鄉分治時代農民與城市無關，而在城市化時代農民既然可以自由進城了，那麼隨之而來的所有問題都可以歸咎於農民，如此一來，農民成了所有城市問題的根源。這一看似順理成章的邏輯推理在現實生活中其實並不鮮見，它反映出長期扭曲的城鄉關係以及與之相關的病態社會心理還廣泛存在且根深蒂固。

如果沒有對扭曲的城鄉關係和相關的社會心態進行深入的反思並在政策方面作出相應的引導和調整，而是在價值觀和社會文化心理方面明顯準備不足的情況之下迫不及待地推進城市化進程，那麼中國的現代化進程就必然會沉疴未除又添新疾，一路隱患不絕，最終事與願違。比如在農民進城的問題上，隨著進城條件的逐漸放寬，越來越多的農民可以進城落戶，從表面上

〔註16〕付秀瑩：《無衣令》，載《芳草》，2012 年第 4 期。

看，這一舉措糾正了城鄉分治時代犯下的錯誤，在一定程度上彌補了曾經對農民的不公。然而幾十年的城鄉分治遺留下來的絕不僅僅是政策方面的問題，扭曲的城鄉關係所導致的扭曲的城鄉觀念依然廣泛存在，農民偏執而狂熱的進城欲望並不一定代表他們對城市生活方式的嚮往，甚至進城之後反而把傳統的鄉村生活方式生硬地搬進城市。當前相當一部分中國農民進城並不是衝著城市本身而去，而是衝著城市的象徵內容而去，其背後有著強烈的補償心理。因為在漫長的城鄉分治時代，農民屬於被犧牲的階層。「建國以後實行的戶口政策，是對農民最深重的歧視。戶口政策延續了歷代統治者把農民死死摁在土地上的思路，使農民的遷徙自由和擇業自由受到了莫大限制。在嚴格的戶口等級制中，農民處在寶塔式等級階梯的最底層。只要祖上是農民，就有可能世世代代沿襲下去。鯉魚有『龍門』，農民有『農門』。一道戶口的鴻溝橫亙在城鄉之間，城外的人想進來，城裏的人不願出來。」﹝註17﹞正是在如此極端處境之下，中國農民用他們幾十年的血汗完成了中國工業化所需的原始資本積累。「農民是中國最大的納稅群體，卻享受不到納稅人的待遇：沒有公費醫療，沒有養老保險，更沒有城裏人那麼多名目繁多的社會福利待遇。」﹝註18﹞幾十年來為中國犧牲最大的群體卻始終沒有獲得「國民待遇」，農民不屬於「國家的人」，在有著數千年農耕傳統的國度，農民在農村再也找不到歸宿感！正是由於這些方面的原因，致使中國農民選擇進城時普遍抱有強烈的補償心理，他們最執著的願望是成為「國家的人」，享受到起碼的國民待遇。在農村病無所醫，老無所養，農村成了中國農民的傷心絕望之地，只有城市才是他們心目中死而無憾的唯一歸宿。

孫春平的中篇小說《歎息醫巫閭》講了一位山區農民羅智山和城市大半生的糾葛。羅智山自幼聰明好學，解放後不久考上了中學，並在姐姐姐夫的幫助下到城裏上學。初中畢業後羅智山又考上了高中，但由於家裏實在太窮，他不忍心撇下山區的父母在老家挨餓，毅然回家務農。娶媳婦那一年正值全國鬧饑荒，羅智山為了活命撇下年輕漂亮的媳婦獨自外出闖蕩，流浪到包頭參了工。就在可以轉正的時候，他卻為了家裏的媳婦放棄了成為正式工人的機會又回到山區農村。羅智山數次折騰卻終究沒有走出大山成為城裏人，成

﹝註17﹞ 鍾姜岩：《轉型時期的中國農民問題（代序）》，見《從減負到發展——中國三農問題分析》，葉子選編，北京：中央編譯出版社，2005年10月。

﹝註18﹞ 鍾姜岩：《轉型時期的中國農民問題（代序）》，見《從減負到發展——中國三農問題分析》，葉子選編，北京：中央編譯出版社，2005年10月。

為他一生的遺憾。當兩個兒子成家之後，羅智山絕情地將他們趕出老家，逼迫他們到外面去闖蕩。在送兒子外出時，為了斬斷兒子對故土的牽掛，他還特意搞了一個告別祖宗的儀式。

> 三舅（羅智山，引者注）帶著兩個兒子，來到後山坡姥爺姥姥墳前，說，這一輩子，我三次走出大山，還是都回來了。我現在老啦，老雁似的再撲騰不動，只好守在山裏了。可你們還年輕，該出去闖闖啦。我撲騰了一輩子，大山外的地界也算沒少走沒少看，總算認準了一個理，山外也苦也累也難，可咋說，也還是比咱山裏好活人。你們今兒個就給你們的爺爺奶奶磕個頭，算是辭祖遠行，然後就回家安頓準備吧。家裏的幾畝薄地，還有老婆孩子，你們都不用惦記，我和你媽還能撲騰幾年，就再給兒孫們效幾年老力。二林看了看哥哥，跪下了。大林猶豫了一下，也跪下了。三舅從懷裏摸出一瓶老酒，淋灑在黃土墳前，說，爸，媽，你們在天有靈，保祐你們的孫子吧。我跟他們說，這一去，不管闖得頭破血流，也要在山外紮下根去，可不能像我似的，出去了回來了，又出去又回來了，到頭來竹籃打水一場空，還得回到大山裏一丘黃土埋身。就是為了你們的重孫子，為了咱羅家的子子孫孫，他們也得橫下一條心，出去了就絕不能再回來。爸，媽，我帶大林二林，給二老磕頭，我要他們給祖宗們立下血誓啦……〔註19〕

羅智山的行為極具象徵意義。他讓兒子「辭祖遠行」，「出去了就絕不能再回來」，不難想像，一個中國農民向自己的祖先和家園如此決絕的告別，其內心是多麼的痛苦和絕望。中國農民之所以如此偏執地要進城，大多不是因為希望，而是因為絕望——他們必須從絕望之地出發，竭盡全力朝城市走去，哪怕城裏並不一定能找到他們想像中的希望和未來。對羅智山而言，進城與否已經不再是一個現實生存的問題，而成了城鄉之間的價值選擇。這樣一種極端的扭曲的城鄉觀念自然不會產生好的結果，離家幾年，羅智山的大兒子冤死於煤礦，二兒子進了監獄。

在這樣一種心態的支配之下，相當一部分中國農民抓住一切機會非常堅定地進入了城市。他們並沒有比較明確的打算和目標，更談不上長遠的規劃和理想，他們為了進城而進城，只要能活下去，就決不離開城市。著名打工

〔註19〕孫春平：《歎息醫巫閭》，載《人民文學》，2001年第3期。

作家鄭小瓊聯繫自己的親身經歷和實地採訪，以紀實文學的方式呈現出南方城市裏打工階層的生存現狀，她的作品既是極具有震撼力的文學創作，同時也是難得一見的社會文獻。在《女工記》中，鄭小瓊記錄了一位湖南農村女孩兒的城市生活。女孩名叫小玉，十七歲，初中畢業，跟著父母來到城市，父母進廠打工，她除了溜冰、上網便無所事事。

> 我問小玉以後的打算，她說能有什麼打算，老家是不會回去的，想在城裏呆下來，自己沒有文化，也賺不了多少錢，她有點兒失落，「過一天算一天吧，反正又不是我一個人這樣！」她歎了一口氣，然後告訴我她認識的朋友，都跟她差不多，都是這樣生活。

> 小玉其實很想在城市中呆下來，她把頭髮染得蓬鬆而金黃，左耳朵戴三個大小不一的銀耳環，右耳朵沒有戴，鼻子上有一個很大的鼻釘，穿著有破洞的牛仔褲和露臍裝，她努力地朝著城市年輕人的潮流靠近，因為在這外表時尚的潮流中，她覺得自己不再是一個來自湖南鄉村的女孩子。她努力地想洗掉她來自鄉村的氣息，做一個城市人。〔註20〕

過一天算一天，就這樣開始做一個城市人，反正死也不回老家。這不是小玉以及和她一樣在城裏流浪著的孩子們的錯，他們是無辜的，甚至和他們父母一樣，他們也是被犧牲的一代。邵麗的短篇小說《明惠的聖誕》同樣是寫一個農村女孩兒進城的故事，作品中彌漫著同樣的無奈和絕望。小說的情節大致是這樣的：明惠的母親滿以為女兒能夠考上大學，將來可以跟著女兒進城享福，不想明惠卻沒考上。明惠的母親無法接受這一現實，成天辱罵明惠，終於把明惠罵進城裏當了按摩女。進城之後明惠改名叫圓圓，一邊做按摩女一邊也賣淫。後來圓圓認識了離了婚的公務員李羊群，做了他的情人。聖誕節之夜，李羊群約圓圓到酒吧狂歡，圓圓第一次體會城市夜生活的狂熱，很興奮。就從聖誕之夜開始，圓圓住進了李羊群家，過起了城裏人的優越生活，儼然一位小主婦。第二年聖誕節之夜，李羊群帶著圓圓到了一個更高級的度假村，結果在那兒碰見了李羊群的一群朋友。見了朋友，李羊群彷彿一隻羊回到了羊群，談笑風生，遊刃有餘。圓圓被晾在了一邊，她這才意識到自己不屬於這群人，不屬於這座城市。

〔註20〕鄭小瓊：《女工記》，載《文學界》，2012年第4期。

那些人好像立馬就把圓圓給忘了，他們在他們身邊坐下來。他們相互打情罵俏，也說一些文化事兒，有時還夾雜了英語。李羊群給他們每人要了一杯威士忌，男女都一樣。他們開始自在地飲自己的杯中物。女孩子戴了很酷的手飾，翹了蘭花指擎著杯子。她們也抽煙，樣子極爲優雅，就那麼光明正大地在男人堆裏抽。圓圓的那些女伴們也有抽煙的，可她們是在沒有客人的時候，偷偷地抽，樣子放蕩而懶散。圓圓放鬆了一些，她因爲不再被他們注意而放鬆。他們吐出的煙霧像一條河流，但她覺得自己被他們隔在了河的對岸。他們喝酒，圓圓就喝自己那瓶加檸檬的科羅那。女士們是那麼地優越、放肆而又尊貴。她們有胖有瘦，有高有低，有黑有白。但她們無一例外地充滿自信，而自信讓她們漂亮和霸道。她們開心恣肆地說笑，她們是在自己的城市裏啊！

她圓圓哪裏能與他們這個圈子裏的人交道？圓圓是圓圓，圓圓永遠都成不了她們中的任何一個！〔註21〕

第二天，圓圓從從容容地享受了一天城裏人的生活，然後悄無聲息地結束了自己年輕的生命。李羊群在清點圓圓遺物的時候發現了一張身份證，才知道她叫蕭明惠，一位來自農村的女孩兒，圓圓不過是她來城市後臨時改的名字。在自盡前的那個聖誕之夜，明惠發現自己雖然身在城市，但距離城市依舊那麼遙遠，遙遠得永遠無法抵達。雖然生不屬於城市，但她可以選擇死在城市，死成了她進城的最終方式。

以嚴格區分「農業人口」與「非農業人口」爲主要特徵的城鄉二元結構曾經給中國農民帶來了嚴重的傷害，當城市化進程逐漸提速，戶籍政策逐漸寬鬆，「農」與「非農」的區分逐漸淡化，顯性的城鄉二元結構也隨之逐漸瓦解，但與之相應的關於城市與農村的價值定位卻一如既往、根深蒂固，成爲隱性的城鄉二元結構。當絕大部分農民將進城作爲最高的人生目標，將城市視爲唯一可以死而無憾的最終歸宿，這種一味鄙棄鄉村豔羨城市的社會心態，將使城市變得更加無情和貪婪，城市化運動也必然因此變得更加無所顧忌，恣意妄爲。進城農民在極端扭曲的城鄉觀念的支配之下也不可能在城市過上理想的生活。

〔註21〕邵麗：《明惠的聖誕》載《十月》，2004 年第 6 期。該小說獲得第四屆魯迅文學獎。

第二節　城鄉的異質與互補

　　新中國實行的城鄉分治是對城市和鄉村簡單而粗暴的區分和定位。在城鄉二元結構之下，「農」與「非農」的功能劃分造成了農村與城市彼此否定的對立關係。在極端的非此即彼的城鄉關係中，人們普遍在乎的只是制度層面的優越性，趨利避害成了人們在城鄉之間進行選擇的唯一理由。因此，城鄉分治制度構成了對城鄉各自本質屬性和特點的最大遮蔽，無論城市還是鄉村，在城鄉二元結構的社會形態之下都無法呈現出其豐富複雜、多姿多彩的一面。

　　自中國步入現代歷史階段之後，新文學在如何面對現代城市與鄉土世界的態度方面就一直是複雜的、多元的。以魯迅爲代表的鄉土小說作家群落對傳統鄉土世界更多地是持批判的立場，在他們筆下，中國農村顯得老气橫秋、封閉沉滯、悲慘壓抑、令人窒息。「新文學主流在表現鄉土社會上落入這種套子，一個重要的原因在於新文化先驅們的『現代觀』。在現代民族國家間的霸權爭奪的緊迫情境中，極要『現代化』的新文化倡導者們往往把前現代的鄉土社會形態視爲一種反價值。鄉土的社會結構、鄉土人的精神心態因爲不現代而被表現爲病態乃至罪大惡極。在這個意義上，『鄉土』在新文學中是一個被『現代』話語所壓抑的領域，鄉土生活的合法性，其可能尚還『健康』的生命力被排斥在新文學的話語之外，成了表現領域裏的空白。」〔註22〕在一群價值觀明顯傾向於「現代」的知識分子那裡，傳統文化主要成了批判對象，對鄉土世界衰朽一面的揭示則是批判傳統文化的主要途徑。但是就整個現代文學範疇來看，「鄉土生活的合法性，其可能尚還『健康』的生命力」其實並未「被排斥在新文學的話語之外」。以沈從文、廢名等爲代表的京派作家，他們筆下的鄉土世界則呈現出另一派意境幽遠、生機無限的詩意景象，反倒是代表著「現代」的城市顯得腐朽墮落、萎靡頹廢。所以，在二十世紀的絕大部分時間裏，新文學中的鄉土與城市其實是一種相互依存、價值互補的關係。即使在對傳統文化的批判最爲激烈的作家那裡，也無法掩飾濃烈的鄉愁和對記憶中鄉土世界的無限留戀。比如魯迅在小說中對故鄉主要持批判立場，然而在其以回憶爲主的散文集《朝花夕拾》中，對故鄉則是一往情深。這一現象說明，即使像魯迅這樣激進的現代作家，在如何面

〔註22〕孟悦：《〈白毛女〉演變的啓示》，收入唐小兵編《再解讀——大眾文藝與意識形態》第 87 頁，牛津大學出版社，1993 年。

對現代與傳統的問題上，也不是無所保留地選擇現代否定傳統，而是在走向現代的過程中時時回頭打量，在城市謀生的閒暇還戀戀不忘關於故鄉農村的美好記憶。而在京派代表沈從文筆下，都市裏的生命是虛偽的、萎縮的，城市文明用各種無形的繩索捆綁人性，讓人扭曲、變態。在沈從文看來，「城市中人生活太匆忙，太雜亂，耳朵眼睛接觸聲音光色過分疲勞，加之多睡眠不足，營養不足，雖儼然事事神經異常尖銳敏感，其實除了色欲意識和個人得失外，別的感覺官能都有點麻木了」。〔註23〕而鄉下人遠離城市文明的種種束縛，反倒更能返樸歸真，在單純原始的鄉村世界求得健康和諧、天人合一的生命狀態。

　　事實上，在現代文學的範疇內，城市與鄉村在價值層面一直呈現出互補的狀態。第一批進入城市的中國現代作家很深切地體會到城市生活「注定了要使我們在失去一部分『過去』的同時，失去與其連帶著的詩意」。〔註24〕他們大多是住在城市思念故土，住在城市往往是由於生存和發展的現實需要，屬於形而下的生存策略的選擇；而思念故土則牽涉著情感與精神的需要，帶有形而上的意味。也就是說，當中國現代知識分子的生存空間由鄉村轉移到城市之後，他們中相當一部分人的精神家園並沒有隨之進城，而是依然留在了鄉土故園。在他們的情感世界和哲學體系中，農耕傳統的鄉土中國依然決定著他們的感受方式和思維習慣，「城市從來沒有為中國現代作家提供像陀思妥耶夫斯基在彼得堡或喬伊斯在都柏林所找到的哲學體系，從來沒有像支配西方現代派文學那樣支配中國文學的想像力」。〔註25〕然而，這並不一定意味著缺憾，甚至可能反而是種幸運，因為中國現代作家既有城市的生存背景，又有源遠流長的傳統精神資源，在有限的生命中可以同時擁有現代城市與傳統鄉土的雙重體驗。特別是對中國現代文學的第一代作家而言，他們往往受過傳統的私塾教育，有著深厚的國學根基，後來又受到五四思潮的洗禮，崇尚新學，放眼世界，傳統與現代在他們身上彙集交融，使得他們得以有機會基於自己的親身經歷和切身體驗對傳統和現代、鄉土與城市進行比較，從而為中國歷史在由傳統而現代的轉型過程留下一代知識分子珍貴的情感和思想

〔註23〕沈從文：《習作選集代序》，見《沈從文選集》（第5卷）第230頁，成都：四川人民出版社，1983年版。
〔註24〕參見趙園《地之子》第87頁，北京：北京十月文藝出版社，1996年6月。
〔註25〕李歐梵、鄧卓：《論中國現代小說（摘要）》，載《中國現代文學研究叢刊》，1985年第3期。

的痕迹。無論面對傳統的立場和姿態存在多大的差異，在他們的筆下，傳統的鄉土世界都構成了他們生命中無法捨去的詩意部分。這一現象足以說明傳統和現代、鄉土與城市並不是勢不兩立的關係，而是有著相互依存和補充的一面。可以說，在追求現代的過程中，如何重新認識和發現鄉土中國的現代價值是中國新文學誕生以來一直未曾間斷的主題。

一、城裏的馬車

　　孫惠芬的長篇小說《吉寬的馬車》是新世紀小說中重新體驗鄉土、發現鄉土的傑出代表。小說寫了歇馬山莊的一個名叫申吉寬的懶漢，在村裏其他所有人都有著執著得近乎瘋狂的進城欲望時，他卻心安理得地呆在農村。他喜歡睡地壟、聽鳥鳴、看日出，也喜歡讀《魯濱遜漂流記》、《包法利夫人》、《安娜卡列尼娜》，甚至迷戀法布爾的《昆蟲記》。小時候吉寬能在地壟裏睡一整天，能聽見來自地底下很深處的另一個世界的聲音，當他把自己看到和聽到的講給大人們聽時，所有人都以爲他是一個怪物。十多歲時，趕馬車的父親爲了孩子不再睡地壟，把他弄到馬車上，從此吉寬沒日沒夜地戀上了馬車，初中沒畢業就回家開始了他的趕車生活。他安於現狀，不思進取，三十多歲了還沒討上媳婦。歇馬山莊的人都認爲吉寬是個懶漢，不靠譜，在他們看來，有本事有追求的話就該往城裏奔，守在歇馬山莊是沒有出息的表現。除了吉寬之外，歇馬山莊的每個人都想進城，都想逃離家鄉。村裏很少被人提起的女子許妹娜，進城打工在飯店端盤子，才兩個月時間就被城裏的一個小老闆看中，引起村裏不少人的羨慕。可是後來，村民聽說小老闆也是一個農村人，於是心頭一下子平衡了許多。是否是農民，成了歇馬山莊的村民判斷一個人高低貴賤的首要標準。雖然自己也身爲農民，但他們依然瞧不起農民，這樣一種在價值層面對農民的否定其實也是對自己的否定。正因爲在他們心目中農民低人一等，所以他們才要抓住一切進城的機會，竭盡全力逃離農村，逃離歇馬山莊。

　　不難看出，在歇馬山莊，絕大部分人的存在與環境是矛盾的、錯位的、分裂的，個體生命與自己身處其中的空間有著在而不屬的關係。也就說他們生在歇馬山莊、長在歇馬山莊，但卻無法接受歇馬山莊。顯然，這樣一種生存狀態是非常痛苦的，而且這樣的痛苦幾乎是與生俱來的、很難改變的。正是在這樣的環境中，偏偏有一個名叫吉寬的懶漢與眾不同，他不想進城，而

是熱愛自己家鄉的土地，熱愛父親留給自己的馬車，享受在家鄉的每一天日子。吉寬不想進城顯然不能簡單地歸咎於他不思進取，更不是因為他冥頑不化。他喜歡《魯濱遜漂流記》、《包法利夫人》、《安娜卡列尼娜》、《昆蟲記》，這使得他和歇馬山莊的其他人顯得有些格格不入。就他的愛好和品味來看，吉寬在歇馬山莊多少顯得有些超凡脫俗、鶴立雞群。鄉親們成天忙忙碌碌，卻每天過著自己不想要的生活。只有吉寬每天悠哉遊哉、怡然自得，睡地壟、馬車，看日頭、白雲，唱著自己編的歌謠，好不逍遙自在！然而除了吉寬，歇馬山莊不再有人留戀、珍惜，大家都恨不得盡快逃離這片土地。偌大的歇馬山莊如今只有吉寬還熱愛著自己的家園，用心感受它、體驗它，並從中發現無限的快樂和詩意。

> 要是在秋天，馬車上拉上稻草，稻草裏沒有任何蟲子，一隻偌大的菜豆象也就現了原形，我躺在密紮紮的稻草堆裏，看著日光的光線從稻草的縫隙裏流下來，流到眼前的土道上，流到周邊的野地裏，那光線把土道和野地分成五光十色的一星一星，吉祥和安泰躲在星光後面，變幻的顏色簡直讓人心花怒放。要是在心花怒放時再閉上眼睛，再靜靜地傾聽，那麼就一定回到童年在地壟裏聽到和看到的世界了。大地哭了，一雙眼睛流出浩浩蕩蕩的眼淚，身邊的世界頓時被徹底淹沒，車和人咕嚕嚕陷進水裏──不知多少次，馬拉著我在野地裏轉，轉著轉著就轉到了河邊，連人帶車帶馬一遭掉進河裏，在嗆了一肚子水之後，水淋淋躺在岸上做白日夢。〔註26〕

吉寬雖然貧窮、懶散，然而他的日子卻過得有滋有味、詩意盎然。他的心思不在個人得失，而在整個大自然。表面上看，他一貧如洗，然而他卻以自己的方式超越了世俗的貧富標準，從而解放了自己，讓自己擁有了自由和大地。我們完全可以說，懶漢吉寬其實是歇馬山莊超凡脫俗的智者，是農耕文明孕育的大智若愚的詩人。他整天游蕩在大地母親的懷裏，盡情享受著大自然無私的饋贈，沒有世俗的欲念和煩惱，差不多達到了天人合一的至高境界。

然而一次偶然發生的愛情卻點燃了吉寬的世俗欲望，並拽著他從自己的自由世界退回到世俗世界。他再也無法抵禦現實世界勢利的眼光和尖刻的嘲諷，身不由己地放棄了先前悠然自得的生活，背叛了自己和歇馬山莊，走上

〔註26〕孫惠芬：《吉寬的馬車》第 2 頁，北京：作家出版社，2007 年 4 月。

了一條不歸之路。在別人眼中，吉寬進城是覺悟的表現，是走上了正道；然而對吉寬而言，這恰恰是向世俗的屈服，是放棄自我隨波逐流。所以當他決定離開歇馬山莊，離開母親般慈祥寬容的大地，他對自己的放逐就開始了。在城市裏，他再也找不回那個圓滿自足、逍遙自在的自己。

> 那是一段怎樣的日子呵，城市在我眼裏彷彿一座看不到方向的森林，穿行在森林裏的我，猶如一隻被獵人追逐的野獸。一天一天，我總是狂躁不安，都大冬天了，動輒就是一身冷汗，而每一次出汗，都因為這樣一種情形，站在高樓之間熙熙攘攘的人群裏，或者走在車輛川流不息的馬路上，我的腦袋會自覺不自覺冒出這樣的念頭：我怎麼能在這裡？我為什麼要來這裡？為什麼？如此一問，汗立即就水似的透過肌膚，衣服裏水淋淋一片。〔註27〕

從鄉村的怡然自得到城市的狂躁不安，吉寬的生命開始進入了身不由己的另一種狀態。在鄉村他過著自由自在的屬於自己的生活，在城市他只感覺到茫然無助、不知所措，對吉寬而言，城市生活無疑意味著一種異化，他必須忘掉自己、拋棄自己、違背自己，在痛苦的自我否定中來適應城市生活。

> 於是，在那樣的晚上，屋子就不再是屋子，而是牢籠，人就不再是人，而是困獸，左衝右突直想把牆壁洞穿，毀掉所有城市有錢人的房子。這時，我會突然發現，實際上，不管是我，還是林榕真，不管是許妹娜，還是李國平，還有黑牡丹，程水紅，我們從來都不是人，只是一些衝進城市的困獸，一些爬到城市這棵樹上的昆蟲，我們被一種莫名其妙的光亮吸引，情願被困在城市這個森林裏，我們無家可歸，在沒有一寸屬於我們的地盤上游動；我們不斷地更換樓殼子住，睡水泥地，吃石膏粉、木屑、橡膠水；我們即使自己造了家，也是那種浮萍一樣懸在半空，經不得任何一點風雨搖動……而如果僅僅是這樣，也還好，至少，我們並不自知我們是誰，我們會在不自知中與吸引我們的那個東西謀面，從而更肆意地編織我們的夢想。偏偏不是這樣，比如我們睡的是樓殼子，吃的是石膏粉和木屑，我們卻又那麼近距離地親近著舒適和美好，我們不管吃什麼住什麼，一樣發散著任何物種都慣於發散的氣息，致使我們的夢想伸展到不屬於我們的種群裏，模糊了我們跟這個壓根就跟我們不一

〔註27〕孫惠芬：《吉寬的馬車》第113頁，北京：作家出版社，2007年4月。

樣的種群的界限，最終只能聽到這樣的申明，你錯了，你不能把自

己當人，你就是一隻獸。〔註28〕

如果僅僅是吉寬面對城市，我們從他身上看到的主要是現代都市對農業
子民的異化；如果把吉寬納入進城農民工這一龐大的群體，那我們還將看到
特殊的社會制度對人的異化：農民工在拼命進城的同時卻對自己進城的合法
性充滿了懷疑，彷彿農民進城有些大逆不道，「致使我們的夢想延伸到不屬於
我們的種群裏」？農民工面對城市的戰戰兢兢顯然更多地緣於制度層面的擔
心，屬於制度對人的異化。孫惠芳在作品裏有意無意地呈現出了中國農民工
進城之後不得不面對的雙重異化。

九十年代以來，大量農民工題材的小說創作主要聚焦於農民工的生存狀
況和社會地位，表達對農民工這一弱勢群體的關注和同情，以及對城市化時
代社會不公的揭露和批判。這一類創作在面對農民工的極端生存處境時很容
易悲憤難平，將筆墨集中於對社會不公的批判和譴責。孫惠芬在《吉寬的馬
車》這部長篇小說中也有類似的批判，但顯然沒有止步於此。從她對吉寬進
城之前與家園大地緊密聯繫的深情書寫中，我們不難看出她對農民生存現狀
與未來前景的進一步追問，比如農民的理想真的在土地之外嗎？土地上真的
已經沒有美好生活了嗎？顯然，這樣的追問已經超越了對城鄉不公的社會現
實的激烈批判，觸及了很容易被城鄉二元社會結構遮蔽的一個更深層次的問
題，那就是城市化時代鄉土世界的深層價值。在傳統的農耕社會，土地是最
主要的生產資料，承擔了生產物質財富的主要任務，土地的珍貴性主要體現
在其有用性的一面。由於農耕社會的生產方式相對單一，農業生產之外很難
找到其他更高效的創造財富的途徑，導致社會的財富總量相對有限，從而反
過來更加強化了土地的重要性。對於中國社會經濟由傳統向現代的轉型，費
孝通先生曾有過這樣的論述，「中國傳統處境的特徵之一是『匱乏經濟』
（economy of scarcity），正和工業處境的『豐裕經濟』（economy of abundance）
相對照……匱乏經濟不但是生活程度底，而且沒有發展機會，物質基礎被限
制了；豐裕是指不斷地積累和擴展，機會多，事業眾。在這兩種經濟中所
養成的基本態度是不同的，價值體系是不同的。在匱乏經濟中主要的態度是
『知足』，知足是欲望的自限。在豐裕經濟中所維持的精神是『無饜求得』」。
〔註29〕在中國傳統文化中，對土地的認識和體驗都是基於費孝通先生所說

〔註28〕孫惠芬：《吉寬的馬車》第189頁，北京：作家出版社，2007年4月。
〔註29〕費孝通：《中國社會變遷中的文化癥結》，收入《鄉土重建》。見於《鄉土中國》

的「匱乏經濟」，與土地對人的供養密不可分。我國目前正在積極推進的工業化、城市化就是一個從「匱乏經濟」走向「豐裕經濟」的過程。然而，當「豐裕經濟」時代逐漸到來，我們是否一定要拋棄傳統「匱乏經濟」條件下「知足」的基本生活態度，而變得「無饜求得」呢？孫惠芬顯然意識到了這一問題，並通過吉寬這一人物形象把問題詩意地呈現出來。吉寬在歇馬山莊知足的詩意生存顯然是和「匱乏」聯繫在一起的，雖然「匱乏經濟」孕育了「知足」這樣一種基本的生活態度，但是「知足」並不一定導致「匱乏」，我們並不能因為對「匱乏經濟」的否定而否定「知足」的生活態度，「知足」應該有自外於「匱乏經濟」的獨立價值。當「豐裕經濟」離我們越來越近，我們是否可以把「知足」的生活態度在一定程度上和「豐裕經濟」結合起來呢？換句話說，在「豐裕經濟」條件下，我們能否拋棄「不饜求得」的緊張狀態，而去尋找吉寬在故鄉大地上的那種「知足」的生命境界呢？

在這樣的追問之下，工業化、城市化時代鄉土世界的深層價值便一點點凸現出來。吉寬以及和他一起進城的鄉親在城裏忙碌，疲於奔命的同時也創造著財富，可是他們當中卻沒有一個人在城市裏找到了理想的生活。這其中制度所造成的城鄉隔膜自然是一個不可忽略的重要因素，而費孝通先生所說的「無饜求得」則是更深層次的根本性的原因。在一定程度上可以說現代城市就是一台臺創造財富的機器，在利益的驅動之下不知疲倦，永不滿足。人一旦進入城市，就成了機器上的一個零件，被城市的緊張和效率驅趕著、壓迫著，變得身不由己。與現代城市的高效、緊張、壓抑和貪得無厭形成鮮明對比的是鄉村世界的寧靜、懶散、緩慢和知足長樂。現代城市所代表的現代生產方式在物質財富方面解放人類的同時也將人異化，給人的主體性以新的束縛和壓迫；而鄉村世界因為物質財富的相對匱乏在對人的欲望構成一定限制的同時，也給了人更多的自主空間，讓人有充分的閒暇去體驗和感受大自然對人類豐厚的饋贈。現代生產方式的進步並不意味著人的全面進步，物質財富的相對匱乏也並不意味著生命內容的必然匱乏。其實，現代城市的「豐裕經濟」反倒更容易讓人深切地體會到自身的匱乏，而鄉村世界的「匱乏經濟」也可以讓人感受到生命世界的豐盈自足。城市和鄉村無論是在空間層面還是文化價值層面本來是互補的，但在中國當下的城市化進程中，鄉村世界存在的合理性以及可以發掘的深層價值都被充分忽略了。

第 243 頁，上海：上海人民出版社，2007。

在《吉寬的馬車》這部長篇小說中，孫惠芬很好地呈現了處於鄉村與城市、傳統與現代夾縫中的當代中國人執著而又迷茫、堅定而又懷疑的進退兩難的尷尬處境。小說中的吉寬迫於欲望的驅使和環境的壓力，不得不選擇進城打拼。他在告別自在自洽的鄉村生活的同時也迫不得已地放棄了自我，走上了一條與自己爲敵的不歸之路。然而城市的喧囂繁華光怪陸離始終無法滌蕩他骨子裏對鄉土的嚮往，在爲黑牡丹裝修飯店時，他幾乎是本能地把自己的最熟悉和牽掛的馬車融入了裝飾中。

> 將一個馬車模型製作完畢，才用了不到五個晚上，當一匹前蹄揚起的老馬拉著一輛木輪馬車，奔跑在大廳最開闊的那面牆壁上，我幾乎有些淚流滿面。不錯，我滿懷著對鄉村事物的懷念製作了馬車，可是我一點都不知道，將這懷念之物掛到牆上，會是這種感覺，它不僅僅使大廳裏有了田園、鄉土的氣息，還有了某種落後於時代的，古舊的、倒退的氣息，有了某種把原始的生命力定格在牆上的歷史感。我不知道我是否喜歡落後、倒退還有原始，反正，那一瞬間我相當震撼，它讓我對自己原來某種信念的背叛有了最初的覺醒。〔註30〕

馬車屬於鄉土和田園世界，屬於農耕時代。在有馬車相伴的日子裏，吉寬自由自在地游蕩在彌漫著泥土氣息的故鄉大地上。然而後來他背叛了馬車，背叛了他自己想要的生活。如今他只能把馬車模型作爲一個象徵符號掛在城市的牆上，聊以慰藉自己那越來越空空如也的內心世界。孫惠芬通過吉寬這一人物形象不再是簡單而激烈地批判城鄉不公的問題，而是表達了農耕子民在逃離鄉土、失去鄉土之後可能面臨的更深層次的精神迷惘與痛苦，從而進一步凸現了城市化時代鄉土世界被廣泛忽略的隱含價值。

二、莊稼進城

貴州青年作家王華發表於《人民文學》2009 年第 2 期的中篇小說《在天上種玉米》同樣涉及到城市化時代鄉村與城市的互補性問題，並以輕鬆詩意的方式把城鄉衝突轉化爲城鄉之間一次美妙的諒解和契合。小說的情節大致是這樣的：在北京六環東北角一個叫善各莊的村裏，住著很多外地農民工。這些農民工大多來自同一個地方——三橋村，一個遠離北京的偏僻村莊。最

〔註30〕孫惠芬：《吉寬的馬車》第 243 頁，北京：作家出版社，2007 年 4 月。

早從三橋村來北京打工的都是些青壯勞力，慢慢地，他們把女人和小孩帶到了北京，最後連老人也陸續搬了出來。三橋村大大小小老老少少差不多都聚集到了北京的善各莊，老村長王紅旗見全村的人幾乎都彙集到了一起，相當於把整個村子都從老家搬到了北京，於是就想把善各莊改名為三橋村，甚至還為此專門找到當地政府部門。老村長認為既為莊稼人就必須得有地，但又租不到地。一個偶然的機會他發現善各莊的屋頂平平整整，一塊一塊的，很有些地的模樣，於是發動大家往屋頂搬土造地，並種上了玉米。房東發現後很生氣，堅決不同意。但當他們再次回到村莊，遠遠看見屋頂上那一塊一塊魔毯一樣生機勃勃的綠色時，心情一下就變了。

> 來阻止他們往屋頂上墊土那房東回去以後大概就把那事給忘了，過了很久又才想起來，就帶了好幾個房東一起來看他們的房子。遠遠地他們就看到村子的上空浮著一片綠。陽光下，就像魔術師懸浮在空中的一塊塊綠色的魔毯啊。等走近了，他們仰視著空中那一片一片生機逼人的玉米林，竟然就有那麼一段時間，忘記他們是來這裡幹什麼了。一股北風吹來，他們才清醒地意識到這樣的美景跟自己沒有關係，要是這跟自己沒有關係的美景長在別處也就罷了，可它偏偏又是長在自家的房頂上，這就不能怪他們心生妒忌了。把房頂上的玉米通通拔掉！把土鏟掉！這是他們眾口一辭的要求。怎麼能拔掉呢？那玉米長那兒多可人啊，再說我們費了多大的勁兒才弄出了這一片景啊！我們不幹，堅決不幹。後來他們說不拔也行，但得交地租。不管這地是不是你自己造的，但這地長在他的房頂上。這是有些欺負人了，但看看空中那綠得醉人的景兒，我們妥協了。

> 我們按地的面積，每戶都補了地租，他們也就走了。[註31]

老村長王紅旗大半輩子都在老家三橋村度過，對他和他這一輩人來講，曾經的城鄉分治使他們與城市處於徹底絕緣狀態，他們的人生經歷中沒有任何城市因素，他們的根已經深深地紮在了鄉土，城市是與他們的生命毫不相干的另一個世界。對於王紅旗的兒子這一輩來說，他們大多不屑於父輩土裏刨食的貧寒生活，年紀輕輕就進城謀生，雖然只是農民工，但對城市的適應要容易得多。而王紅旗的孫輩則自小跟著大人進城，屬於農民工子女，儘管

〔註31〕王華：《在天上種玉米》，載《人民文學》，2009 年 2 月。

沒有正式的城市戶口，卻自小在城市環境下成長。王紅旗的兒輩和孫輩一般都沒有農事耕作的具體經歷，祖輩的鄉土世界對他們來說已經很遙遠很陌生了。所以，城市生活對於王紅旗的兒子、孫子輩來說都不是問題，而對於王紅旗以及他的同輩人來說，離土進城則意味著被連根拔起之後，又拋入另一個完全陌生的世界，如何適應新的環境成了一個巨大的問題。他們是中國城市化進程中非常特殊的一代，鄉村和城市對他們而言主要不是空間意義上的並置關係，而是時間上的阻隔。費孝通先生曾說，「時間上的阻隔有兩方面，一方面是個人的今昔之隔，一方面是社會的時代之隔。」〔註32〕王紅旗前半生與後半生的各自獨立、判然有別，屬於今昔之隔；而傳統農耕與現代城市又對應著不同的時代，亦有時代之隔。前半生與城市絕緣的單純的鄉土生活決定了王紅旗們很難融入城市，進城之後他們注定會水土不服，不可能在鋼筋水泥的森林中找到自己滿意的歸宿。

　　對農耕傳統的子民而言，土地和莊稼是生命中最重要的內容，也是自我與世界之間最根本的聯繫。離開了土地和莊稼，農民所有的生命內容和生存體驗都成了無源之水、無本之木。正因為如此，王紅旗在來到北京之後滿腦子想的仍然是老家的三橋村，他努力把自己熟悉的三橋複製到北京來，甚至一廂情願無比執著地要把善各莊改名為三橋村。他不顧房東的強烈反對，帶領村民一起往屋頂搬土造地並種上莊稼，強行把鄉土要素注入城市空間。王紅旗這一番對鄉土要素的剪貼拼接構成了一幅奇妙的時空組合：他既把遙遠偏僻的三橋村帶進了首都北京，也把自己農耕時代的前半生融入了當前枯燥乏味的城市生活。他製造了一片錯位的時空，並在錯位中重新找到了自己。這一次城市對農村顯得很溫情，沒有在三橋村面前表現出以前常見的不可一世、高高在上的優越感，城市與鄉村在屋頂的那一塊塊懸浮著的生機逼人的玉米林面前達成了諒解。這是從偏僻的三橋村和遙遠的農耕時代走來的任性的老村長王紅旗對城市的一次溫情改造，讓那些被鄉土放逐的人們不斷憶起自己的祖先，回首自己的故園。對於一個有著悠久農耕傳統的社會而言，城市化不能只是一味不停地向前走，還應該不斷地回頭看，在由鄉村到城市、由傳統到現代的路途上須時刻留意是否拋棄了不該拋棄的。

　　源遠流長的農耕傳統對於城市化並不一定構成障礙，相反，由於二者的強烈反差和對比，可以將各自的利弊更加深入地彰顯出來，再加上中國自上

〔註32〕費孝通：《鄉土中國》第 20 頁，北京：北京出版社，2004 年版。

世紀九十年代中期以來的城市化運動迅猛激烈的特徵，使得在同一時空裏的傳統與現代、鄉村與城市的並置和對比更加鮮明，這一城市化進程的特殊性在為整個社會帶來激烈矛盾和複雜問題的同時，也帶來了一些額外的優勢，讓我們得以在城市化進程的初始階段就充分關注到傳統鄉村與現代城市在空間與文化功能等方面相互依存和互補的一面，提前研究和應對現代城市可能存在的「文明病」，從而避免西方在城市化進程中所走過的彎路。

趙本夫於 2008 年出版的長篇小說《無土時代》將現代城市置於傳統農耕文化背景之下，對現代城市的病象進行了無情的、甚至是令人驚悚的批判。《無土時代》是「地母三部曲」中的最後一部，前兩部分別是《黑螞蟻藍眼睛》和《天地月亮地》。小說的題記「花盆是城裏人對土地和祖先種植的殘存記憶」明確宣示了作者的立場和作品的主題。在作者看來，大地乃萬物之母，然而城市卻用堅硬冰冷的鋼筋水泥將自己和大地母親隔離起來，花盆裏僅有的一點象徵性的泥土一方面說明了城裏人無法斬斷與大地母親的聯繫，另一方面又暗示了城市對人的異化以及城市人生命力的萎縮。小說一開始就寫到城市與大自然的錯位，把人與自然割裂開來。

當然，木城人也不在乎春秋四季，他們甚至討厭春秋四季。因為四季變換對城裏人來說，除了意味著要不斷更換衣服，不斷帶來各種麻煩，實在沒有任何意義。比如春天一場透雨，鄉下人歡天喜地，那是因為他們要播種。城裏人就慘了，要穿上雨衣雨靴才能出門，煩不煩？剛走到馬路邊就發現到處汪洋一片，車子堵得橫七豎八，交通事故也多起來，碰壞車撞死人，你說城裏人要春雨幹什麼？夏天到了，酷暑難耐，再加上馬路樓房反射日光，上百萬輛汽車在大街小巷排成長龍排放熱氣，整座城市就像一個大蒸籠，一蒸就是幾個月，木城人有理由詛咒夏天。至於日照對農作物的作用，真的和城裏人沒什麼關係。秋天更是個扯淡的季節，雨水比春天還多，麻煩自然也就更大。天氣又是忽冷忽熱，弄得人手忙腳亂，不知道穿什麼才好。醫院的生意格外紅火起來，裏裏外外都是些受了風寒的人，打噴嚏流鼻涕犯胃病拉肚子頭疼腰疼關節疼，任哪兒都不自在。鄉里人說秋天是收穫的季節，城裏人收穫的全是疾病。冬天來臨，北風一場接一場，把人刮得像稻草人，大人不說，光孩子上學就夠受罪的了。突然一場大雪，除了早晨一陣驚喜看看雪景，接下

來就剩麻煩了。潔白的雪很快被城市廢氣污染得黑糊糊的，化出的
髒水四處流淌，然後又凍得硬邦邦滑溜溜，一不小心摔得人不知東
西南北。〔註33〕

在這段文字中，日月星辰、春夏秋冬，這些大自然最重要的組成部分不再與城市息息相關，城市不僅在自然之外，甚至可以說是反自然的存在。城市引領人們越來越遠離大地，遠離自己的本性，生活在城市裏的人們被過度的欲望所支配，永遠不知滿足，反而比農耕時代過得更爲艱辛。城裏人爲了生存，不得不晝夜不分苦苦拼搏，相互傾軋，不擇手段，精神高度緊張，絕大部分人心理扭曲，焦慮不安，導致厭食、肥胖、失眠、性無能等病症，在作者看來，所有這些精神和身體的疾病，都是因爲不接地氣、違背自然。小說中有這樣一個情節：一位在城市裏打拼多年的女老闆，厭倦了緊張壓抑虛僞冷酷的城市生活，不再相信愛情，獨自來到偏遠的鄉下草兒窪，在藍水河邊一間廢棄的小屋住下。女人在草兒窪過著原始簡單輕鬆自在的生活，自己就地采集野菜，打水做飯，每天傍晚還到藍水河裏游泳。草兒窪的留守村長方全林在一次受委屈之後，爲了發泄心頭的怒火，把這位城裏女人強姦了。事後方全林非常害怕，惶惶不可終日，甚至做好了蹲監獄的準備。然而就在這時，他收到了一份從城裏寄來的報紙，報紙上有一篇用紅筆圈起來的文章，題目叫《回歸原始》。

　　這篇文章的作者叫麥子，文章的大體內容是寫她回歸大自然的一段經歷。麥子說她在商場打拼十幾年，身心疲憊，厭倦了城裏的生活，不想談錢、愛、情感這些字眼，就獨自去了一個偏僻而遙遠的地方。那裡森林茂密，百鳥成群，還有一條古老的藍水河。河水深而清澈，裏頭有許多稀奇古怪的魚類和水獸，但它們並不傷人。下到河裏游泳時，那些魚就會圍上來和她親昵，用嘴碰她的身子，渾身又癢又舒服。還說她如何在那裡放鬆自己，修養身心，如何放逐靈魂，引誘一個強壯的土著人，體驗了一次原始而簡單的性愛。她說從內心裏感激那個男人，因爲他讓她獲得一次徹骨而純粹的快感。〔註34〕

草兒窪的青壯年都進城打工去了，方全林只是一個留守村長。就在農民

〔註33〕趙本夫：《無土時代》第1～2頁，北京：人民文學出版社，2009年。
〔註34〕趙本夫：《無土時代》第267頁，北京：人民文學出版社，2009年。

往城裏走的時候，城裏這位女人卻開始了反向度的突圍和尋找，到偏僻荒野的大自然中尋找原始、本真的自我。和這位女人類似的還有木城出版社總編輯石陀。石陀早年留學美國，是人類學博士，但是性情孤僻古怪，好好的辦公桌他偏偏不用，而是習慣坐在一架自製的粗糙木梯上看書、審稿。特別是在晚上，石陀彷彿一個夢遊者，懷揣一把小鐵錘來到馬路上，趁人不備悄悄敲碎一塊水泥，然後滿心歡喜地等待，過不了幾天，那裏就會長出一簇綠油油的嫩草。石陀也是木城的政協委員，每年他都要一本正經地提出看似荒誕不經的議案：扒開馬路，拆除高樓，讓人腳踏實地，讓萬物在大地上自由自在地生長。石陀這些古怪的言行無非是想要城市接通地氣，喚起木城人對大地母親的記憶，重新回歸自然。

在城市化進程中往往是城市擴張，鄉村潰退，而在《無土時代》中更多的卻是城裏人對鄉土大地的嚮往以及鄉村對城市的改造。草兒窪的農民天柱曾是生產隊長，進城之後他帶著幾百號農民工兄弟承包了木城的綠化工程。天柱竭力尋找城裏的每一寸土地，盡可能地種上糧食作物。在木城創建全國衛生城市的過程中，天柱瞞天過海，帶領手下人悄悄把城郊的麥苗移植進城，把木城裏的三百六十一塊草坪全部變成了麥田，結果不僅順利通過檢查，還得到了身為農林專家的檢查團長的讚賞。春季來臨，麥苗迎風旺長，逐漸現出原形，在木城引起一場軒然大波，經過廣泛討論，絕大部分市民都欣然接受進城的麥苗。麥收季節，木城人沐浴在滿城的麥香裏，到處歡聲笑語，彷彿過節一般。

> 麥收的季節終於到了。一陣陣新麥的香味溢漫在木城的每寸空間，聞著都讓人舒坦。全城像過節一樣，到處歡聲笑語。還有人放起了鞭炮。收割這些麥子，本來不夠天柱帶人幹的。但天柱卻按兵不動，只讓手下人買了很多鐮刀，分放在三百六十多塊麥田邊上，任由城裏人自己收割。這一招有點陰險，他要以此培養城裏人對莊稼的情感，進而喚醒他們對土地的記憶。

> 這一下不得了，麥子一夜之間被搶收精光！那些遲疑著動手稍慢的人家顆粒無收，紛紛抱怨這太不公平！於是收到麥子的鄰居就勸說算了算了，等明年吧，早點動手。

> 其實用不著等到明年。

> 就在人們把麥子收割完畢之後，才忽然發現，這個城市的各

個角落，凡是有土的地方，早已長出各種莊稼：高梁、玉米、大豆、
山芋、穀子、稷子、芝麻、花生……還有各種蔬菜：黃瓜、茄子、
辣椒、絲瓜、扁豆、青菜。甚至還發現了西瓜、南瓜、甜瓜……
〔註35〕

　　在王華的中篇小說《天上種玉米》中，莊稼還停留在城市的邊緣；而在
《無土時代》裏，莊稼則滲透進了城市的每個角落。在兩篇小說中，莊稼進
城不僅沒有遇到任何阻力，而且都受到了城裏人的歡迎。不難看出，在城外
的人熱切嚮往城市、城市化進程不斷加速的這樣一個時代，生活在城市裏的
人感受到的並不全然是城市的優越性，從他們對莊稼的接納與欣喜中可以看
出，他們的城市生存並非圓滿自足的，而是伴隨著殘缺和遺憾。中國現代城
市的歷史不長，即使是城市居民，也和傳統鄉土世界有著千絲萬縷的聯繫，
再加上傳統農耕文化及東方藝術的長期浸潤和薰陶，在他們心靈深處，依然
保持著對農耕時代鄉土家園的強烈渴望。在城鄉分治時代，城市身份雖然給
了城裏人相當的優越感，但是依然無法掩蓋他們作為農人後裔在城市生活中
無法擺脫的殘缺感。「現代城市，其空間形式，不是讓人確立家園感，而是不
斷地毀掉家園感，不是讓人的身體和空間發生體驗關係，而是讓人的身體和
空間發生錯置關係。」〔註 36〕對農耕子民來說，自然更是如此。當城鄉分治
時代逐漸過去，「非農」身份並不在制度層面高人一等，城市相對於農村在國
家政策層面的優越地位不復存在，城市越來越回歸到「城市」本身，城裏人
越來越同農民一樣成為普通的社會公民，在如此前提條件之下，城市與鄉村
各自的優越及不足就會更加充分地彰顯出來，城市與鄉村依存互補的一面也
會更加受到充分的關注，城市化進程才可能藉此走上一條更加健康的道路。

　　西方國家的城市化曾有一個漫長的歷史過程，其間也走過不少彎路，留
下了許多寶貴的經驗和教訓。英國「田園城市」運動的發起人埃比尼澤‧霍
華德（Ebenezer Howard, 1850～1928）充分注意到了城市和鄉村各自不可替代
的優點和彼此的互補性，煞費心機地提出了田園城市的構想，對人類現代城
市文明產生了廣泛而深入的影響。霍華德認為，「城市是人類社會的標誌——
父母、兄弟、姐妹以及人與人之間廣泛交往、互助合作的標誌，是彼此同情

〔註35〕趙本夫：《無土時代》第357～358頁，北京：人民文學出版社，2009年。
〔註36〕汪民安：《身體、空間和後現代性》第129頁，南京：江蘇人民出版社，2006
　　　　年1月。

的標誌，是科學、藝術、文化、宗教的標誌。鄉村是上帝愛世人的標誌。我們以及我們的一切都來自鄉村。我們的肉體賴之以形成，並以之爲歸宿。我們靠它吃穿，靠它遮風禦寒，我們置身於它的懷抱。它的美是藝術、音樂、詩歌的啓示。它的力推動著所有的工業機輪。它是健康、財富、知識的源泉。但是，它那豐富的歡樂與才智還沒有展現給人類。這種該詛咒的社會和自然的畸形分隔再也不能繼續下去了。城市和鄉村必須成婚，這種愉快的結合將进發出新的希望、新的生活、新的文明。」〔註37〕在對鄉村大地的體驗和情感方面，霍華德和趙本夫如出一轍。然而在對城市的認識和評價方面，就體現出了一位西方學者和一位東方作家之間的巨大差別，霍華德對現代城市的認識和評價是相當客觀而理性的，道出了城市也有鄉村不可比擬的一面；而趙本夫對現代城市的批判則多少有些偏激，很多時候用情緒化的主觀想像和表達取代了客觀理性的思考和評價。

霍華德所說的「社會（特指城市，引者注）和自然的畸形分隔」幾乎是全世界在工業化、城市化過程中都曾遭遇到的問題。而在農耕傳統的社會裏，人與自然的關係往往更爲密切，人對自然的體驗和感悟往往也更爲深入，在這樣的文化環境裏，霍華德「田園城市」的夢想或許更容易變成現實。在中國目前如火如荼的城市化運動中，不少地方地方都提出了田園城市的概念，有些房地產開發商甚至直接拿霍華德做廣告，在樓盤裏樹立起他的雕像。看來，現代城市與鄉土田園的相互借鑒與融合是東西方共同的願望。

〔註37〕埃比尼澤・霍華德（Ebenezer Howard, 1850～1928）：《明日的田園城市》（*GARDEN CITIES OF TO-MORROW*）（金經元譯）第 9 頁，北京：商務印書館，2010 年。

第四章　傳統與現代的融合及歸宿

　　霍華德所說的「城市和鄉村必須成婚」主要是就城市與鄉村各自的空間屬性而言。他認爲城市主要是「人類社會的標誌」，是各種人類關係及活動的集合；而鄉村則更多的是大自然的賜予，是生命的孕育之地，是人類生存所需物質資源的出產地。只有讓城市與鄉村結合，才能避免社會與自然的畸形分隔。霍華德對城市與鄉村關係的這一描述呈現出的是城鄉共時性的特點，是空間互補性的一面。而在中國，由於農耕傳統源遠流長，並孕育了博大精深的東方文明，因此，在現代城市與鄉村的關係中不僅涉及共時性的空間屬性的差異，更涉及現代價值觀念與廣袤的鄉土世界所承載的傳統文化之間的關係。

　　在現代化追求這一點上，中國社會基本上有著共識，而且是堅定不移、不可逆轉的。而在如何面對博大精深的傳統文化、如何處理現代與傳統的關係方面，則往往莫衷一是，彷徨糾結。一百來年的中國現代史就是這樣一部混合著堅定與猶疑的歷史，雖然多了些精神層面的困惑與折磨，卻也從另一個角度豐富了中華民族走向現代的心路歷程。

　　相對於現代社會的變幻莫測，傳統農耕文明給人的感覺是熟悉的、親近的、穩定的、安全的。費孝通先生說，「鄉土社會在地方性的限制下成了生於斯、死於斯的社會。常態的生活是終老是鄉。假如在一個村子裏的人都是這樣的話，在人和人的關係上也就發生了一種特色，每個孩子都是在人家眼中看著長大的，在孩子眼裏周圍的人也是從小就看慣的。這是一個『熟悉』的社會，沒有陌生人的社會。」〔註1〕西方文明的強勢介入和現代歷史的開啓中

〔註1〕　費孝通：《鄉土中國》第6頁，北京：北京出版社，2004年。

止了傳統鄉土社會的這種熟悉感，以及以此爲基礎的穩定感和安全感，現代社會的陌生感與不確定性隨之而來，同時也帶來了社會發展和人生選擇的多種可能性。選擇現代化就意味著選擇了一種不確定的但是卻充滿無限機會的敞開的未來，同時告別了農耕時代熟悉的、穩定的然而卻是千篇一律、一成不變的生存方式。傳統與現代的巨大反差與劇烈轉型必然導致民族心理的陣痛與豐富，同時也會在一定程度上帶來文化藝術的矛盾、多元和繁榮。

第一節　被寫作凝固的傳統與現代

當西方成爲中華民族不得不面對的它者，當現代化成爲農耕子民不得不選擇的追求目標，如何在新的文化視野下完成對東方與西方、傳統與現代的比較、認識和表述，就成爲中國現代知識分子無法迴避的重要使命。在一定程度上可以說，中國現代文化是比較的文化，在比較中既有對它者的逐漸熟悉和認識，也有對自我的重新發現、反思和調整。正是在這樣一種文化環境之下，二十世紀不少中國作家都力圖以自己的方式完成對不同文化的理解和把握，並鮮明地表達出自己的觀點。以魯迅爲代表的五四鄉土小說作家更多地站在現代啓蒙的立場上，對傳統文化進行了深入的反思和批判，鄉土世界在他們筆下成了一片封閉沉滯、愚昧麻木、暮氣沉沉的僵死的社會；而在沈從文筆下，封閉偏遠的湘西世界恰恰因爲遠離城市和現代文明而保留了其原始野性、純樸自然、健康和諧的生命狀態和人際關係，都市的現代文明反倒壓抑了人的自然欲望，扭曲了人的天然本性。

魯迅和沈從文對傳統與現代特別是對中國傳統鄉村社會截然相反的體驗和表達在新世紀小說創作中依然存在。閻連科的《受活》以荒誕奇崛的想像虛構了一個遺世獨立、與世隔絕的理想世界——受活莊，受活莊土地肥沃，風調雨順，在掉隊的紅軍女戰士茅枝婆到來之前，生活在這裡的人們豐衣足食，無拘無束，日子過得悠閒散淡，逍遙自在，宛若人間天堂。然而，受活莊的圓滿幸福是以殘疾爲前提條件的，這裡的人個個殘疾，外面世界健全的人（小說中稱作圓全人）反倒成了他們眼中的異類。雖然小說中生活在受活莊的殘疾人並不以自己的殘缺爲憾，然而他們天堂般的幸福生活卻無法給人以理想的快慰，反倒讓人倍感扭曲、壓抑。受活莊的幸福圓滿顯然是農耕文明形態下自給自足的小農經濟範疇內的烏托邦虛構，這種圓滿自足是以空間的狹小封閉爲前提的：受活莊是一個被世人遺忘的「三不管」的角落，沒有

與外界的交流，生活停滯，一成不變，沒有機遇，重複循環，正是受活莊這些獨特條件成就了受活莊人所謂的幸福生活，而這些獨特條件恰恰又是農耕文明的顯著特點，同時也是農耕文明的致命缺陷。而且不止是環境的缺陷，受活莊的每一個個體也是天生的殘疾。也就是說，受活莊人看似幸福的美好生活其實是以缺陷、殘疾爲代價的，因此他們的幸福不可能是眞正意義上的幸福，自欺欺人、掩耳盜鈴成了他們實現自我滿足和抵達圓滿的最有效方式。完全可以說，閻連科對受活莊的烏托邦虛構是以絕望爲出發點的，在看似天堂般的幸福圓滿背後，其實是更徹骨的絕望和虛無。閻連科洞悉了傳統農耕文化令人窒息的一面，然後天馬行空地構想了一幅可能的理想圖景，讓人在看到幻想中的完美世界之後陷入更深的絕望，以此實現對傳統文化的反思。這種對小農經濟條件下最美生活的想像實際上是對理想的解構，彷彿是在告誡人們如此前提下的理想生活其實是一種更可怕的生活。可以說，閻連科在《受活》中對傳統文化的批判是策略的、隱蔽的，也是決絕的、斬釘截鐵的，有著和魯迅一樣的激憤和力度。

　　除了對傳統文化的批判之外，新世紀鄉土小說作家對正在到來的現代城市文明也有著高度的警惕和深入的反思。陳應松二零零五年發表於《人民文學》的中篇小說《太平狗》就是對現代工業和城市文明的激烈批判，與此同時，對神農架所象徵的傳統鄉土世界則表現出了無盡懷念。小說講述一條名叫太平的神農架趕山狗跟著主人程大種進城的經歷。程大種進城打工，卻不料自己家的狗太平也跟著進了城。在城裏狗成了累贅，程大種找不到活幹，於是狠心將太平賣給了集貿市場的狗肉販子。太平在榮市場的狗籠裏受盡折磨，在行將被宰殺之際被一位曾在神農架當過知青的老人救了下來。然而老人養狗卻遭到了家人和鄰里的強烈反對，加上經濟拮据，所以萬般無奈，只得放棄，於是太平又成了城裏的一條流浪狗。雖然被程大種殘酷拋棄，太平還是竭盡全力尋找自己的主人，最後終於在一個工地和主人重逢。由於包工頭等人無法容忍狗的存在，程大種只好帶著太平另外找活幹，結果被騙進了一家黑工廠。太平在黑工廠被殺，關鍵時刻依靠地氣死而復生，並從排污口成功逃離。太平傷好之後再次潛入黑工廠，打算幫助主人逃脫，終因勢單力薄而迴天無力。最後，程大種死在黑工廠，太平在主人靈魂的指引下，涉過千山萬水，歷經千辛萬苦，終於回到了故鄉。

　　從表面看，這是一個關於人和動物的故事，其中狗對主人的忠誠尤其感

人。然而隨著小說細節的逐漸展開，讀者看到更多的卻是一條誤入城市的趕山狗眼中的城市文明，並通過狗的視角揭示出現代城市文明骯髒、邪惡、違背自然的一面。在主人程大種將太平帶到集貿市場準備賣給狗販子的時候，太平第一次看到了城市裏血腥殺戮的場景，看到了不同種類的一個個任人屠宰的可憐生命。

> 雞鴨在以各自的聲帶拼命嘶嚷著，魚在砧板上血淋淋地跳躍；活扒鵪鶉的人從鵪鶉的頸子那兒下手，像撕一張紙就把鵪鶉的皮毛給扒下來了，像脫一件羽絨衣，剩下光溜溜的、紫紅色的肉；那鵪鶉可憐地還在站著，還能站穩行走，還在叫著，咿耶咿耶……割羊頭的先抓著羊頭，一刀下去，羊頭就掉了，羊四蹄踢蹬著；買新鮮羊肉的婦女們站著隊，手上摸著人民幣，嘴裏流著哈喇子，只等新鮮羊肉扔到案板上，那羊肉還因為疼痛在一跳一蹦，一個婦女就機靈地抓到了一塊，扔進籃子裏，羊肉彷彿依然在跳動著。〔註2〕

在描寫了集貿市場內人對動物的殘酷屠戮之後，作者很快又寫到集貿市場外城市對人的屠戮。

> 市場旁汽車們正在灰濛濛的大街上飛速運行，喧騰有如漲水時的河谷。一輛大卡車撞癟了一輛小汽車，死人血淋淋地從車裏拖出來。剛才還是個活人，瞬間就成了死人，比山裏的野牲口吞噬人還快呀！一溜的紅色救火車催逼人心趕往一個地方；兩個在人行道上行走的男人無緣無故地打了起來，打得頭破血流，看熱鬧的人剎那間圍了過去，像一群見了甜的山螞蟻；一個挑擔小販跑黑了臉要甩掉一群城管。城市裏充斥著無名的仇恨，擠滿了隨時降臨的死亡，奔流著忐忑，張開著生存的陷阱，讓人茫然無措。〔註3〕

市場內充滿了血腥和死亡，市場外一樣充滿了血腥和死亡。市場內是人對動物殘忍的屠戮，市場外是人被城市裏現代化的工具殘忍地屠戮。對動物而言，市場就是它們的刑場；對人而言，城市又何嘗不是他們的刑場？在小說中，陳應松盡情揭露城市貪婪、冷酷、殘忍的一面，特別是對農民工而言，城市在利益的驅動之下，全然不顧他們的死活，更遑論做人的尊嚴。一個又一個農民工的生命葬送在一個又一個建築工地，城市充分利用了農民的弱勢

〔註2〕 陳應松：《太平狗》，載《人民文學》，2005 年 10 月。
〔註3〕 陳應松：《太平狗》，載《人民文學》，2005 年 10 月。

地位，以最廉價的方式最大限度地榨取他們的體力和生命，可以說，農民工與城市的關係在相當程度上暴露了中國城市化運動最核心最頑強的動力，那就是利益集團喪心病狂的逐利衝動。當今中國城市的主題是發展而不是更美好的生活，發展的背後是利益，利益驅動著每個人，也支配著每個人，所以導致「城市裏充斥著無名的仇恨，擠滿了隨時降臨的死亡，奔流著忐忑，張開著生存的陷阱，讓人茫然無措」。而在城市最底層的農民工，在相當長的一段時期裏他們的生存境況形同奴隸，連城市裏的一條狗都不如。小說中寫到城裏一工地塌方，死了兩個農民工，騰出了空缺，第二天程大種等幾位農民工就頂了上去。看似誇張的情節，其實在中國城市化運動的現實中卻司空見慣。

程大種來到的是一個修路工地，在幾丈深的泥水裏挖稀泥埋涵管。程大種不知道，是兩個死人給他們讓出了空缺——昨天這個深坑旁的擋板垮塌埋下了兩個民工，再把他們挖出來時已一命嗚呼。這事兒驚動了電視臺，還有一個什麼領導也親臨現場指揮挖人。程大種他們沒有看電視，對這兒的事一無所知。因死了人，挖土的民工跑了大半，工程又叫得急，包工頭只好去招了程大種等五六個新人。〔註4〕

然而程大種上班還不出五天，工地上又出事了。

> 可惱的是不出五天，坑壁又塌了方，又埋進了一個河南人。
> 等大家把他挖出來，雙腿都斷了。河南人在醫院裏上了夾板，就拖回了工地的工棚，每到晚上，就淒涼地悲號。大家每晚不能睡覺，白天又是繁重的勞動，就想把這個河南人趕出去，並要求包工頭發發善心把他送到醫院去打止疼針。可包工頭罵罵咧咧道：「我這段工程轉了三道手，還死了兩個人，又傷了一個，我哪有錢讓他住醫院？如今住一天醫院抵老子們一年的吃喝，我虧了血本啦！」
>
> 這個河南人慢慢地開始發臭，兩個露在外頭的光腳都變黑了。程大種為不讓他悲號，給他買了瓶「驢子尿」（啤酒）。但是他喝了依然高亢地悲號，估計是疼得受不了。沒幾天，便頭髮深長，口腔潰爛，人已瘦成一副骨架子，等到他的雙腳開始流膿，包工頭才把他弄到醫院去，聽說雙腿都要鋸掉。〔註5〕

〔註4〕 陳應松：《太平狗》，載《人民文學》，2005年10月。
〔註5〕 陳應松：《太平狗》，載《人民文學》，2005年10月。

　　在中國當前仍在推進的轟轟烈烈的城市化運動中，農民工是一個非常特殊的群體。他們為城市建設犧牲最多，貢獻最大，報酬卻最低。更為嚴重的是，在官方關於城市各項指標的統計中，城裏的農民工則成了令人討厭的累贅而被完全排除在外。考察和思考當前中國的城市文化，城市與農民工的關係絕對是一個不能忽略的方面，它折射出的是城市與人和人性的典型關係。不難看出，在表面轟轟烈烈、突飛猛進的城市發展過程中，主導中國當前城市化進程的核心價值觀是無法把城市引向一個健康美好的未來的。正是在如此情形之下，陳應松對城市醜陋險惡一面多少有些驚悚的描寫就變得不難讓人理解了。

　　正是因為有了城市作對照，神農架的鄉村世界才呈現出世外桃源一樣的詩意和祥和。小說中的趕山狗太平每每在城裏遭遇不幸時，都會憶起在故鄉神農架度過的美好時光。

　　　　現在除了疼痛、寒冷與飢餓它一無所有。其實，太平它擁有許
　　多，當它泡在疼痛中回憶的時候。那深夜的山風正在森林中嗚咽蹣
　　跚，草垛吹得颯颯直響。那只因為沒有主人在家而安然熟睡的狗太
　　平，細勻深沉的鼾聲正應和著一陣陣山潮哩。它攆花櫟林中的社鼠。
　　它吃豬槽的食。它夢見峽谷盡頭落日的餘暉。它狂吠不已，那是因
　　為它想吠，沒有任何原因。早晨的山岡滿是露水打濕的鳥聲和牛鈴
　　聲……深夜，優美的深夜，一無所想的深夜。夜太長，在柔軟的草
　　窩裏，它強閉著眼睛一次又一次地進入夢鄉，日子一天一天美美地
　　過去……

　　　　可它已經來到城市，它已經誤入城市。〔註6〕

　　顯然，這段文字是借趕山狗太平的視角寫了一段人的體驗，呈現出生命與環境另一種和諧融洽的詩意景象。小說在寫城市時，著眼點在於揭示城市與生命的緊張關係，無論對於人還是動物來說，城市都意味著刑場、屠宰場，城市並不孕育生命，但卻以各種方式剝奪生命。城市被欲望所驅使，「充斥著無名的仇恨，擠滿了隨時降臨的死亡」。在城市裏或許可以謀一時之利，但在根本上卻是與生命為敵。而恰恰是這樣一個與生命為敵的所在，卻在大地上瘋長，吞噬著越來越多的生命。與之相對的則是偏遠僻靜的鄉村世界，那裡平和幽遠，舒適閒淡，自由自在，詩意盎然……霍華德在《明日的田園

〔註6〕陳應松：《太平狗》，載《人民文學》，2005 年 10 月。

城市》（*GARDEN CITIES OF TO-MORROW*）中強調的是城市與鄉村在空間
屬性上互補的一面，認爲「城市磁鐵和鄉村磁鐵都不能全面反映大自然的用
心和意圖」，因此「城市和鄉村必須成婚」。〔註7〕而陳應松在《太平狗》中
所呈現的立場和價值選擇則是單向度的，城市成了生命的陷阱、罪惡的淵
藪，只有鄉村和大地，才是唯一的家園和歸宿。在城市的黑工廠被殺害的太
平，在大地母親的懷裏接通了地氣，重獲能量，死而復生，這一段具有魔幻
色彩的描寫在呈現象徵意義的同時，更具有情感的感染力量。

　　太平是在夜間逃跑的。因爲被扔在地上，它的身子沾上了地
氣，就會從死亡中活過來。地氣有一種讓生命復活的偉力，只有在
大地和山岡上生長的狗，才能接受到這種地氣的灌注，死而復生。
對地氣的無比敏感和依賴，是那些趕山狗生命力會出現奇迹的根
本；它們像一株株植物，承接著、汲取著大地的養分，它們的身體
裏有這種聚集吸收的根鬚。它們的生命屬於遙遠的山岡和無處不在
的大地……

　　太平搖搖晃晃地站起來，大地推了它一把，將它撐持了起來，
四條腿，都給了它平衡的力量。大地說：你是不死的，你是罪惡城
市的邪火中的金剛；大地說：你必死在故鄉，安然長眠在陽光的森
林裏，山岡上的馬尾松和清風必是你送亡的見證人。一隻蜜蜂在杪
蘭的紫花籠中爲你嗡嗡念著悼詞，山坡草地上的芍藥是你鋪滿夏天
的白色挽幛。鳥聲啾唧，那是天上的香雨，一直穿透你的忠魂，飛
入雲端……

　　太平依託著大地站了起來，滿眼淚光閃爍……〔註8〕

　　大地母親孕育了生命，而人類卻背叛母親，一個勁兒地朝生命的屠場
——城市湧去。他們爲利益所誘惑，把自我交給與生命爲敵的城市，越來越
不接地氣。而太平，這隻神農架的趕山狗，被城市殘酷地殺害，又被大地母
親救起。在人們越來越豔羨城市的時候，只有它還是名副其實的「地之子」，
與大地母親血脈相連。

〔註7〕　埃比尼澤・霍華德（Ebenezer Howard, 1850～1928）：《明日的田園城市》
　　　　（*GARDEN CITIES OF TO-MORROW*）（金經元譯）第9頁，北京：商務印書
　　　　館，2010年。
〔註8〕　陳應松：《太平狗》，載《人民文學》，2005年10月。

　　陳應松滿含深情地描述神農架的一隻趕山狗，顯然有著自己深切的用意。神農架得名於華夏始祖神農氏，傳說當年神農氏在此架木爲梯，遍嘗百草，教民稼穡。作爲神農氏後裔，華夏子民的血液裏自然而然地流淌著農耕文明的基因，而在追求工業化、現代化的過程中，卻不得不在一定程度上背叛自己的基因，特別是像程大種這樣從神農架深處走向城市的農民，他們彷彿從遠古走來，突然遭遇兇悍貪婪的現代城市，只有任人宰割，最終在城裏死無葬身之地。陳應松在新世紀的創作不少都以神農架爲背景，這些作品被評論界稱爲「神農架系列」。「神農架系列」有對現代文明的批判，也有對神農架當地文化的批判。但就《太平狗》這篇小說來看，作者沒有自外於神農架，而是時時和趕山狗太平一起縱情於那方山水，神遊於那片土地，並從中找到自己心靈的慰藉和靈魂的歸宿。因此，在這篇小說中，神農架顯然象徵著中華民族源遠流長的農耕傳統，構成了與現代城市文明相對應的另一極，成了被現代文明所傷害的農耕子民的療傷之地。

　　閻連科的長篇小說《受活》中的受活莊與陳應松的中篇小說《太平狗》中的神農架都是傳統農耕文明的典型代表。受活莊封閉停滯、一成不變，受活人個個殘疾，看似幸福圓滿，實則自欺欺人，他們一輩又一輩的生命不過是在一個封閉的空間裏延續著單調的重複、絕望的輪迴；而《太平狗》中的神農架則呈現出農耕文化的另一面，那裡純樸和諧、生機蓬勃、自在從容、詩意盎然，成了與卑污的現代城市相對應的世外桃源。受活莊與神農架同爲農耕文明的典型，卻表現出完全相反的價值指向，這說明在急劇的社會文化轉型過程中，中國作家在如何理解和把握傳統與現代方面出現了明顯的分歧，有時甚至是截然相反的立場。這種分歧和矛盾在新文學範疇內一直存在，比如魯迅的故鄉和沈從文的湘西世界，雖然同爲鄉土中國，卻呈現出各自不同的體驗和價值判斷。在整個新文學的範疇內，無論是對傳統文化的批判還是讚美，都各自有其充分的邏輯和理由，自然也都各自有其價值所在。我們需要關注的一個現象是，在這些作品中，對傳統與現代的認識和表現往往很容易以偏概全，動輒就陷入非此即彼、二元對立的武斷邏輯。文學創作不是客觀理性的認知判斷，感性激情是藝術的特權。新文學領域內在如何看待農耕傳統這一問題上存在著大量的偏激之作，這些作品雖然有欠公允，但卻往往具有公允之作所不具備的強大的感染力量。比如魯迅在《狂人日記》中將傳統文化一概視爲「吃人」的文化，雖然偏激，卻更能振聾發聵，發人深省。但是從另一角度看，不少作品在追求感染力的同時，也很容易將表現

對象單一化、概念化，無論是基於現代價值觀對傳統文化的批判，還是對農耕文化詩性傳統的留戀和發掘，往往都是只顧一面，不及其餘。這樣一來，無論表現傳統還是現代，最後都把對象變成了一種死板的、凝固的文化。所以，「百年中國小說的鄉土敘事基本上是在靜止秩序中開展文學的想像。無論是鄉土批判話語還是鄉土詩情敘事，都隱含著一個整體的鄉土想像，作為文化背景和情感質態制約、影響著現代性話語的言說方式，一邊是現代性的衝動和焦慮，一邊是前現代性文明的誘惑。可以說，百年中國小說的現代性敘事是一種撕裂的敘事、痛苦的敘事。」〔註9〕這樣的敘事往往不顧及客觀理性的認知邏輯，而是從作家自我感性的喜好出發，一廂情願，痛快淋漓，「不管是批判鄉土還是抗拒城市，兩者都是以否定城或鄉為敘事焦點，是城市或鄉村的獨語或自言自語，很難見到城市與鄉村的對話和溝通。」〔註10〕如此一來，作品中無論鄉村還是城市，往往都成了帶有作者極強主觀情感色彩的凝固的「寫照」，從而失去了與現實生活緊密相連的複雜性和生命力。

趙本夫的《無土時代》也是這種非此即彼、二元對立思維模式的典型。無論寫城市還是鄉村，作者都用先入為主的價值判斷代替了描寫對象本身的豐富複雜性，所有細節的堆砌似乎都是為了證明早已明確存在的觀點。在寫及城市時，作者彷彿實在無法按捺心頭的厭惡和敵意，導致豐富的修辭指向單一的意旨，語言形式的複雜與扭曲並未帶來感受的難度與延時，當然也不會有意蘊的張力與豐富。比如作者借柴門這一人物形象表達的對城市的一段看法：

> 他們為權為名為利為生存而拼搏而掙扎而相煎而傾軋而痛苦或精疲力竭或得意忘形或幸災樂禍或絞盡腦汁或蠅營狗苟或不擇手段或扭曲變態或逢迎拍馬或悲觀絕望或整夜失眠或拉幫結派或形單影隻或故作清高或酒後失態或竊笑或沮喪或痛不欲生等等所有這些，都屬於城市特有的表情。城市把人害慘了，城市是個培育欲望和欲望過剩的地方，城裏人沒有滿足感沒有安定感沒有安全感沒有幸福感沒有閒適沒有從容沒有真正的友誼。〔註11〕

〔註9〕 黃佳能：《新世紀鄉土小說敘事的現代性審視》，載《文藝理論與批評》，2006年4月。

〔註10〕 黃佳能：《新世紀鄉土小說敘事的現代性審視》，載《文藝理論與批評》，2006年4月。

〔註11〕 趙本夫：《無土時代》第11頁，北京：人民文學出版社，2009年。

　　這一大段中間沒有標點符號的文字,可以說是在對城市的厭惡和仇恨的支配之下的語言狂歡,也是對現代城市在語言層面的恣意暴虐。趙本夫在接受採訪時曾說,「我不用標點完全不是玩形式,借用這種形式是爲了人物內心表現的需要,他很急迫地很洶湧地表達一種觀點,就像我們平時說話很快、很急、很衝動時,語不加點,甚至口吃,他就是要急迫表達一種觀點,那是人物性格人物內心表現的需要。所以,我始終認爲形式是爲內容服務的。」〔註12〕或許正是由於表達願望的過於急迫,才在一定程度上導致了審美層面的直白淺露,思想層面的簡單武斷。自然,這樣一種對城市的批判方式是不會具有真正力度的。

　　同樣的道理,當作者在激情和理想主義的支配之下表達對鄉土詩意的熱愛和嚮往,沉浸於虛構的鄉村烏托邦時,筆下的鄉土田園也會因爲失去與現實世界的鮮活聯繫而變得虛無空洞,作者竭力呈現的農耕文化本身所具有的詩性傳統也會凝固成一幅蒼白的風景,變成無源之水、無本之木。比如《無土時代》中對草兒窪藍水河的描寫,就多少有些遠離人間煙火的空中樓閣的味道。又比如在人物形象的塑造方面,也有著濃厚的理想主義色彩,導致了明顯的概念化、類型化傾向。小說中有這樣一段情節:草兒窪的村長方全林到城裏去看望打工的村民,村民見到村長後都依依不捨,最後竟然請求村長給大家開個會,講講話。

　　　　方全林和天柱兩口子聊了一陣子家常,互相問問情況。到傍晚時,院子裏呼隆湧進一大群人,都是草兒窪的後生,大家聽說方全林來了,都來看望,一片歡聲笑語。後來人越聚越多,院裏院外都站滿了人,像是過年。方全林在屋裏坐不住了。開始他還可以像接見一樣在屋裏見一撥又一撥,現在他必須出來了,就走出屋門和大家打招呼,一人一拳頭,那個親熱勁!

　　　　天柱看大家不肯散去,就扯扯方全林的衣服,說全林哥,你開個會吧,給大家講講話。

　　　　方全林有些激動,又有些爲難,說我講啥?我不知道講啥。

　　　　天柱鼓勵他說你隨便講點啥,隨便。

〔註12〕沙家強、趙本夫:《文學如何呈現記憶——趙本夫訪談錄》,載《南京師範大學文學院學報》,2009 年 4 月。

　　　　大夥也嚷起來，說村長咱們開個會吧！幾年沒開過會啦。開

　　會，開會啦！……讓村長給咱們開會！日他娘幾年不開會啦，不開

　　會怎麼行啊！……〔註13〕

　　在這段文字裏，村民就像一家人，村長就像家長，這種看似其樂融融、溫馨和諧的人際關係在中國農村恐怕是難得一見的。小說中不少人物形象都近於完美，除了村長方全林之外，還有包工頭天柱，木城出版社總編石陀等，這些人物都有一個共同的特點，那就是對鄉土大地的瘋狂迷戀和執著信仰。作者努力通過一系列近乎完美的人物形象來打造想像中完美的鄉土世界，但在這個鄉土世界臻於完美的同時，其生命力可能也要大打折扣。

　　雖然在鄉土文學創作中，作家對於傳統文化的態度和立場很容易陷入非此即彼、二元對立的矛盾：要麼否定、批判，要麼讚美、留戀，但在現實生活中，作家的態度立場往往沒有像在文學作品中所表現出的那樣武斷決絕。與現實生活比較起來，文學作品本來就是一個相對獨立的藝術世界。在營造這個藝術世界時，作者很容易在某種情緒和目的的支配之下，將一時的感慨和激情或明顯具有個人色彩的偏好凝結成作品中固定的內容，這樣做自然會導致作品越來越遠離客觀理性，但是同時也會讓作品更加具有鮮明的個人風格和感染力量，而且這種片面的深刻在促進對傳統與現代的進一步認識和反思方面往往比四平八穩的理性分析更為有效。比如以魯迅為代表的五四鄉土小說創作大多把中國鄉村描繪成了暮氣沉沉、毫無生機的僵死的社會，完全無視其可能依然存在的健康的詩意的一面，這種做法雖然有些偏激，但對民族傳統文化的自我反思和現代啟蒙理性的迅速傳播卻大有裨益。

　　然而自上世紀九十年代以來，隨著中國社會三農問題的日益凸現，中國農民的處境變得空前艱難，當一部分作家放眼廣袤的鄉村世界時，看到的往往是滿目瘡痍、民生凋敝的一番景象，中國文學強大的現實主義傳統使得他們自然而然地將關注的目光投向了現實民生，他們憂憤難平，為民請命，自然不會將處於弱勢地位的鄉村和農民作為批判對象。新世紀以來，隨著城市化運動轟轟烈烈地推進，越來越多的農民湧進了城市，土地被大量撂荒，幾年前才新修的房屋也人去樓空，不少行政村都成了只有少量留守老人的空殼村。在現代化、城市化正毋庸置疑地快速變成現實的社會背景之下，鄉土作家往往痛心於中國鄉村世界的迅速衰敗，擔心傳統文化的當下命運及未來出

─────────────────────

〔註13〕趙本夫：《無土時代》第52～53頁，北京：人民文學出版社，2009年。

路。正是在這種憂慮的支配之下，他們的創作更容易聚焦於傳統文化詩性的一面，並將這種詩性盡情發掘提煉，並希圖用自己的創作將傳統文化中的精華保留並承傳下去。儘管新世紀鄉土小說創作中依然保留著對傳統農耕文化的激烈批判，比如閻連科就是典型的一例，但是從總體數量上來看，對傳統農耕文化中詩性一面的眷戀和讚美明顯多於批判。應該說鄉土小說創作領域的這一現象適時地反映了社會文化急劇轉型過程中比較普遍的關切和焦慮。當年以魯迅爲代表的一代知識分子對傳統文化所進行的激烈批判，其主要目的在於爲中國的現代化追求提供動力並掃清障礙。如今近百年的時間過去了，當現代化、城市化已經成爲無法改變的歷史潮流，窮兇極惡地向我們撲來，當我們曾經無比熟悉的農耕傳統已有些若即若離甚至漸行漸遠，這時我們關注的重點理所應當轉向傳統文化中值得我們珍惜的一面。此時如果還是一味像當年魯迅那樣，聚焦於傳統封建文化的陰暗面並予以毫不留情的揭露和抨擊，就多少顯得不合時宜了。

對於新世紀鄉土文學創作中存在的這一現象，評論界也有過擔心，「認爲這部分作品倡導了重返農業文明，重返封建愚昧的落後觀念，這無疑是對現代化歷史潮流的一次逆向與背離」。〔註14〕這種擔心可以理解，因爲中國在走向現代的路途上一直不乏來自傳統文化內部的種種阻力。但必須同時看到這樣一點，那就是傳統文化不能一概而論。中國傳統文化在民主、科學等方面的確乏善可陳，但在藝術這樣的領域卻是博大精深，千古流芳。對農耕傳統中詩性文化的眷戀和發掘不僅不會導致重返封建愚昧的落後觀念，而且是對過於功利的現代文化十分必要的矯正和豐富。

第二節　從傳統的「匱乏」走向現代的「豐裕」

就財富創造效率與物質生活水平而言，傳統農耕社會與現代工商城市是無法相提並論的。按著名社會學家費孝通先生的說法，「中國傳統處境的特徵之一是『匱乏經濟』（economy of scarcity），正和工業處境的『豐裕經濟』（economy of abundance）相對照……匱乏經濟不但是生活程度底，而且沒有發展機會，物質基礎被限制了；豐裕是指不斷地積累和擴展，機會多，事業

〔註14〕趙允芳：《尋根‧拔根‧紮根：90 年代以來鄉土小說的流變》第 94 頁，北京：作家出版社，2009 年 10 月。

眾。」〔註15〕所以在自給自足的傳統農耕文化環境之下，人的生存大多與「匱乏」相伴，並常常在「匱乏」的威脅與逼迫之下艱難度日，「匱乏」成了農耕社會裏絕大多數人一輩子無法擺脫的基本生存狀態。可以說，農耕社會最主要的憂慮是關於「匱乏」的憂慮，最顯著的夢想是關於「豐裕」的夢想。在二十世紀的鄉土小說中，無論對傳統鄉土的批判還是讚美，讀者從作品中看到的鄉村社會都不可能是一個「豐裕」的世界。新世紀鄉土小說中一樣存在著大量關於貧窮的書寫，這寫關於貧窮的書寫用文學的方式很好地印證和注釋了費孝通先生的理論。

陳應松在《太平狗》中對神農架表現出無限的讚美和嚮往，並將其描寫成現代工商社會的精神家園；然而在他的長篇小說《到天邊收割》中，神農架則呈現出另一番完全不同的景象，那裡不僅貧窮、封閉，而且愚昧、頑固、狡詐，令人絕望和窒息。同樣的神農架，在同一作家的不同作品裏呈現出完全不同的面貌，說明作家並不想或者也不能在一篇作品裏完整系統地表達出自己的看法和立場。《到天邊收割》講述的是一個神農架深處的貧困孩子尋找母親的故事。余金貴的母親不僅勤勞持家，而且還曾經是當地有名的歌手。余金貴五歲的時候，母親因為不堪忍受丈夫的毒打，和伐木隊的一個河南人跑了。後來余金貴初中肄業，回家務農，在經過一次冰災之後，他逐漸認識到家鄉的人們是如此的迷信、愚昧，神農架的生活是如此貧窮、絕望。他的父親只知道裝神弄鬼，故作高深。姐夫的生活內容就是盜伐林木、聚眾賭博和打老婆。同村的夥伴一次在打獵時將余金貴誤傷，不僅不願承擔責任，反倒造謠說他是一隻獐子變的。余金貴越來越無法忍受神農架毫無希望的生活，加上對母親的強烈思念，在他二十三歲那一年，終於下定決心走出神農架去尋找自己的母親。他拖著傷病的身體，經過漫長的流浪，終於在河南找到離散多年的母親。母親在外面艱難創業，已經小有成就，但仍然無法忘記當年的傷痛，她給了余金貴一筆錢，希望就此了斷。余金貴離開母親後到城裏打工，因無法忍受同事的故意構陷而殺了人，又逃回神農架躲藏。就在他因傷病奄奄一息之際，遭人告發，警方把他送進醫院，反倒救了他一條命。余金貴被判死緩，他對警察說如果讓他再見一次娘，他就不上訴。警察答應了他的請求。小說的結尾，余金貴在監獄裏服刑，神農架老家的女友表示堅

〔註15〕費孝通：《中國社會變遷中的文化癥結》，收入《鄉土重建》。見於《鄉土中國》第243頁，上海：上海人民出版社，2007。

決等他出獄，他母親回神農架承包荒山，把養豬場建在瞭望糧山上。

《到天邊收割》是一個典型的關於「匱乏經濟」的故事。神農架的自然資源雖然非常豐富，但在傳統農耕生產方式之下，這裡從來就不曾「豐裕」過，年復一年，生活在這裡的人們體會到的只有土裏刨食的艱辛。每年化凍時節，神農架人就在緊張和興奮中開始了他們又一輪辛勤的耕作。

「化凍啦！化凍啦！」

人們從床上爬起來，從屋裏走出來，擡出了馬鑼、梆鼓、勾鑼、酥鑼、火炮、鈸，甚至老銃，頂著霹靂和刺得人睜不開眼的金鈎閃電，在屋場上冒雨歡呼。化凍了，人們又能走向田野山岡，出坡放牧，拾掇莊稼。特別是麥子，今年的麥子啊，今年的「泥麥」和「六月黃」，總算從冰雪中掙扎出來揚眉吐氣了。這些麥子是當地的當家麥子，適合這高寒和光照嚴重不足的氣候，這些麥子統統叫著「南麥」——這是雅稱，其實叫「懶麥」，長得懶，慢慢吞吞，成熟期達十個月甚至更長；而且撒下了種許多人家就懶得打理了，讓荒草與其競爭，誰先成熟收誰。麥子與野草共同繁榮、互利雙贏的局面卻從來沒有出現過。但是，勤勞的人家總是有的，薅草，薅草，薅草。咱神農架人幹的就是虎口奪糧的營生。化凍啦！咱們又可以走上陽光照耀的山岡，提著茶水瓦罐，背著鋤頭，吆著狗，去田裏鋤麥了，挖壟了，追肥了。豬圈牛欄的廄肥早就漚出深厚的臭味，就等著這一天背到山上……人們懷著期盼，感激，張開雙臂迎接這久違了的解凍的日子。〔註16〕

化凍意味著又一年辛勞的開始，人們對辛勞的到來不僅沒有絲毫的拒斥，反而滿懷期盼，盡情歡呼。這熱烈歡騰的背後其實隱含著對「匱乏」的擔憂，一滴汗水一顆糧，對「虎口奪糧」的神農架人來說，甚至是數滴汗水一顆糧。正因為如此，閒來無事時他們體會到的不是輕鬆自在，而是心頭沒底的焦慮；而在田地裏拾掇莊稼、辛勤流汗時，他們體會到的不是艱辛，而是收穫在望的踏實。農耕文明形態下，人一方面要辛勞地付出，另一方面還得靠天吃飯。大地出產一切，也可以摧毀一切。神農架的人們就是在艱辛的勞作和虔誠的祈禱中戰戰兢兢過著日子。對「匱乏」的擔憂和無能為力必然導致農耕社會的一個普遍現象，那就是迷信，而迷信的背後一般都伴隨著生

〔註16〕陳應松：《到天邊收割》第6～7頁，南京：江蘇文藝出版社，2008年4月。

存安全感的缺乏。小說中關於望糧山的傳說，是典型的「匱乏」社會的神話，同時也是「匱乏」社會的渴望，是農耕社會的普遍夢想。傳說中孝子王圓的母親化爲仙女，給兒子的禮物竟然是一顆米。

> 王圓說你是我老娘嗎？那仙女點點頭，給了他一顆米，要他趕快回家去。叮囑他一次只刮一點點煮，便能吃飽。王圓把那顆米拿回家，心想，這一顆米全煮了也不能吃飽啊，便把一顆米全煮了。米一熟，長成了一座飯山。當地的老百姓都來吃，一餐吃光了。本來，那一顆米可以讓望糧峽谷的老百姓永遠有得吃的，刮一點煮一大鍋，米又會復原。可這下，老百姓沒有現成的飯吃了，還得出坡種莊稼，一年到頭風吹日曬，面朝黃土背朝青天，到土裏刨食。後來，王圓後悔不過，每天到山上去望，希望他的老娘再一次下凡來，再見見兒子王圓，再給他一顆神米，讓老百姓坐著吃坐著喝，不再風裏雨裏，流血流汗。王圓望呀望呀，想望見天邊的糧，想望見天上的娘。年復一年，王圓望老了，也沒能望到他的老娘再回來，也沒能望到那永遠吃不完的糧食。一來二去，這山就叫成瞭望糧山，也叫望娘山……〔註17〕

　　一顆神米，永遠吃不完的神米，這就是土裏刨食的農耕民族最大的奢望。神米的傳說還教育人們不能貪婪，貪婪的結果便是更加的「匱乏」。這其實也是在告誡人們要容忍和接受「匱乏」，因爲「匱乏」是無法根本改變的。然而小說中神農架的人並非就不貪婪，雖然他們不曾想過從根本上改變「匱乏」的狀態，但人與人之間卻爲了蠅頭小利你爭我奪，勾心鬥角。余金貴雖然被同伴誤傷，身體嚴重受損，但是同伴不僅沒有惻隱之心，反倒對他處處提防，精心算計。賭徒康保在山上盜伐時被毒蛇咬傷，行將死亡時找王起山賭最後一次，結果王起山上當，將老丈人視爲命根的香柏棺材輸掉。余金貴和同村名叫一旦的女孩自由戀愛，但因爲家裏貧窮，無法滿足一旦父親的貪婪，一再被羞辱打擊。最後他決定走出神農架，可以看作是對「匱乏」的主動突圍，也是對世代相襲的生活方式與悲劇命運的挑戰。後來余金貴在城裏找到一個燒鍋爐的臨時工作，雖然工作環境差，工資很低，但他覺得再怎麼也比呆在神農架強了許多。於是他給神農架的戀人一旦寫信，希望她也能離開那個地方。

〔註17〕陳應松：《到天邊收割》第52頁，南京：江蘇文藝出版社，2008年4月。

　　　　我寫道：一旦，來吧，到我這裡來吧，離開那個寒冷、荒涼、
　　　不近情理的地方，你若是看了外面的世界，根本就不想回去了。那
　　　是一個遍地虛妄，神經錯亂的地方。〔註18〕

　　在《太平狗》這篇小說中，太平是竭盡全力要擺脫城市回到美麗的故鄉
神農架；而余金貴剛在城市找到工作，就渴望戀人離開神農架到城裏來。顯
然，城市絕非余金貴剛剛接觸時所感覺的那般單純美好，隨著打工生活的逐
漸深入，他也漸漸體會到城市虛偽、狡詐、冷酷的一面，自己也被無情陷害。
爲了報復，余金貴在城裏殺了人，不得不又逃回神農架的深山老林。這個被
神農架逼走的無娘兒，竟然以逃犯的身份再次回到故鄉。神農架又一次成爲
歸宿，雖然是迫不得已，不再那麼美好，但它終究敞開自己古老而博大的胸
懷，接納了傷痕累累的游子。

　　作爲神農架的子民，余金貴離鄉外出尋找理想生活，最後卻不得不回到
故鄉，這一經歷似乎暗示著外面的世界並不一定有他追求的理想生活。走出
神農架山區之後，他發現外面的世界的確美好，即使是低山區的農村，條件
也要優越許多，更不用說城市。他也找到了他日思夜想的母親，然而母親只
給了他一筆錢，並沒有給他想要的親情和母愛。困在神農架時，他還可以思
念自己的母親，而在見了母親之後，他連珍藏內心多年的最後一絲親情也失
去了，即使離散多年的親生母親也不能成爲余金貴的歸宿。他的歸宿在哪兒
呢？寄身城市的旅社裏，余金貴感覺自己被掏空了。

　　　　我不知道我接下來要幹什麼。

　　　　這一趟，把我的過去整個掏空了，新的生活又沒建立起來，讓
　　　我無所適從。我有了錢，卻沒了目標，沒了思念，更沒了家。〔註19〕

　　外面的世界很精彩，但精彩是別人的，對余金貴來說只是過眼煙雲。他
的根依然在神農架，他的血液裏流淌著神農架賦予的農耕基因，因此在城市
裏他總是恍然若夢，是城市的外來者、異鄉人。他只能夢遊般漂浮在城市，
而無法眞正地紮根於城市。

　　　　所謂城市，就是到處都是陌生人。我總是把這些人當成村裏的
　　　人，覺得這個人好像村長，這個人好像小滿，這個人像我爹哩，這
　　　個人活脫脫像王起山那短命鬼！這個人就是死了幾年的王爹，這個

────────────

〔註18〕陳應松：《到天邊收割》第185頁，南京：江蘇文藝出版社，2008年4月。
〔註19〕陳應松：《到天邊收割》第181頁，南京：江蘇文藝出版社，2008年4月。

人的背影狗日的就跟康保一個樣……從我進入十堰開始，我就犯下了這個毛病，把凡是看到的人跟村裏的熟人聯繫起來。我把看到的車也跟神農架的動物聯繫起來。車各種各樣，車也跑得飛快，就像受驚了的野牲口，驚頭慌腦地在大街上逃命。所有的車都在逃命，它們有的是麂子，有的是鹿，有的是青羊，有的是岩羊，有的是靈鬃羊，有的是獐子，有的是野豬，有的是老熊，有的是豹子……是哪個在追它們呢？如此失魂落魄？沒哪個端著槍，吹著號，拿著鉤子來殺它們呀？——整個城市都受驚了！〔註20〕

余金貴就像神農架的一棵莊稼，被連根拔起之後移栽到城裏。他的整個記憶及感受方式都還停留在神農架，雖然他從那裏突圍出來，對那裏充滿了怨恨。然而無法改變的是，神農架才是他的故鄉，才是他的根之所在。正是在這一點上，余金貴和《太平狗》中的太平一樣，在城市裏才發現自己與神農架不可分割的血肉聯繫。然而余金貴同時又深切地體會到了神農架和城市相比的「匱乏」，這一點太平卻體會不到。

余金貴因殺人獲刑，進了監獄，這一結果多少有些讓人遺憾。不過令人欣慰的是，他也給神農架帶來了希望，正是由於他堅決地走出神農架，去尋找母親和新的生活，最終還是感動了母親，找回了親情。小說的結尾不再讓人窒息，一切都在改變，未來充滿了希望。

> 我在監獄裏服刑的時候，我得知我娘已經回神農架承包了一百畝荒山，把她的養豬場分場建在瞭望糧山上。豬是散養的，吃的是神農架百草，稱為神農架百草豬，絕對的綠色食品。有一天，一旦來看我（她不顧她爹的反對，表示一定要堅持等我出獄），給我說我娘的豬場有三百多頭豬了，她和我姐金菊都在豬場做事。連我爹也在豬場守大門。她還說，我娘準備發展野豬養殖，已抓了一頭公野豬。野豬肉要比家豬貴七八倍。兩年後要達到野豬存欄五百頭以上……
>
> 我的心已經飛回到望糧山。我知道一切都在改變，而且會越來越好。
>
> 等著我啊，爹，娘，姐，一旦！我會回來的，我一定會盡早回來的！〔註21〕

〔註20〕陳應松：《到天邊收割》第185頁，南京：江蘇文藝出版社，2008年4月。
〔註21〕陳應松：《到天邊收割》第244頁，南京：江蘇文藝出版社，2008年4月。

望糧山曾經讓人不寒而慄，因爲傳說要是有人在那裡望見天邊有麥子，災難就會降臨。說到底，這是農耕社會對「匱乏」的憂慮，對「豐裕」生活可望而不可求的恐怖。如今余金貴的母親回到神農架，在望糧山上投資建起了養豬場，把具有現代色彩的規模化養殖方式帶進了這片古老的農耕社會。可以預期的是，這裡將逐漸告別「匱乏」迎來「豐裕」，神農架——這片農耕文化的象徵之地，也終將以自己的方式吸收現代的養分併再次煥發出無限的生機！

陳應松的《到天邊收割》具有濃厚的象徵意味，偶而還有些魔幻色彩，與現實生活保持了相當的距離。而關仁山的長篇小說《麥河》則近距離關注中國農村當下的敏感話題——土地流轉，並試圖多方位地呈現出這一尚在探索中的政策給中國農民帶來的前所未有的震動和改變。小說以麥河中游的鸚鵡村爲背景，以土地流轉爲焦點，故事情節繁複曲折，跌宕起伏，通過鸚鵡村在變革過程中的恩怨情仇描繪出中國北方農村生動豐富的風土人情和農耕文明可能的未來走向。小說中最關鍵的人物形象是曹家大兒子曹雙羊。曹家是鸚鵡村的大戶，世代以務農爲生，曹家的歷史就是一部鮮活的土地史。曹雙羊與本村的姑娘桃兒戀愛，因爲家裏窮，在桃兒母親生病時沒有給予必要的幫助，導致感情產生裂痕，於是曹雙羊發誓要離開土地去掙錢。曹雙羊和高中同學、縣委副書記的兒子趙蒙一起開煤礦，趙蒙喜歡上了桃兒，曹雙羊萬般無奈，只得委曲求全。曹雙羊和趙蒙明爭暗鬥，終於找機會借流氓之手除掉了趙蒙，之後又賣掉煤礦，成了富翁。爲了開闢新的財路，曹雙羊到一家方便麵公司打工，很快做到副總級別，由於和老闆意見分歧，他帶著親信另立門戶，開發了自己的方便麵品牌。曹雙羊的公司需要大量的麵粉，幾經周折開始在故鄉搞土地流轉，農民以土地入股，公司採用現代工業的經營管理模式，收到了良好的經濟效益。曹雙羊的公司不斷發展壯大，農民也跟著受益，不僅收入增加，而且還住進了樓房。曹雙羊是地地道道的農民出身，當初爲了夢想被迫離開土地，而在經商成功之後他又回到了土地，既延續了自己家族與土地的血脈聯繫，又把土地和鄉親帶入了另一片嶄新的發展空間。

改革開放之初，農村實行的土地承包責任制極大地發掘了農業生產的潛力，迅速解決了困擾中國多年的溫飽問題。然而隨後的二三十年，中國農業的生產力水平就再也沒有實質性的提升。隨著改革重點向工業和城市的轉移，國民經濟總體實力迅速增強，而農業的發展卻越來越舉步維艱，只能維

持在一定水平原地踏步，有時甚至還會出現嚴重的倒退。中國經濟整體的突飛猛進與中國鄉村的徘徊不前甚至衰退形成了巨大的反差，廣袤的鄉村將何去何從成了當下中國最引人關注的社會問題。「鄉村就處在傳統/現代的夾縫中──面對過去，鄉村流連忘返充滿懷戀；面對未來，鄉村躍躍欲試又四顧茫然。」〔註22〕而造成中國鄉村這一尷尬現狀的重要因素便是中國特殊的土地所有制。毫不誇張地說，如何改革中國的土地所有製成了決定中國鄉村未來命運的最關鍵因素。關仁山的《麥河》呈現了以土地流轉方式解決這一問題的可能性，以及這一方式可能引發的生活及文化領域的巨大衝擊和改變。可以說，用文學的方式來關注如此現實而緊迫的社會問題，既需要極大的勇氣，也需要承擔相當的風險。

　　土地流轉作爲一項高度理性的政策措施，本來是不適合用文學來表現的。但是這一政策措施可能帶來的社會文化和個人情感層面的巨大震撼，卻值得文學領域的高度關注。在農耕傳統源遠流長的中國社會，人們對土地有著非同一般的感情。土地既承載了個人及家族的生存和夢想，也承載了悠久燦爛的民族傳統文化。然而，在土地流轉制度下，實物意義上的土地將轉變成符號化的股份，這一形式層面的改變是空前的，背後涉及的生產方式的革命更是根本性的。當土地由實物轉化爲符號之後，人與土地的關係形態發生了巨大的改變，人對土地的感受方式自然也會隨之發生變化，那麼承載於土地之上的傳統情感與夢想將會發生怎樣的改變？這些改變又將對民族文化心理的現代轉型產生怎樣的影響？這些都應該是同時代文學無法繞開的重要主題。

　　「中國社會變遷的過程最簡單的說法是農業文化和工業文化的替易」〔註23〕，同時，這一替易過程也是一個從「匱乏經濟」走向「豐裕經濟」的過程。在中華民族努力走向現代的過程中，土地問題一直是焦點問題，每一歷史時期也都留下了與土地變革相關的文學經典。比如，反映土地改革的有丁玲的《太陽照在桑乾河上》，周立波的《暴風驟雨》等；反映互助合作的有柳青的《創業史》，趙樹理的《三里灣》等；反映人民公社的有浩然的《豔

〔註22〕孟繁華、程光煒：《中國當代文學發展史（修訂版）》第 392 頁。北京：北京大學出版社，2011 年 10 月。

〔註23〕費孝通：《中國社會變遷中的文化癥結》，收入《鄉土重建》。見於《鄉土中國》第 242 頁，上海：上海人民出版社，2007。

陽天》和《金光大道》等；反映家庭承包責任制的有路遙的《平凡的世界》，
高曉聲的陳奐生系列等。每一次關於土地的重大變革，其動機都無外乎告別
「匱乏」走向「豐裕」。土地改革時期，革命者在發動鬥爭時一般都要問群
眾這樣一個問題：我們為什麼這麼貧窮？這種引導群眾的方式充分利用了農
耕子民對「豐裕」的嚮往，將眼前的「匱乏」作為發動革命理由，自然有其
歷史的必然性。然而大半個世紀過去了，中國的土地經過多次折騰之後，依
舊沒有從根本上解決農村經濟的「匱乏」問題，「豐裕」的理想距離中國農
民仍然還很遙遠。不難看出，無論是土地改革、互助合作、人民公社還是家
庭承包責任制，在農業生產的基本方式上，都沒有脫離傳統農耕文化的窠
臼。也就是說，二十世紀中國關於土地的歷次革命或變革，都是在傳統農耕
文化範疇之內的試驗和摸索，無論成功還是失敗，都無法構成對農耕傳統的
實質性突破。

　　土地流轉是二十一世紀初才出現的新生事物。2004 年，國務院頒佈《關
於深化改革嚴格土地管理的決定》，文件中有關於「農民集體所有建設用地使
用權可以依法流轉」的規定，明確指出「在符合規劃的前提下，村莊、集鎮、
建制鎮中的農民集體所有建設用地使用權可以依法流轉。」2005 年，農業部
頒佈了《農村土地承包經營權流轉管理辦法》，讓這一政策變得更加詳細具
體。截至目前，土地流轉政策尚未完善，依然處在探索過程中。但是和二十
世紀關於土地的歷次變革不同，土地流轉從根本上改變了農民和土地的依存
關係，農民將不再因為靠農業謀生就被死死地和土地綁在一起，一輩子都被
限制在有限的土地範圍之內。土地流轉政策在解放農民的同時，還可以將規
模化的集約經營引入農業生產，使農業真正突破自給自足的傳統小農經濟的
生產方式。因此，從這個角度說，土地流轉政策是對傳統農耕文明的實質性
突破，是現代工業生產方式對傳統小農生產方式的改造和取代。正是在現代
意義上的公司化管理和集約化經營的比照之下，傳統的零散耕作、各自為政
的小農經濟模式才相形見絀。只有從根本上認識到傳統小農經濟的局限性，
中國農民才有可能真正告別傳統社會的「匱乏」，走向現代社會的「豐裕」。

　　正是從這個意義上講，關仁山在《麥河》中塑造的曹雙羊這一農民形象
具有劃時代的標誌性的意義。《太陽照在桑乾河上》中的程仁，《創業史》中
的梁生寶，《平凡的世界》中的孫少安孫少平兄弟，這些人物形象在二十世紀
的文學長廊中都是足以代表一個時代的文學典型。新世紀初的中國農村正在

歧路徘徊，舉步維艱，曹雙羊在鸚鵡村搞的土地流轉或許會爲中國農村走出困境提供一些啓發和借鑒。關仁山似乎有意讓曹雙羊這一文學形象標示出中國農村在走向現代過程中的一個特殊階段，就像程仁、梁生寶和孫少安孫少平兄弟等一樣。只是，文學作品的經典化需要多方面的條件，作品本身的質量自然是最關鍵的決定因素，而這一點還有待文學史大浪淘沙的檢驗。

第三節 農耕傳統的整合與新生

就人與環境的關係來看，傳統農耕文化與現代工商文明之間的差異是非常巨大的。「農業和游牧或工業不同，它是直接取資與土地的。游牧的人可以逐水草而居，漂浮無定；做工業的人可以擇地而居，遷移無礙；而種地的人卻搬不動地，長在土裏的莊稼行動不得」。〔註24〕因此，對以農爲生的人而言，生存空間相對來說是穩定的，同時也是有限的、封閉的；而對從事現代工商業的人而言，生存空間則是變化的，敞開的，無限的。前者長期在一個封閉而熟悉的環境裏過著一種可以預期的穩定的生活，而後者則需在不斷變動的環境裏過著激烈競爭的充滿變數的有著相當風險的生活。兩種截然不同的生存方式自然會產生不同的生活態度和價值觀，費孝通先生說，「在匱乏經濟中主要的態度是『知足』，知足是欲望的自限。在『豐裕經濟』中所維持的精神是『無饜求得』」。〔註25〕中國漫長的農業社會屬於典型的匱乏經濟，一代代農耕子民面對熟悉的生存環境、有限的生存資源，過著一種沒有多少變數同時也沒有多少機遇的穩定的生活，這樣一種生存方式所孕育的生命哲學自然是「知足」，因爲面對土地，一切都是確定的，個人沒有多少額外施展的空間。也只有在知足的狀態下，人才會平心靜氣、沉潛專注地去感悟生命與世界，進而產生天人合一、物我兩忘的東方智慧和詩性體驗；現代工商經濟則屬於「豐裕經濟」，在高效率創造財富的同時，也把人的物質欲望最大限度地發掘出來。這是一個充滿變數和機遇的社會，沒有做不到的，只有想不到的。人的未來命運呈敞開狀態，有著無限多的可能。在現代社會，欲望和消費成爲推動經濟發展的核心動力，「豐裕經濟」倡導永不滿足，「無饜求得」，積極進取，永無止境。

〔註24〕費孝通《鄉土中國》第 3 頁，北京：北京出版社，2004 年。
〔註25〕費孝通：《中國社會變遷中的文化癥結》，收入《鄉土重建》。見於《鄉土中國》第 243 頁，上海：上海人民出版社，2007 年。

顯然，無論是傳統農耕文明的「匱乏」與「知足」，還是現代社會的「豐裕」與「無饜」，都不是人類生存的理想狀態。從物質財富方面來講，現代的「豐裕」自然優於傳統的「匱乏」，但是從人的內心狀態與生命質量來看，傳統的「知足」又勝過現代的「無饜」。無論從哪個角度看，傳統與現代都是各有長短，它們之間的互補性是顯而易見的。因此，中國社會的現代化進程絕對不是用所謂的「現代」取代傳統，而是應該讓傳統與現代彼此燭照，相互借鑒，多元共生，和而不同。在當下中國正竭盡全力從「匱乏經濟」邁向「豐裕經濟」，惟 GDP 是尊的社會氛圍之下，人的物質欲望早已被最大限度地激發出來，無限膨脹，令人生畏，這時候，數千年傳統農耕文明孕育的哲學與藝術對於當下的世道人心無疑是一劑良藥。

邵麗於 2011 年發表於《十月》的《城外的小秋》是這幾年難得一見的佳作。小說講的是一個名叫小秋的女孩兒與故鄉的莊稼和土地的故事。小秋本來出生在城裏，而且父親還是一名醫生，但她一生下來就病快快的，成天鬧死鬧活地哭。小秋七八個月大的時候，鄉下的爺爺去世了，奶奶被接到城裏帶孫女，小秋依然每天哭鬧，搞得奶奶也疲憊不堪。奶奶無奈，帶著孫女回到鄉下。沒想到一到鄉間田野，小秋就露出了從未見過的笑容，身體也一天天茁壯起來，什麼毛病都沒有了。小秋跟著奶奶在鄉下生活、上學，過得非常開心，不經意間就到了談婚論嫁的年齡。城市不斷擴張，要在小秋的家鄉徵地建廠，同時政府開始新農村建設，要求農民搬離老院子，住進新樓房。搬離老院子之後，小秋和奶奶都不習慣。村裏種莊稼的好把式、奶奶年輕時的戀人郝強一直住在老垸子了，堅決不肯搬遷。他的孫子郝晴天和小秋青梅竹馬，兩小無猜，如今成了一對戀人。村裏的年輕人都外出打工去了，但小秋依然不願進城，郝晴天也就留在了村裏，小秋對他說，她要留在鄉下陪奶奶種地。村裏反覆做工作，但郝強就是不搬，成了釘子戶、村子最後的守望者。拆遷工作組剛走，打狗隊又進村了，不久，推土機就開進了長勢正盛的莊稼地。推土機把小秋逼進了一條水溝，小秋被救上來後渾身冰涼，後來，她的腿莫名地癱瘓了。郝晴天不離不棄，天天陪著小秋。沒有了莊稼地之後，小秋越來越虛弱。郝晴天和爺爺到淮河邊一家廢棄的農場承包了兩百畝土地，小秋的父母答應了他們的婚事，一對戀人將在遠離城市的地方開始他們新的生活。

《城外的小秋》總體風格顯得清新淡雅，溫婉細膩，無論在文風還是價

值取向上都明顯受到沈從文的影響，和《邊城》、《蕭蕭》等小說一脈相承，遙相呼應。小秋就是沈從文筆下的翠翠、蕭蕭，她們是傳統鄉土世界孕育的精靈，雖然渺小，甚至脆弱，然而她們卻像田野鄉間一朵朵小小的野花，兀自盡情綻放，雖然並不耀眼，卻有一種超凡脫俗之美。她們紮根鄉野大地，與大自然血脈相通，簡單純樸，靜美自足，城市喧囂繁俗的妖豔之美在她們面前只顯得膚淺浮躁，過眼即煩。

小秋的父母經過奮鬥從鄉下到了城市，可是小秋生在城市卻無法適應城市，只有在鄉村大地上，她才會怡然自得，煥發出生命的活力。小秋第一次跟著奶奶回鄉下時才七八個月大，但她第一次見到田野和莊稼時就一下子就變得生氣蓬勃，彷彿一株奄奄一息的幼苗被重新植入了肥沃的大地，很快就重獲生機。土地給了小秋神奇的生命力量。

> 小秋被奶奶帶回鄉下，正是玉米長纓子的時候。豆丁大的女孩兒被抱著經過玉米田，聽到風吹葉子刷拉刷拉的聲音，黑眼睛骨碌碌地轉動，看不夠地看，小細胳膊彷彿經不住風吹，舞動得像玉米葉子一樣歡快。在城裏奶奶不曾見她笑過，到了田地裏，被風一吹，竟然風鈴一樣笑得咯棱咯棱響。

> 奶奶想，這孩子，命中屬土，合該長在田地裏。〔註26〕

小秋與田野大地似乎存在著某種神秘的聯繫和感應，只要離開鄉下，她就會很快枯萎、凋零。小秋的父母在城裏開診所，成天忙於掙錢，代表著現代城市的「無饜求得」與進取精神；而小秋和奶奶守在鄉下，過著恬淡自足的田園生活。然而不幸的是，城市化浪潮洶湧而來，即使鄉下也在劫難逃，小秋和奶奶不得不告別老垸子，搬進按新農村規劃建設的新樓房。

> 小秋最知道，打從搬了新屋，奶奶一天也沒高興過，整天唉聲歎氣的。奶奶也許是想念她的那些雞，多少年了，院子裏總是養著一群精神抖擻的雞。在奶奶看來，進屋子不抓一把糧食撒給雞們吃，這個家就不是個真正意義上的家。小秋吃的雞蛋，都是剛從雞窩裏撿出來的，握在手心裏還熱乎乎的。新屋沒有院子，雞沒地方住，有一陣子奶奶每天還要奔幾里路到老院給雞喂食，晚上等雞收了窩去關圈門。〔註27〕

〔註26〕邵麗：《城外的小秋》，載《十月》，2011 年第 5 期。
〔註27〕邵麗：《城外的小秋》，載《十月》，2011 年第 5 期。

在當前中國惟 GDP 崇拜的氣勢洶洶的現代化模式之下，傳統似乎已經注定要成為記憶中的東西。絕大部分人（包括政府）都在不停地否定過去，推陳出新，追求天天變、日日新，每時每刻都在迫不及待地追趕一種並不確定的未來。一切都處於不斷的變動之中，甚至剛剛建成的也被推倒重來。熟悉的東西越來越少，滿眼都是陌生而猙獰的現代製造。時代和社會的主流彷彿無時無刻不在提醒人們：過去的都是過時的，是不得不拋棄和改造的，否則就不會有嶄新的美好生活。每個人似乎都是為了未來而活著，而不是活在當下，更不可能滿足於當下。

然而，小秋和奶奶偏偏不喜歡這種日日新、天天變的現代城市生活，她們熱愛舊的環境和氛圍，把日子過得有滋有味。她們的不安恰恰源於這個時代對她們熟悉的舊環境舊生活的破壞。她們並不熱衷於未來的不確定的新生活，而是從容坦然地享受著彌漫著舊時意味的傳統鄉間生活。在整個社會都崇尚求新求變的這樣一個時代，她們逆潮流而動，反其道而行之，在「舊」生活中如魚得水，愜意自在。雖然小秋的父親對女兒不願進城這一點感到非常失望，彷彿女兒死不開竅，自毀前程，然而「舊」的鄉下生活並未毀掉小秋，反倒一次又一次拯救了她。而且，小秋在鄉下的生活似乎也並不「匱乏」，更不是勉強讓自己「知足」，而是一種令人羨慕的自然純樸、恬淡自足的生活。小秋的生存經驗彷彿在提醒人們，過去的也可以是一種生活，而且還可能是一種很值得留戀的美好生活。

如果繼續套用費孝通先生的觀點，即中國傳統經濟是「匱乏經濟」，「在匱乏經濟中主要的態度是『知足』，知足是欲望的自限」，〔註 28〕這樣的說法就無法解釋小秋的生活了。首先，小秋在鄉下的生活雖然並不豐裕，但也不算匱乏，只是沒有了城市裏五彩繽紛的誘惑，不過各方面似乎都恰到好處；其次，小秋知足，但她的知足並不是「欲望的自限」，在鄉下她基本上隨心所欲，甚至還有點小小的任性。費孝通先生所說的欲望自限式的知足是在匱乏條件之下迫不得已的知足，是知難而止，苦中作樂。而小秋的知足則完全沒有被動和無奈的味道，她是在適當的物質條件下自然而然享受生活，不為身外世界所累，自在自足。在匱乏經濟條件下的知足是欲望的自限，這自然沒錯，接下來的問題是，在由匱乏走向豐裕的過程中，人的欲望大多得以逐漸

〔註 28〕費孝通：《中國社會變遷中的文化癥結》，收入《鄉土重建》。見於《鄉土中國》
　　　　第 243 頁，上海：上海人民出版社，2007 年。

滿足，在條件改善之後人是不是就自然而然地知足了呢？答案顯然是否定的，小秋父母在城裏的生活方式就正好印證了費老的觀點：在豐裕經濟中所維持的精神是「無饜求得」。

「無饜求得」就是不斷進取，永不知足，而且視知足爲敵人。那麼現代社會裏匆匆忙忙的人們到底在求什麼呢？「知足」是內心的一種狀態，顯然不是「無饜」所求的目標。「無饜求得」指向身外的世界，那就是利潤、財富。人的需求其實是有限的，至少可以控制在一定的範圍之內，但是資本追逐利潤的欲望卻是無限的，「無饜求得」就是資本逐利所遵循的原則。當人被資本所裹挾、所支配，人就會忘記自己本來的欲求，把自己交給資本，把資本的欲求視爲自己的欲求，人也就迷失了自我，身不由己，變得跟資本一樣貪得無厭。資本最害怕的就是社會公衆的滿足，因此它需要不斷地製造超出人們實際需要的額外的消費欲求，讓人永不滿足，永遠保持旺盛的消費欲望。現代社會的人大多被這些額外的、冗餘的消費欲望所主宰，因此，人們在豐裕經濟的社會環境裏時時體會到的不是滿足，反倒是更加強烈的匱乏，於是越發急切地沿著資本所指引的方向不知疲倦地奔波、奮鬥，身不由己地變成了資本和財富的奴隸。

小秋的父母在城裏開診所，算是資本家的行列。他們成天忙碌著，連未來女婿郝晴天到診所商量婚事，他們都抽不出閒暇。

　　　　郝晴天走進診所的時候，任健成正在忙碌著，病號一個接一個，忙得他擡不起頭。小秋媽也忙裏忙外，連跟他說句完整的話的工夫都沒有。郝晴天像個病號，坐著等了一個多小時。看著那些進進出出的病人，他有點惶惑，城裏人沒有田地，不下力，爲什麼還有這麼多的人腰酸背痛？他們鄉下人是因爲勞動才會扭傷腰腿，沒有閒出病來的。村子裏經常病歪歪的人是讓人看不起的。而城裏人病了，竟然有滿嘴的道理，還好意思說是什麼富貴病。好像是病來找他們的，而他們是無辜的受害者。〔註29〕

作爲一位鄉下農民，郝晴天一度被小秋的父親瞧不起，心頭難免幾分忐忑。而此刻，在這位農民眼中，城市不再是一處值得嚮往的所在，其富貴的表象之下是無可救藥的病態。傳統的鄉下與現代的城市，不再代表著歷時性的過去與未來、落後與先進，而是成了共時狀態下兩種不同的選擇。城鄉之

─────────────────────

〔註29〕邵麗：《城外的小秋》，載《十月》，2011 年第 5 期。

間不再是高低懸殊、貴賤分明，而是兩種不同的生存方式，呈現出平等互補的狀態，至少在價值和尊嚴層面如此。小秋癱瘓之後，父母對她更多的是可憐，而郝晴天對小秋的父母說：我不是可憐她，我是想讓她明白什麼是快樂，也要讓她明白什麼是我們倆的快樂。對快樂的追求，展示出一對戀人堅定的自主性，他們像田野裏的莊稼一樣單純無雜念，不為名利所惑，始終堅持自己內心深處想要的生活。

然而，在城市化浪潮的衝擊之下，恬淡自足的傳統鄉村生活已經不堪一擊，節節敗退，代表著現代的城市處於絕對的優勢地位，氣勢洶洶，咄咄逼人。小說中推土機把小秋逼入水溝，致使小秋雙腿癱瘓，這一情節極具象徵意義。強大堅硬的現代鋼鐵之軀是弱小的農耕子民所無法阻擋的，小秋和戀人只有後退、逃離。然而，逃離現代城市對他們而言並不意味著無奈和屈服，而恰恰是一種主動的回歸和追求：回歸傳統的農耕生活，追求他們熟悉的知足的閒淡的田園生活。

需要注意的是，小秋和戀人對田園生活的嚮往和追求已經不再是為了傳統農耕文化意義上的「知足」。著名學者趙園對傳統農耕社會裏的田園詩意有這樣一段論述，「鄉村的詩意的平靜、穩定、安全等等，是以生活的停滯、缺乏機遇、排擯陌生、拒絕異質文化、狹小空間、有限交際等等為條件的，是以一切都已知、命定、相沿成習，是以群體（宗族、村社）對於個人的支配為代價的。」〔註 30〕趙園先生此處論及的田園詩意是典型的傳統農耕社會的產物，與匱乏經濟密切相關。然而，小秋和戀人所嚮往的田園生活已經不再是「已知、命定、相沿成習」的，更不是「以群體對於個人的支配為代價的」，恰恰相反，他們所嚮往的田園生活在他們的生存現實中已經不復存在，而是變成了一種理想和奢望，需要他們主動去追求，去重新創造；而且他們的追求是對社會潮流的反抗，不僅不是被群體所支配，而且還是對群體的主動擺脫。他們聽從內心的召喚，拒絕向潮流妥協，勇敢地追尋一份真正屬於自己的生活。從小秋和她戀人身上，我們看到的不再是傳統農耕文化封閉、停滯、保守的一面，也不是現代城市文明「無饜求得」、自我迷失的一面，而是把傳統農耕文明所孕育的恬淡自足、詩意和諧的東方審美理想和現代城市文明所主張的進取精神很好地結合起來。他們有自己的理想和追求，懂得知足而不失進取精神，勇敢追求而不致貪得無厭，在傳統與現代之間找到了一條通往

〔註 30〕趙園：《地之子》第 92 頁，北京：北京十月文藝出版社，1993 年 6 月。

理想未來的隱約蹊徑。在物質主義的現代性大行其道、所向披靡的時代，傳統農耕文化中知足、詩意的價值追求就更加構成了中國現代性不可或缺的精神資源。

如果說《城外的小秋》表現的是個人在傳統與現代、鄉土與城市之間的尋找與突圍，那麼阿來的《空山》系列呈現出來的則是一個偏遠的藏族農業小村「機村」在現代歷史階段轟轟烈烈的演變歷程。《空山》系列可視為《塵埃落定》的內在延續，繼續講述關於阿來故鄉的歷史。機村位於川西高原深處，無論從文化版圖還是地理位置上講，都顯得非常偏僻。在過去的漫漫歷史長河中，機村偏居一隅，原始純樸，自給自足，千年不變，屬於典型的農耕文化超穩定的社會結構。當歷史逐漸步入現代，外面世界掀起的狂風巨浪逐漸波及機村，機村身不由己地被裹挾著，在短短幾十年裏「從農奴社會躍進到社會主義」，社會經歷了此前千年未有的劇烈轉型。機村偏遠、封閉、停滯的絕對前現代特徵，就像陳應松筆下的神農架、閻連科筆下的受活莊一樣，成為與現代社會相對的另一極。不同的是，阿來對機村在現代歷史階段的演變過程的揭示是連貫的、全方位的，既有自我民族文化的反思，也有對現代性的另眼審視，呈現出來的是一個偏僻的民族村莊立體的、驚心動魄的現代歷史進程，指向的卻是關於生命與存在的永恒追問。

阿來在他的散文集《大地的階梯》中曾這樣寫道，「我想寫出的是令我神往的浪漫過去，與今天正在發生的變化。特別是這片土地上的民族從今天正在發生的變化得到了什麼和失去了什麼？」〔註31〕阿來的小說創作同樣秉持著這樣的信念，他的小說不僅僅是以文學的方式建構歷史的宏大敘事，同時也是平凡甚至瑣碎的個體命運的細緻呈現。阿來之所以有一種強烈的要洞悉和把握歷史及個體命運的衝動，是因為機村在這短短幾十年的時間裏發生的巨變是匪夷所思的、難以想像的，歷史高密度的令人眼花繚亂的變遷讓人彷彿跌進了時空隧道，越是變幻無常，人往往就越渴望能夠把握自我、確認自我。

小說中，機村人面對一日千里的現代社會，經常發出今非昔比的感歎。

> 是的，從前的機村人是不盼望什麼的，如果沒有上千年，至少也有幾百年，機村人就這樣日復一日，在河谷間的平地上耕種，在高山上的草場上放牧，在茂密的森林中狩獵。老生命剛剛隕滅，新

〔註31〕阿來：《大地的階梯》第 245 頁，海口：南海出版公司，2008 年 1 月。

的生命又來在了世上。但新生命的經歷不會跟那些已然隕滅的老生命有什麼兩樣。麥子在五月間出土，九月間收割。雪在十月下來，而聽到春雷的聲音，聽到布穀鳥鳴叫，又要到來年的五月了。

……

達瑟說：「真是啊，以前的人，這麼世世代代什麼念想都沒有，跟野獸一樣。」〔註32〕

現代性以不可思議的速度將機村人帶進了另一片時空，讓他們一下子拉開了和前人的距離，巨大的差異彷彿人獸之間，不可思議。正是由於現代性給機村帶來的匪夷所思的改變，使得現在機村每個稍微年長一點的人常常都有一股話說當年的衝動。話說當年就是回顧歷史，就是想弄清楚自我與當下的來龍去脈，就是努力在變幻莫測的現代世界中把握自己。

能夠有一個地方坐下來話說當年，每一個過來人都能借著酒興談機村這幾十年的風雲變幻，恩怨情仇。在我看來，其實是機村人努力對自己的心靈與歷史的一種重建。因為在幾十年前，機村這種在大山皺褶中深藏了可能有上千年的村莊的歷史早已是草灰蛇線，一些隱約而飄忽的碎片般的傳說罷了。一代一代的人並不回首來路。不用回首，是因為歷史沉睡未醒。現在人們需要話說當年，因為機村人這幾十年所經歷的變遷，可能已經超過了過去的一千年。所以，他們需要一個聚首之處，酒精與話題互相催發與激蕩。
〔註33〕

和外面的世界一樣，機村的現代化歷程也是在強大的主流意識形態的指引下進行的；不同之處在於，在邁向現代的歷史進程中機村似乎毫無主動性可言，而是一次又一次被動地聽從外面世界的「告知」和左右。

人們不斷地被告知，每一項新事物的到來，都是幸福生活到來的保證或前奏，成立人民公社時，人們被這樣告知過。第一輛膠輪大馬車停到村中廣場時，人們被這樣告知過。年輕的漢人老師坐著馬車來到村裏，村裏有了第一所小學時，人們被這樣告知過。第一根電話線拉到村裏，人們也被這樣告知過。〔註34〕

〔註32〕阿來：《空山.3》第175頁，北京：人民文學出版社，2009年。
〔註33〕阿來：《空山.3》第171～172頁。北京：人民文學出版社，2009年。
〔註34〕阿來：《空山》第57頁。北京：人民文學出版社，2005年5月。

　　因此，機村的現代性呈現出時間與空間的雙重跨越：從時間維度講，是告別千年不變的農奴社會快速跨入社會主義；從空間角度講，則是告別與世隔絕的孤立狀態，「外面的世界撲面而來」，與機村的聯繫越來越緊密，直至彼此交融，渾然一體，無可逃避。機村人一方面自身在發生著變化，在一定程度上拉開了與傳統的距離；另一方面也在被動地承受外面世界給機村的說教，以及外面世界在物質層面給機村帶來的巨大改變。

　　復仇在機村有著久遠的傳統和規矩，機村流傳下來的故事中，有相當一部分都與復仇相關。仇恨可以代代相傳，報仇的方式亦有規有矩，對機村人來說，這已構成他們傳統生存方式的一部分。在瘋狂盜伐、販賣木材的年代，拉加澤里和更秋家幾兄弟結下了仇恨，拉加澤里和更秋家老五先後進了監獄。十多年後，兩人相繼出獄。按機村的規矩，更秋家老五應該找拉加澤里復仇。然而在這個新的時代，仇恨似乎已經變得不再那麼重要。當老五對復仇一事還念念不忘、耿耿於懷時，不僅有警察做他們的思想工作，而且他的後輩對復仇的事情也不感興趣了。

　　　　「不准砍樹，不准這個，不准那個，連讓兒子報仇都不准了？！」

　　　　「現在是文明社會了，在裏面沒有講過嗎？我們從農奴社會躍進到社會主義社會，那些野蠻落後的風俗都應該拋棄了！」

　　　　拉加澤里知道，兩個警察是來做工作讓他們兩個化解冤仇的，更知道他們說的都是大道理，但同情心卻偏在了老五這邊：「好了，兩位警官，這些道理我們在裏面聽了十幾年，聽夠了。」

　　　　老五當然也感覺得出來，說：「媽的，你為什麼不恨我？」

　　　　「我也很奇怪。」

　　　　「求求你恨我吧。」

　　　　「為什麼？」

　　　　「那樣我就能找你報仇，我報不了，讓兒子來報！」

　　　　拉加澤里說：「你兒子就想唱歌，當歌星，不想替他老子報仇！」

　　　　老五一臉茫然：「那就不報了？」

　　　　兩個警察聽了哈哈大笑，放心開上吉普車回鄉里去了。〔註35〕

〔註35〕阿來：《空山.3》第214～215頁。北京：人民文學出版社，2009年。

　　機村曾經千年不變，有著許多代代相傳的老規矩。然而正是在與外面世界的交流過程中，過去的一些觀念發生了變化，傳統的復仇情結也被一種新型的人際關係所取代。顯然，機村在這方面的變化體現爲一種文明在縱向歷史發展進程中的巨大進步。然而，外面的世界也曾給機村帶來無盡的困惑甚至劫難，從峽谷外面的世界蔓延而至的天火，伐木場對森林毫無節制的砍伐……這些都曾給機村留下了難以磨滅的傷痛記憶。再後來，機村的現代性之路從「被告知」走向了「被開發」，古歌中傳唱的古老王國所在地、神秘的覺爾郎峽谷被成功開發成旅遊勝地，每天都要接待大量的外地遊客。機村的年輕人開始豔羨外面的世界，本地歌手刻意迎合外面的人，按照他們的審美需求和想像來打造自己，並成功地走向了外面的大城市。工作組又進村了，機村再次熱鬧起來，這次是水電開發，電站的水庫將把整個機村淹沒……一切都在呈加速度地發展、變化，弄得人暈頭轉向，就像機村曾經唯一的讀書人達瑟在本子上寫的那樣，「它們來了……這麼凶，這麼快」〔註 36〕，連停下來想想怎麼招架的工夫都沒有，就已經不容置疑，也無從改變了。

　　被迫不及待地不停開發的機村雖然獲得了暫時的熱鬧與繁榮，但這顯然不是阿來理想中的故鄉。物質主義的現代性追求是否會給機村帶來進一步的傷害，這才是阿來最爲憂心的。尤其值得注意的是，機村作爲一個藏族小村莊，在風土人情等方面的確有其一定的獨特性，但機村的現代歷史進程和「外面的世界」又是高度同步的，所以阿來對機村風雲變幻的現代歷史的敘述其實有著更爲廣泛的指涉，自然包括所謂的「外面的世界」。阿來曾這樣談起《空山》，「我所要寫的這個機村的故事，是有一定獨特性的，那就是它描述了一種文化在半個世紀中的衰落，同時，我也希望它是具有普遍性的，因爲這個村莊首先是一個中國的農耕的村莊，然後才是一個藏族人的村莊，和中國很多很多的農耕的村莊一模一樣。這些本來自給自足的村莊從五十年代起就經受了各種政治運動的激蕩，一種生產組織方式、一種社會剛剛建立，人們甚至還來不及適應這種方式，一種新的方式又在強行推行了。經過這些不間斷的運動，舊有秩序、倫理、生產組織方式都受到了毀滅性的打擊。維繫社會的舊道德被摧毀，而新的道德並未像新制度的推行者想像的那樣建立起來。」〔註 37〕所以機村不是孤立的，它和外面的世界息息相關；機村的故事

〔註 36〕 阿來：《空山.3》第 290 頁。北京：人民文學出版社，2009 年。
〔註 37〕 阿來：《我只感到世界撲面而來——在渤海大學「小說家講壇」上的講演》，

和命運也不是孤立的，外面的世界也一直在上演相似甚至相同的故事，經歷了大致相同的命運。彷彿是擔心讀者因爲獵奇的閱讀心理而忽略了機村背後的普遍性，阿來一再強調，「我寫的是一個村莊，但不止是一個村莊。寫的是一個藏族的村莊，但絕不只是爲了某種獨特性，爲了可以挖掘也可以生造的文化符號使小說顯得光怪陸離而來寫這個異族的村莊。再說一次，我所寫的是一個中國的村莊。」〔註 38〕而且他還提醒讀者注意，「我們的報章上還開始披露，這本書所寫的那個五十年，中國的鄉村如何向城市，中國的農業如何向工業──輸血。」〔註 39〕今天，在我們面對弱勢的鄉村時，很容易把現代城市和工業誤認爲是傳統農耕文化的拯救者。其實對歷史稍作瞭解，我們就會發現眞實的情形恰恰相反──是農業和鄉村哺育了新中國襁褓中的工業和城市。換句話說，不管今天代表著現代的工業和城市多麽高高在上，自以爲是，它的母親永遠是源遠流長的傳統農耕文化。

在藏語裏，機村是「根、種子」的意思，阿來寫機村的命運其實也是在寫傳統文化的命運。《空山》的結尾耐人尋味：機村在水電開發的過程中發現了祖先生存的遺址，並將在遺址上修建一座現代化的博物館。小說中的博物館具有明顯的象徵意義：它既是現代的，也是古代的，似乎暗示著「機村」最終將在傳統與現代的融合中找到自己的方向與出路。

載《當代作家評論》，2009 年第 1 期。
〔註 38〕阿來：《我只感到世界撲面而來──在渤海大學「小說家講壇」上的講演》，
　　　　　載《當代作家評論》，2009 年第 1 期。
〔註 39〕阿來：《我只感到世界撲面而來──在渤海大學「小說家講壇」上的講演》，
　　　　　載《當代作家評論》，2009 年第 1 期。

結　語

　　當農耕傳統的古老中國遭遇堅船利炮的現代西方，在「常」與「變」的辯證關係中，中國歷史的發展不得不逐漸向「變」的一面傾斜。1947 年底，毛澤東在陝北米脂縣楊家溝爲到場的中央委員、候補中央委員和邊區負責同志做了一次報告，報告指出，「中國人民的任務，是要在第二次世界大戰結束、日本帝國主義被打倒以後，在政治上、經濟上、文化上完成新民主主義的改革，實現國家的統一和獨立，由農業國變成工業國」〔註1〕。應該說，從中華民族將「現代」確立爲追求目標的那一刻起，「由農業國變成工業國」的這一夢想就開始付諸實踐了，只是這一過程太過宏大而複雜，且不時被連綿的戰火和政治鬥爭所中斷，以致在二十世紀的絕大部分時間裏，「工業國」彷彿只是一個夢想，可望而不可即。然而，儘管這一歷史進程曲折坎坷，卻一直在堅定不移地向前推進，直到二十世紀末期突然加速，絕大部分農耕子民措手不及，還在猶疑張皇之際，一個工業化、城市化的時代就已經到來了。

　　截至目前，中國的工業化、城市化帶來的主要是建設的高潮，而非一種常態的穩定的生活方式。持續高效的建設使得中華大地日新月異，不斷的變化成了常態，每個人都不知道明天醒來之後世界是什麼樣子。整個社會被強大的、甚至過度的建設欲望所支配，過去的被不斷地否定或改造，關於未來依舊眾說紛紜，莫衷一是。而當下，每個人都無可奈何地以自己的方式擔當著歷史之「變」，同時也無可避免地經歷著自身由傳統而現代的蛻變過程。

　　在這場社會轉型的疾風暴雨中，處於風暴中心位置的無疑是中國農民。

〔註1〕　毛澤東：《目前形勢和我們的任務》，見於《毛澤東選集》第四卷第 1245 頁，北京：人民出版社。2003 年 7 月。

每年年頭歲尾，春運都會成爲全社會最熱門的話題，在這場號稱全世界最大規模的人類遷徙活動中，絕大部分都是農民工。本來，「鄉土社會是安土重遷的，生於斯、長於斯、死於斯的社會。不但人口流動很小，而且人們所取給資源的土地也很少變動」。〔註 2〕而今，這些曾經對土地懷有深厚情感的中國農民卻不得不棄土離鄉，歲歲奔波，被迫成爲不斷遷徙的候鳥。春運以一種奇特的方式將中國的城市與鄉村、先進與落後、現代與傳統連接起來，農民工往返其間，在夾縫中艱難謀生。這一人口龐大的群體和中國的改革開放與歷史變遷緊密聯繫在一起，毫不誇張地說，他們的命運就是中國的命運，他們的未來就是中國的未來。

新世紀以來的小說創作對夾縫中的中國農民予以了特別的關注，顯然，這不僅僅涉及一個階層或群體，而是關乎整個民族、國家和社會。農民工的生存困境與前途命運既是一個現實的社會問題，也是這個時代無法迴避的價值問題、文化問題。當曾經夢寐以求的工業化、城市化變成洶湧澎湃的浪潮席卷而來，摧枯拉朽，勢不可擋，這時，我們到底該如何面對自己幾千年的農耕傳統？我們的生命與農耕傳統到底是怎樣一種關係？農耕傳統與現代城市是否勢不兩立？傳統文化的某些部分是否可以在城市化時代得以延續？農耕傳統中是否存在「城市病」、「現代病」的抗體？……文學不一定能回答這些問題，但應該以自己的方式關注並提出這些問題，並以藝術的方式呈現出這些問題在現實生活中的生動表現。

作家是時代和社會最敏感的神經，一個時代的文學往往能最形象生動地反映出那個時代特有的情感體驗和精神困惑。在新世紀以來的小說創作中，關於城市化進程中農民的出路問題成了不少作家關注的焦點問題，「鄉下人進城」這一中國現代文學的傳統題材在新世紀初又有了新的演繹。而且，在急劇城市化的這一背景之下，農民與城市的關係比以往任何時候都更具現實和歷史的內涵，折射出更爲深廣的社會文化信息。因此，對農民生存境遇的關注和書寫成了當代作家把握和表現這個時代最有效、最重要的方式之一。

同樣是關注農民，不同作家往往有不同的精神背景和價值立場，其筆下的農民、鄉村和城市也相應呈現出不同的面貌。他們有的繼續站在啓蒙立場上，對傳統農耕文化藏污納垢的一面進行無情的揭示和批判；有的面對氣勢洶洶、毫無節制的城市化浪潮，對傳統文化的潰退和弱勢表現出無盡的擔憂；

〔註 2〕 費孝通：《鄉土中國》第 72 頁，北京：北京出版社，2004 年版。

有的甚至以極端的姿態拒斥現代城市文明，無限放大傳統農耕文化田園詩意的一面；有的主要從社會現實和制度的層面爲農民的遭遇鳴不平，替農民代言，批判社會的不公……不管什麼立場，他們的創作都無一例外地豐富了這個時代的思考和探索，在社會轉型的歷史進程中留下了或深或淺的足迹。

這是一個處於不斷變化中的複雜時代，社會在不斷進步的同時，也暴露出方方面面的問題，繁榮富麗的表象之下甚至千瘡百孔，慘不忍睹，加上各種勢力的角逐較量，更加增加了歷史發展的不確定性。然而，就是這樣一個尚不健全和成熟的社會，對文學而言卻是一個不容置疑的偉大時代，因爲正是在不斷的變動和不確定性中，生活在這個時代的人們除了需要不斷地調整自己以適應變幻莫測的生存環境，同時還注定要經歷更加漫長的心路歷程和精神探索，而這些恰恰是這個時代對文學的最大饋贈。然而，與這樣一個複雜而偉大的時代比較起來，當下中國的文學創作還未能達到相應的高度，取得相應的成就。就本課題涉及的範圍而言，當下不少作家都注意到了具有深厚農耕傳統的中華民族在走向以工業化城市化爲標誌的現代社會的這一轉型過程中所經歷的情感和文化的陣痛，並努力表達這一民族蛻變的複雜歷程，但就總體而言，這些作家對這個時代的解讀還偏於現象層面，在民族精神文化總體走向的把握方面似乎還顯得有心無力。儘管如此，我們還是不能求全責備，而應該和他們一起思考和探索，並對已有的文學成就進行及時的清理和總結。

可以確信的是，現代化、城市化進程絕非一個消滅傳統和鄉土的過程。現代城市與傳統鄉土的對立僅僅是表象，互補與融合才是二者更深層更本質的關係。離開現代與城市的生存背景，我們很難更好地認知和體驗傳統與鄉土；拋開傳統與鄉土的歷史淵源，我們不可能詩意地棲居於現代的城市。

主要參考文獻

學術著作

1. 毛澤東：《毛澤東選集》，北京：人民出版社，1991 年版。

2. 魯迅：《魯迅全集》，北京：人民文學出版社，2005 年版。

3. 費孝通：《鄉土中國》，上海：上海人民出版社，2007 年版。

4. 趙園：《地之子》，北京：北京十月文藝出版社，1993 年版。

5. 丁帆：《中國鄉土小說史》，北京：北京大學出版社，2007 年版。

6. 丁帆等：《中國鄉土小說的世紀轉型研究》，北京：人民文學出版社，2012 年版。

7. 邵明波、莊漢新主編：《中國 20 世紀鄉土小說論評》，北京：學苑出版社，2001 年版。

8. 賀仲明：《中國心象——20 世紀末作家文化心態考察》，北京：中央編譯出版社，2002 年版。

9. 賀仲明：《一種文學與一個階層——中國新文學與農民關係研究》，北京：人民出版社，2008 年版。

10. 賀雪峰：《新鄉土中國——轉型期鄉村社會調查筆記》，桂林：廣西師範大學出版社，2003 年版。

11. 溫鐵軍：《三農問題與世紀反思》，北京：生活·讀書·新知三聯書店 2005 年版。

12. 陳昭明：《中國鄉土小說論稿》，北京：大眾文藝出版社，2007 年版。

13. 劉小楓：《現代性社會理論緒論——現代性與現代中國》，上海：上海三聯書店，1998 年版。

14. 郜元寶：《拯救大地》，上海：學林出版社，1994 年版。

15. 崔志遠：《鄉土文學與地緣文化：新時期鄉土小說論》，北京：中國書籍出版社，1997 年版。

16. 張鳴：《鄉土心路八十年：中國近代化過程中農民意識的變遷》，上海：上海三聯書店，1997 年版。

17. 周曉虹：《傳統與變遷：江浙農民的社會心理及其近代以來的嬗變》，北京：生活·讀書·新知三聯書店，1998 年版。

18. 王德威：《想像中國的方法——歷史·小說·敘事》，北京：生活·讀書·新知三聯書店，1998 年版。

19. 陳繼會等：《中國鄉土小說史》，合肥：安徽教育出版社，1999 年版。

20. 陳思和主編：《中國當代文學史教程》，上海：復旦大學出版社，1999 年版。

21. 張衛中：《新時期小說的流變與中國傳統文化》，上海：學林出版社，2000 年版。

22. 段崇軒：《鄉村小說的世紀浮沉》，北京：中國文聯出版社，2000 年版。

23. 王又平：《新時期文學轉型中的小說創作潮流》，武漢：華中師範大學出版社，2001 年版。

24. 吳炫：《中國當代文學批判》，上海：學林出版社，2001 年版。

25. 陳嘉明等：《現代性與後現代性》，北京：人民出版社，2001 年版。

26. 李歐梵：《中國現代文學與現代性十講》，上海：復旦大學出版社，2002 年版。

27. 高秀芹：《文學的中國城鄉》，西安：陝西人民教育出版社，2002 年版。

28. 雷達：《思潮與文體：20 世紀末小說觀察》，北京：人民文學出版社，2002 年版。

29. 陸學藝：《當代中國社會階層研究報告》，北京：社會科學文獻出版社，2002 年版。

30. 張一兵：《問題式、症候閱讀與意識形態：關於阿爾都塞的一種文本學解讀》，北京：中央編譯出版社，2003 年版。

31. 徐勇：《鄉村治理與中國政治》，北京：中國社會科學出版 2003 年版。

32. 徐勇、徐增陽：《流動中的鄉村治理：對農民流動的政治社會學分析》，北京：中國社會科學出版 2003 年版。

33. 王銘銘：《走在鄉土上：歷史人類學札記》，北京：中國人民大學出版社，2003 年版。

34. 李培林主編：《農民工：中國進城農民工的經濟社會分析》，北京：社會科學文獻出版社，2003 年版。

35. 孟繁華：《眾神狂歡：世紀之交的中國文化現象》，北京：中央編譯出版

社，2003 年版。

36. 陳曉明主編：《現代性與中國當代文學轉型》，昆明：雲南人民出版社，2004 年版。

37. 陳桂棣、春桃：《中國農民調查》，北京：人民文學出版社，2004 年版。

38. 李強：《農民工與中國社會分層》，北京：社會科學文獻出版社，2004 年版。

39. 陳廷湘主編：《中國現代史》，成都：四川大學出版社，2004 年版。

40. 洪子誠：《問題與方法：中國當代文學史研究講稿》，北京：生活·讀書·新知三聯書店 2004 年版。

41. 周憲：《審美現代性的批判》，北京：商務印書館 2005 年版。

42. 羅平漢：《土地改革運動史》，福州：福建人民出版社，2005 年版。

43. 江暉、陳燕谷主編：《文化與公共性》，北京：生活·讀書·新知三聯書店 2005 年版。

44. 張樂：《土地的黃昏——中國鄉村經驗的微觀權力分析》，北京：東方出版社，2005 年版。

45. 汪民安：《身體、空間與後現代性》，南京：江蘇人民出版社，2006 年版。

46. 林建法、徐連源主編：《中國當代作家面面觀》，瀋陽：春風文藝出版社，2006 年版。

47. 劉旭：《底層敘述：現代性話語的裂隙》，上海：上海古籍出版社，2006 年版。

48. 葉君：《鄉土·農村·家園·荒野》，北京：中國社會科學出版社，2007 年版。

49. 趙順宏：《社會轉型期鄉土小說論》，上海：學林出版社，2007 年版。

50. 王慶：《現代中國作家身份變化與鄉村小說轉型》，武漢：華中科技大學出版社，2007 年版。

51. 徐傑舜等：《新鄉土中國：新農村建設武義模式研究》，北京：中國經濟出版社，2007 年版。

52. 黃平主編：《鄉土中國與文化自覺》，北京：生活·讀書·新知三聯書店 2007 年版。

53. 賀雪峰：《鄉村的前途：新農村建設與中國道路》，濟南：山東人民出版社，2007 年版。

54. 李小雲、趙旭東，葉敬忠主編：《鄉村文化與新農村建設》，北京：社會科學文獻出版社，2008 年版。

55. 孟繁華：《游牧的文學時代》，北京：作家出版社，2009 年版。

56. 楊宏海主編：《打工文學縱橫談》，北京：社會科學文獻出版社，2009 年

版。

57. 趙允芳：《尋根‧拔根‧紮根：90 年代以來鄉土小說的流變》，北京：作家出版社，2009 年版。

58. 黃曙光：《當代小說中的鄉村敘事——關於農民、革命與現代性之關係的文學表達》，成都：巴蜀書社，2009 年版。

59. 吳秀明主編：《中國當代文學史寫真》，北京：北京大學出版社，2010 年版。

60. 張樂天、徐連明、陶建傑等：《進城農民工文化人格的嬗變》，上海：華東理工大學出版社，2011 年版。

61. 孟繁華、程光煒：《中國當代文學發展史》，北京：北京大學出版社，2011 年版。

62. 陳國和：《當代性與新世紀鄉村小說研究》，天津：南開大學出版社，2012 年版。

63. 周其仁：《城鄉中國》，北京：中信出版社，2013 年版。

64. 黃亞生、李華芳主編：《真實的中國：中國模式與城市化變革的反思》，北京：中信出版社，2013 年版。

65. 〔英〕邁克‧費瑟斯通：《消費文化與後現代主義》，劉精明譯，南京：譯林出版社，2000 年版。

66. 〔英〕安東尼‧吉登斯：《現代性的後果》，田禾譯，上海：譯林出版社，2000 年版。

67. 〔英〕安東尼‧吉登斯：《現代性與自我認同》，趙旭東、方文譯，北京：三聯書店 2000 年版。

68. 〔美〕馬泰‧卡林內斯庫：《現代性的五副面孔》，顧愛彬、李瑞華譯，北京：商務印書館 2002 年版。

69. 〔美〕弗里曼、畢克偉、賽爾登：《中國鄉村，社會主義國家》，陶鶴山譯，北京：社會科學文獻出版社，2002 年版。

70. 〔美〕明恩溥：《中國鄉村生活》，陳午晴、唐軍譯，北京：中華書局 2006 年版。

71. 〔美〕布賴恩‧貝利：《比較城市化：20 世紀的不同道路》，顧朝林等譯，北京：商務印書館 2010 年版。

72. 〔美〕保羅‧諾克斯等：《城市化》，顧朝林、湯培源等譯，北京：科學出版社，2009 年版。

73. 〔英〕霍華德：《明日的田園城市》，金經元譯，北京：商務印書館 2010 年版。

74. 〔加〕傑布‧布魯格曼：《城變》，董雲峰譯，北京：中國人民法學出版

社，2011 年版。

75. 〔加〕桑德斯：《落腳城市》，陳信宏譯，上海：上海譯文出版社，2012年版。

76. 〔美〕愛德華‧格萊澤：《城市的勝利》，劉潤泉譯，上海：上海社會科學出版社，2012 年版。

77. 〔美〕張彤禾：《打工女孩：從鄉村到城市的變動中國》，張坤、吳怡瑤譯，上海：上海譯文出版社，2013 年版。

78. 〔加〕簡‧雅各布斯：《美國大城市的死與生》，金衡山譯，南京：譯林出版社，2013 年版。

二、文學作品

1. 阿來：《塵埃落定》，北京：人民文學出版社，1998 年版。

2. 阿來：《空山》，北京：人民文學出版社，2005 年版。

3. 阿來：《空山.2》，北京：人民文學出版社，2007 年版。

4. 阿來：《空山.3》，北京：人民文學出版社，2009 年版。

5. 阿來：《大地的階梯》，海口：南海出版公司 2008 年版。

6. 白燁主編：《中國當代鄉土小說大系‧第 3 卷，2000～2009》（上、中、下），北京：農村讀物出版社，2010 年版。

7. 畢飛宇：《畢飛宇文集》，南京：江蘇文藝出版社，2004 年版。

8. 畢飛宇：《平原》，南京：鳳凰出版傳媒集團、江蘇文藝出版社，2005 年版。

9. 畢飛宇：《玉米》，北京：作家出版社，2005 年版。

10. 陳應松：《豹子最後的舞蹈》，瀋陽：春風文藝出版社，2004 年版。

11. 陳應松：《到天邊收割》，南京：江蘇文藝出版社，2008 年版。

12. 陳應松：《馬嘶嶺血案》，北京：群眾出版社，2005 年版。

13. 遲子建：《額爾古納河右岸》，北京：北京十月文藝出版社，2005 年版。

14. 遲子建：《清水洗塵》，北京：中國文聯出版社，2001 年版。

15. 關仁山：《天高地厚》，北京：北京十月文藝出版社，2002 年版。

16. 關仁山：《麥河》，北京：作家出版社，2010 年版。

17. 鬼子：《被雨淋濕的河）），長春：時代文藝出版社，2001 年版。

18. 賀享雍：《厚土》，重慶：重慶出版社，2007 年版。

19. 賈平凹：《秦腔》，北京：作家出版社，2005 年版。

20. 賈平凹：《高興》，北京：作家出版社，2007 年版。

21. 蔣子龍：《農民帝國》，北京：人民文學出版社，2008 年版。

22. 姜戎：《狼圖騰》，武漢：長江文藝出版社，2004 年版。

23. 荊永鳴：《外地人》，北京：文化藝術出版社，2006 年版。

24. 韓少功：《馬橋詞典》，北京：人民文學出版社，2004 年版。

25. 李洱：《石榴樹上結櫻桃》，北京：北京十月文藝出版社，2008 年版。

26. 李銳：《太平風物——農具系列小說展覽》，北京：生活·讀書·新知三聯書店 2006 年版。

27. 李佩甫：《城的燈》，武漢：長江文藝出版社，2003 年版。

28. 劉亮程：《鑿空》，杭州：浙江文藝出版社，2013 年版。

29. 劉慶邦：《劉慶邦中短篇小說精選》，石家莊：花山文藝出版社，2002 年版。

30. 劉醒龍：《黃昏放牛》，北京：北京出版社，1998 年版。

31. 劉醒龍：《劉醒龍作品精選》，武漢：長江文藝出版社，2008 年版。

32. 劉醒龍：《鳳凰琴》，武漢：武漢出版社，2005 年版。

33. 孫惠芬：《民工·孫惠芬小說精選》，北京：作家出版社，2005 年版。

34. 孫惠芬：《吉寬的馬車》，北京：作家出版社，2007 年版。

35. 孫惠芬：《上塘書》，北京：作家出版社，2010 年版。

36. 談歌：《絕唱》，武漢：長江文藝出版社，2001 年版。

37. 王安憶：《長恨歌》，北京：人民文學出版社，2004 年版。

38. 王安憶：《上種紅菱下種藕》，上海：文匯出版社、上海文藝出版社，2006 年版。

39. 夏天敏：《好大一對羊》，昆明：雲南人民出版社，2006 年版。

40. 閻連科：《受活》，瀋陽：春風文藝出版社，2004 年版。

41. 尤鳳偉：《泥鰍》，瀋陽：春風文藝出版社，2002 年版。

42. 張煒：《九月寓言》，上海：上海文藝出版社，2001 年版。

43. 張煒：《醜行或浪漫》，雲南人民出版社，2003 年版。

44. 張承志：《張承志中篇小說選》，上海：上海社會科學出版社，2004 年版。

45. 趙德發：《青煙或白霧》，北京：人民文學出版社，2002 年版。

46. 趙德發：《繾綣與決絕》，北京：人民文學出版社，2006 年版。

文學期刊

1. 《人民文學》2000 年至 2012 年。

2. 《十月》2000 年至 2012 年。

3. 《當代》2000 年至 2012 年。

4. 《山花》2000 年至 2012 年。

5. 《長城》2000 年至 2012 年。

6. 《芳草》2000 年至 2012 年。

7. 《小說選刊》2000 年至 2012 年。

學術論文

1. 雷達：《廢墟上的精魂——〈白鹿原〉論》，《文學評論》1993 年第 6 期。

2. 溫鐵軍：《第二步農村改革面臨的兩個基本矛盾》，《戰略與管理》1996 年第 3 期。

3. 陳曉明：《回歸傳統與文化民族主義的興起》，《天津社會科學》1997 年第 4 期。

4. 孟繁華：《精神裂變與眾神狂歡》，《山東文學》1997 年第 6 期。

5. 柳建偉：《立足本土的艱難遠行——解讀閻連科的創作道路》，《小說評論》1998 年第 2 期。

6. 段崇軒：《90 年代鄉村小說總論》，《文學評論》1998 年第 3 期。

7. 段崇軒：《鄉村小說，一個世界性的文學母題》，《文藝爭鳴》2000 年第 1 期。

8. 李潔非：《還原的鄉村敘事》，《小說評論》2002 年第 1 期。

9. 周星、劉震雲：《在虛擬與真實間沉思——劉震雲訪談錄》，《小說評論》2002 年第 3 期。

10. 陳雪虎：《全球化語境中的文學民族性問題研討會綜述》，《文學評論》2002 年第 4 期。

11. 孟繁華：《重新發現的鄉村歷史——本世紀初長篇小說中鄉村文化的多重性》，《文藝研究》2004 年第 4 期。

12. 陳振華：《過於溫情的民間道德化敘事——劉玉堂「新鄉土小說」文化意識批判》，《文藝爭鳴》2004 年第 6 期。

13. 雷達：《2004 年的長篇小說》，《小說評論》2005 年第 1 期。

14. 孟繁華：《生存世界與心靈世界——新世紀長篇小說中的「苦難」主題》，《文藝爭鳴》2005 年第 2 期。

15. 周水濤：《略論近年「生態鄉村小說」的創作指向》，《小說評論》2005 年第 5 期。

16. 陳曉明：《鄉土敘事的終結和開啟——賈平凹的〈秦腔〉預示的新世紀的美學意義》，《文藝爭鳴》2005 年第 6 期。

17. 賀紹俊:《接續起鄉村寫作的烏托邦精神——評周大新的〈湖光山色〉》,《南方文壇》2006 年第 3 期。

18. 軒紅芹:《「向城求生」的現代化訴求——90 年代以來新鄉土敘事的一種考察》,《文學評論》2006 年第 2 期。

19. 黃佳能:《新世紀鄉土小說敘事的現代性審視》,《文藝理論與批評》2006 年第 4 期。

20. 孟繁華:《作爲文學資源的偉大傳統——新世紀小說創作的「向後看」現象》,《文藝爭鳴》2006 年第 5 期。

21. 雷達:《新世紀以來長篇小說概觀》,《小說評論》2007 年第 1 期。

22. 徐德明:《鄉下人的記憶與城市的衝突——新世紀「鄉下人進城」小說》,《文藝爭鳴》2007 年第 4 期。

23. 黃軼:《新世紀小說的城市異鄉書寫》,《小說評論》2008 年第 3 期。

24. 李運摶:《從鄉村到城市的迷惘——論新世紀兩種鄉土書寫意識的矛盾》,《江漢論壇》2008 年第 10 期。

25. 孟繁華:《風雨飄搖的鄉土中國——近年來長篇小說中的鄉土中國》,《南方文壇》2008 年第 6 期。

26. 阿來:《我只感到世界撲面而來》,《當代作家評論》2009 年第 1 期。

27. 向榮:《地方性知識:鄉土文學抵抗「去域化」的敘事策略——以四川鄉土文學發展史爲例》,《當代文壇》2010 年第 2 期。

28. 梁海:《世界與民族之間的現代漢語寫作——阿來《塵埃落定》和《空山》的文化解讀》,《吉林大學社會科學學報》2010 年第 3 期。

29. 黃軼:《論世紀之交鄉土小說的「城市化」批判》,《文藝研究》2010 年第 4 期。